Paul Laband

Magdeburger Rechtsquellen

Paul Laband

Magdeburger Rechtsquellen

1. Auflage | ISBN: 978-3-75250-215-2

Erscheinungsort: Frankfurt am Main, Deutschland

Erscheinungsjahr: 2020

Salzwasser Verlag GmbH, Deutschland.

Nachdruck des Originals von 1869.

MAGDEBURGER RECHTSQUELLEN.

ZUM AKADEMISCHEN GEBRAUCH

HERAUSGEGEBEN

VON

DR. PAUL LABAND,

ORDENTL. PROFESSOR DER RECHTE ZU KÖNIGSBERG.

KÖNIGSBERG.

VERLAG VON HÜBNER & MATZ.

1869.

Vorrede.

Es giebt nächst dem Sachsenspiegel keine deutsche Rechtsquelle des Mittelalters von solcher Bedeutung wie die Aufzeichnungen des Magdeburgischen Rechts. Dessenungeachtet fehlt es an einer bequemen und brauchbaren Ausgabe der wichtigsten derselben. Gaupp hat zwar die bedeutendsten Weisthümer als Anhang zu seinem Buch über das Magdeburgische und Hallische Recht abgedruckt; der Abdruck ist aber incorrect und die Ausgabe ist durch die umfangreiche quellengeschichtliche Einleitung, die gegenwärtig fast antiquirt ist, vertheuert. Besser sind dieselben Weisthümer in der Urkunden-Sammlung von Tzschoppe und Stenzel gedruckt; auch diese Ausgabe ist aber nicht Jedem zugänglich. Dies gab den Anlass, für den Gebrauch der Studirenden in juristischen Seminarien und bei exegetischen Uebungen und für den Gebrauch aller Juristen, denen grössere Bibliotheken nicht zur Hand sind, die ältesten und hervorragendsten Quellen des Magdeburger Rechts besonders herauszugeben.

Bei denjenigen Weisthümern, deren Original erhalten ist, war eine kritische Aufgabe nicht zu lösen.

Bei den anderen Aufzeichnungen dagegen war eine Untersuchung der Handschriften und eine quellengeschichtliche Erörterung erforderlich. Insbesondere kam es darauf an, die Urform der Rechtsaufzeichnungen festzustellen, aus denen das sogen. Sächsische Weichbildrecht zusammengesetzt ist. In Folge dessen sind zwei der ältesten und wichtigsten Quellen des Magdeburger Rechts, das Rechtsbuch von der Gerichtsverfassung und das Magdeburger Schöffenrecht, zum ersten Male auf Grund ausgedehnter Handschriften-Vergleichung in ihrer ursprünglichen Gestalt herausgegeben und die verschiedenen Gestaltungen ihres Textes dargelegt worden. Es ist daher zu hoffen, dass die Arbeit auch für die Gelehrten vom Beruf nicht ohne Nutzen sein und die Kenntniss der Geschichte der mittelalterlichen Rechtsquellen fördern wird.

Inhalt.

Nr. I.

Magdeburger Recht von 1188.

Handschriftlich vorhanden im Archiv der Stadt Goldberg.
Gedruckt, jedoch mit vielen Fehlern zuerst bei Worbs: Neues Archiv
für die Geschichte Schlesiens und der Lausitzen Th. II, S. 111 – 114
und hieraus bei Gaupp: Das alte Magdeburgische und Hallesche Recht.
Bresl.u 1826, S. 215 — 218. Correct nach dem Goldberger Original in
Tzschoppe und Stenzel's Urkunden-Sammlung zur Geschichte des Ur-
sprungs der Städte. Hamburg 1832. Nr. I.

In nomine sancte et individue trinitatis. Wichmannus, dei
gratia sancte Magdeburgensis ecclesie archiepiscopus, pro honore
civitatis nostre Magdeburg et defensione ipsius multos labores
pertulimus ac expensas fecimus, quapropter omnibus adversitatibus,
que ei possunt accidere nimirum compatiendo, de casu, qui in
ejus exustione accidit, vehementer perturbati, ubicunque possu-
mus ad eam consolandam piam voluntatem habemus. Itaqui,
cum ex antiqua constitucione multis modis in jure civili et aliis
incommoditatibus constricta fuerit, pro hujusmodi mitigandis et
relevandis, consilio episcoporum, prelatorum et canonicorum eccle-
sie nostre burgraviique et aliorum fidelium nostrorum in eo con-
venimus:

§ 1. Ut districtio, que Vara appellatur, solis juramentis,
que pro rebus obtinendis vel abdicandis fieri debent exceptis, per-
petualiter postposita sit.

§ 2. Insuper, si filius alicujus quemquam vulneraverit vel
occiderit et pater absens fuerit, vel presens manum non ap-
posuerit, si testimonio sex probabilium virorum hoc probare po-
tuerit, a culpa et a pena culpe omnimodis absolutus sit.

§ 3. Eadem lex erit omni homini, certamini adstanti vel
accurenti, si testimonio sex probabilium virorum ostendere potuerit
innocentiam suam, omnimodis absolutus sit.

1

§ 4. Sed quoniam varii sint eventus certaminum, si aliquis aliquem vulneraverit vel occiderit, et illo, qui reus est, per priorem querelam ei, qui lesus est, prejudicium facere voluerit, vel si aliquis, de quo querela mota fuerit, per verbum, quod ambord appellatur, se tueri voluerit; nisi legitimo testimonio causam suam ostenderit, prejudicium verbi illius, quod ambord dicitur, inhibemus.

§ 5. Si vero aliquis infra vel extra civitatem spoliatus, vulneratus, vel occisus fuerit et infra terminos, in quibus injuriam sustinuit, ad judicem proclamaverit, de reo, si comprehensus fuerit, debita fiat justicia, aut si aufugerit, si postmodum ille, qui lesus est, reum invenerit, et injuriam suam testibus idoneis se proclamasse probare potuerit, tamquam si injuria recens existeret, ei satisfaciat.

§ 6. Sed si aliquem de civitate in sancto et bono proposito peregrinandi obligatum esse constiterit, aut si aliquis peragendis necessariis vite sue in negociis suis ad eundum paratus sit, et interim aliqua causa occurrerit, pro qua placitum burgravii aut scultheti exspectare deberet, decernimus, ne votum peregrinandi aut causam negociandi occasio hujusmodi dilacionis impediat, sed pocius eadem die, sicut ad debitam fieri deberet induciam, causa terminetur et finem accipiat.

§ 7. Item, si civis contra hospitem et hospes contra civem aliquam querelam habuerit, pro qua placitum burgravii vel scultheti exspectare deberet, ne per hujusmodi dilacionem aliqua dampna utrimque emergant, statuimus, ut eodem die, cum causa mota fuerit, terminetur et sopiatur.

§ 8. Verum quoniam hujusmodi cause non nisi per sentenciam scabinorum judicum terminari poterant, tam pro commoditate civium quam hospitum ordinamus, ut si scabini judices presentes non sint, a burgravio vel a scultheto sentencia, a civibus requisita, justicie sortiatur effectum.

§ 9. Et ut jus civile, de bona nostra voluntate in omnibus mitigatum, ex nullius stulticie impulsu sustineat dispendium, statuimus nichilominus, ut in conventu civium nulli stulto liceat inordinatis verbis obstrepere, neque voluntati meliorum in ullo contraire, sed quia de talibus plerumque dampnum toti pervenit civitati, precipimus, statuentes, ut talium omnimodis postposita presumptio, quod si quis ad id presumptionis proruperit, ea severitate puniatur a civibus, ne alius tale quid audeat.

Ut itaque omnes hujus constitutionis series futuris temporibus firma et in convulsa permaneat, scripto notatam noticie posterorum transmittimus, quam sigilli nostri impressione roborantes sub anathemate confirmamus, adhibitis idoneis testibus, quorum nomina sunt hec, Balderamus Brandeburgensis episcopus, Hupertus Havelbergensis episcopus, Sifridus abbas Hersfeldensis, Rockerus Magdeburgensis major prepositus, Theodoricus Nuenburgensis major prepositus, Gero vicedominus, Albertus archidiaconus, Conradus frater burgravii, Heinricus Longus, Sifridus de Anvorde, Olricus prepositus sancte Marie, Friedericus Seburch presbyter; laici quoque, Bernardus dux Saxonie, Dedo marchio orientalis, Burchardus burgravius Magdeburgensis et frater ejus Gevehardus, Walterus de Arnesten, Rudolfus de Jericho, Richardus de Alesleve et fratres ejus Heinricus et Gumpertus, et alii quam plures; cives quoque Magdeburgenses, Ovo, Martinus, Reinbertus, Udo, Heinricus, Reinnerus, Druchtlevus, Giselbertus, Johannes, Conradus, magister monete, Walterus et alii multi tam clerici quam laici. Actum anno incarnacionis domini MCLXXXVIII indictione VI.

Unten steht von späterer Hand geschrieben:

Sciendum autem, quod has institutiones, a Domino Vicmanno, Magdeburgensi archiepiscopo rescriptas, ospitibus nostris de Auro contulimus in perpetuum observandas, sigilli nostri inpressione roborantes: Anno MCCXI.

Nr. II.

Magdeburger Rechtsbrief für Herzog Heinrich I. von Schlesien.

Handschriftlich vorhanden im Archiv der Stadt Goldberg. Gedruckt bei Worbs: Neues Archiv, Bd. II, S. 116 – 119. Einen Abdruck daraus liefert Gaupp: Das alte Magdeburgsche und Hallesche Recht, S. 219—223. Correcter ist die Rechtsaufzeichnung aus dem Goldberger Manuscript abgedruckt in Tzschoppe und Stenzel's Urkundenbuch S. 270 ff. Sie wird gewöhnlich als Magdeburg - Goldberger Recht bezeichnet; es lässt sich aber weder aus ihrem Inhalt eine bestimmte Beziehung auf Goldberg entnehmen, noch kann man die in Goldberg befindliche Handschrift für das Original halten, da ihr Datum, Unterschriften und Siegel fehlen und auch die Abkürzung des Namens des Adressaten für die Ansicht spricht, dass sie nur eine Copie ist.

Dilecto domino H, viro nobili et principi illustri, duci in Polonia, schabini, judices et universi burgenses in Magdeburch paratam in omnibus omnimode devotionis obsequium. Quod in omnibus, que vestro honori commoda novimus promovendis semper devotam et promtam habuerimus voluntatem conicere potestis ex eo maxime, quod pro vestra petitione nostrorum privilegiorum rescripta et nostre civitatis jura totiens vobis transmisimus et cum devotione. Cum igitur vestri nominis fama celebris vos piissimum et mitissimum predicet dominum, miramur, cujus suggestione eos, qui ad civitatem vestram edificandam confluxerunt, quibus etiam nostra jura observanda de vestro obtentu transmisimus, in hiis omnibus infringendis turbare proponatis. Ne igitur aliquorum forte iniquorum apud vos proficiat malignitas in hiis immutandis et ut civitatensibus vestris in posterum caveri possit et subveniri, quedam nostre civitatis jura, magis necessaria et communia, in presenti cedula notata, tam vobis legenda, quam ipsis observanda tradidimus. Noverit igitur vestre nobilitatis benignitas:

§ 1. Quod quilibet burgensis aut propriam habens aream vel domum, quarumcunque rerum venalitatem habuerit, eas in domo propria libere vendere potest aut pro aliis rebus commutare.

§ 2. De domo quoque, quam ad augmentandum censum vestrum in communi foro a) frequentari et per singulas mansiunculas inhabitari statuistis, scire debetis indubitanter, quod, si dominus noster archiepiscopus hoc in nostra civitate attemptaret, penitus deficeret.

§ 3. Item, ut vobis nostra libertas ubique sit pro exemplo, proprietatem, quam ad communionem civitatis de vestra largitate tam in campis quam in sylvis aut in quibuscunque locis tribuistis, non vos contra voluntatem et honorem civitatis impedire debetis fossatis, sive quibuscunque edificiis, non aliquem malignum contra vestra statuta hoc presumentem tolerare debetis.

4. Si etiam forte, ad deprimendam aliquorum forte predonum audaciam aut pro defensione patrie vestram forte indixeritis expeditionem, de ipsa civitate ad serviendum vobis quadraginta viri bene cum armaturis suis preparati et servi ipsorum emittentur et, si necesse fuerit, in expensa civitatis, alii vero domi remanentes ad defensionem civitatis invigilabunt.

§ 5. Jus molendini apud nos tale est et ab antiquo servatum, ut quilibet adveniens et molere volens, decimam octavam partem annone, quam attulerit, molendinario presentabit.

§ 6. Item, si aliquis alicujus domum impetierit et edificia ejus aut ferro aut quocunque instrumento leserit, per propriam excusationem judicium potest evadere; si vero, aut domesticum aut hospitem ipsius aut quemcunque alium in eadem domo sive extra domum vulneraverit et in facto comprehensus fuerit, capitali sententia punietur; si vero per fugam elapsus fuerit et lesus, audientibus hominibus, contra ipsum proclamaverit et hoc testibus ostendere potuerit, si malefactor postmodum deprehensus fuerit, secundum judicium duelli satisfaciet.

§ 7. Item, si aliquis aut domum aut hereditatem aliam alteri exposuerit et possessor earum res suas rehabere voluerit, domum illam aut quamcunque hereditatem tribus vicibus et in tribus placitis burggravii aut sculteti exhibere debet ad redimendum et si debitor eam rem redimere neglexerit, possessor eam vendere poterit.

§ 8. Item, si aliquis aut equum aut alias res in manu alterius sibi sublatas deprehenderit et illum in causam traxerit, deprehensus in eodem loco respondebit et in tribus quatuordecim diebus se expurgabit.

---

a) Cod. fori.

§ 9. Item, ad tuendum civitatis honorem soli duodecim scabini, qui ad hoc electi sunt et statuti et quia civitati juraverunt, frequentius consedere debent et studere.

§ 10. Item, si aliquis contra civitatem excesserit et de hoc per scabinos convictus fuerit, de reatu suo civitati componere debet in XXXVI solidos, in quibus judex nullam portionem habebit.

§ 11. Item, si aliquis, forte a diabolo seductus, aut virginem aut mulierem per vim corruperit et ipsa vel quicunque alius proclamaverit ita, ut clamore suo vim illatam publicaverit, si malefactor statim deprehensus fuerit, capite plectetur, si vero fugiens evaserit et postmodum deprehensus fuerit et judici presentatus, si necesse fuerit, ut convincatur, tam femina quam vir ad probandum recipitur, ita, si clamorem factum audierit, et reus merito capite privabitur.

§ 12. Item, si aliquis alteri manifeste minas incendii intulerit et ille medio tempore forte ab altero exustus fuerit et de damno recepto eundem, qui minas fecit, pulsare voluerit, ille innocentiam suam ostenderit septuaginta manibus adhibitis.

§ 13. Item, quicunque ab altero pulsatus fuerit in quacunque causa, et ante satisfactionem securitatem, que in vulgari Wari dicitur, pro amicis illius postulaverit, merito obtinebit.

§ 14. Item, in duello, si ille, qui fustem pugnantis tulerit, aliquem in ipso circulo fuste ledere presumpserit, periculum capitis timere poterit.

§ 15. Item, nullus alium impetens, pugilem super illum debet induce re, nisi prius se in aliquo membro debilem probaverit, ita ut n propria persona pugnare non possit.

§ 16. Item, si quis alium pro debitis in querimoniam traxerit, nullis testibus inductis convincere eum poterit, nisi adhibeat illos, qui contractum eorum audiverint et forte vinum, in testimonium rei audite, biberint.

§ 17. Item, tempore placiti, quicunque scabinum, in sede judiciaria sedentem, in querimoniam ponere presumserit, eidem scabino in XXX solidis componet et judici in octo.

§ 18. Item, si quis pro culpa sua a majori judice proscriptus fuerit et interdictus, cives eum nullatenus in consortium et communionem recipere possunt aut debent, nisi autoritate majoris judicis hoc fiat.

III.

Hallesches Recht für Neumarkt.

Von diesem Rechtsbriefe findet sich eine Abschrift 1) in dem auf der Dresdener Bibliothek befindlichen Brieger Codex (Homeyer: Die deutschen Rechtsbücher des Mittelalters Nr. 161). Aus demselben ist er abgedruckt in Böhme's diplomat. Beiträgen II, S. 1—3; 2) in dem Codex der königl. Bibliothek zu Breslau (Homeyer Nr. 89), im Wesentlichen übereinstimmend mit dem Text der Dresdener Handschrift. Aus dem Breslauer Codex ist er gedruckt bei Stöckel: Abhandl. von einem uralten Briefe der Schöppen zu Halle, Brieg 1771. 4. und bei Gaupp: Das alte Magd. und Hall. Recht, S. 224—229; 3) in dem Schweidnitzer Stadtbuch und 4) in dem Codex des Schweidnitzer Stadtarchivs (Homeyer Nro. 609). Aus diesen beiden, unter sich wenig abweichenden Handschriften ist er herausgegeben bei Tzschoppe und Stenzel a. a. O., S. 294; 5) in überarbeiteter Form findet er sich in einer Homeyer gehörigen Handschrift, aus welcher ihn derselbe als Anhang zu den von ihm gesammelten Extravaganten des Sachsenspiegels (Abhandlungen der königl. Akad. der Wiss. zu Berlin. Philos.-histor. Kl. 1861, S. 259 ff.) edirt hat; 6) endlich ist in einem Privilegium der Stadt Oppeln von 1557 eine stark verkürzte und überarbeitete Form dieses Rechtsbriefes bestätigt worden, welche die Stadt Neumarkt 1327 der Stadt Oppeln mitgetheilt hatte. Dieselbe ist gedruckt und erläutert von Stobbe in der Zeitschrift für Rechtsgeschichte, Bd. I (1861), S. 403—414. Der folgenden Ausgabe liegt der Text von Stenzel zu Grunde, jedoch sind die erheblichen Abweichungen der anderen Handschriften angegeben und zwar bezeichnet D die Dresdener, B die Breslauer, S1 und S2 die beiden Schweidnitzer, H die Homeyersche und O die Oppelner Handschrift.

Hic continentur jura aliqua de Hallis et de Meydeburc a).

§ 1. Universis Christi fidelibus, presentem paginam inspecturis, scabini in Hallo a) salutem in b) vero c) salutari d). Ad e) petitionem venerabilis domini Henrici ducis Polonie, et ad utili-

---

a) H. Hic inchoantur jura civilia Magdeburgensia.

§ 1. fehlt in O.   a) i. H.] H. in Lublc   b) in] f. in H.   c) vero] D. Deo   d) salut.] S. 1. salvatori   e) Ad] H. Propter

tatem *f*) burgensium suorum in *g*) Novoforo presentem compilavimus paginam et jus civile inscripsimus *h*), a nostris senioribus observatum.

§ 2. Scire ergo vos volumus *a*), quod summus noster judex *b*), dominus burcgravius de Meydeburg, ter in anno presidet judicio *c*), et dies quatuordecim ante judicium, et quatuordecim dies post judicium nullus alius judex *d*) judicat, nisi burcgravius *e*) predictus.

§ 3. Si autem burcgravius *a*) predictos tres dies, suo judicio *b*) assignatos, neglexerit, excepto si fuerit in servicio domini imperatoris *c*), vel si dies celebris fuerit, vel in septuagesima fuerit, burcgravii *d*) judicio non astamus.

§ 4. Ad judicium nemo civium venire (non) *a*) tenetur, nisi ex parte judicii *b*) prius *c*) ei publice enunctietur.

§ 5. Quicunque autem sibi judicium edictum *a*) neglexerit, satisfaciet *b*) tribus talentis *c*), vel sola manu juramento *d*) se expurgabit.

§ 6. Si infra terminos, quod Wichbilde dicitur *a*), homicidium contigerit *b*), si alicui culpa homicidii imponitur, tribus talentis satisfaciet Burkgravio vel unica *c*) manu se expurgabit. Si autem composicio intervenerit in judicio confirmato se non poterit expurgare.

· § 7. Item, prefectus *a*) noster presidet judicio per circulum anni post *b*) quatuordecim dies, exceptis festivis diebus, et in adventu *c*), et in *d*) septuagesima *e*), et suum vadium, scilicet Wettunge, sunt octo solidi.

---

f) et ad ut.] H. necnon. *g*) in] B. de *h*) H. inspeximus.

§ 2. H. 1. fehlt in O. *a*) B. Scire igitur vol.; DH. Scire ergo nos vol. *b*) jud.] fehlt in D — H. advocatus *c*) judicio] f. in B. *d*) jud.] f. in B. *e*) burcgr.] H. advocatus.

§ 3. H. 1. fehlt in O. *a*) burcgr.] H. advocatus *b*) suo jud.] fehlt in DH. *c*) dom. imp] fehlt in H. *d*) burcgr] H. praedicto.

§ 4. H. 1. O. §. 4. *a*) non] fehlt in BDHO. *b*) judicii] HO judicis *c*) prius] f. in B.

§ 5. H. 1. a. E.; fehlt in O. *a*) sibi jud. ed.] B. judicium sibi ed. *b*) satisf.] B. satisfaciat *c*) trib. tal.] H. XXX solidis *d*) juramento] f. in H.

§ 6. H. 2; fehlt in O. *a*) H. fügt zu vulgariter *b*) statt des Folgenden hat H.: advocatus bona sua potest impedire nec non ipsum reum, si profugus fuerit. Vrgl. unten § 34. *c*) unica] B. sola.

§ 7. H. 3; stark verändert in O § 1. 2. — *a*) pref.] H. advocatus. *b*) D. per *c*) D. f. zu domini. *d*) D. et excepta *e*) das Folgende lautet in H.: non juratur et quicunque neglexerit, dabit octo solidos.

§ 8. Si autem prefectus *a*) dies determinatos judicio *b*) neglexerit, in aliis diebus judicio non astamus *c*).

§ 9. Prefectus etiam noster *a*) omnes causas judicat et decidit *b*), tribus causis exceptis, scilicet vi illata, quod Not dicitur, et vim in propriis domibus factam, quod dicitur Heymsuche *c*) et excepta insidia, quod Lage *d*) dicitur, quas burkgravius *e*) judicat et decidit.

§ 10. Si *a*) alicui domine *b*), mulieri vel *c*) virgini, vis illata fuerit, et factor mali detentus fuerit, et domina *d*) testes septem *e*) habuerit, qui Schreilute appellantur, actor facti cum gladio capitali sentencia punietur. Sie domina testes habere non poterit, homo accusatus se itaque septimus *f*) expurgabit.

§ 11. Item, in quemcumque locum, quod Were dicitur, domina, cui vis illata est *a*), ducta fuerit et inventa fuerit *b*), locus ille *c*), quod Were dicitur, condempnabitur cum securi.

§ 12. Si aliquis accusatus fuerit in judicio *a*) de Heymsuche, ipse se *b*) itaque septimus *c*) expurgabit *d*).

§ 13. Si homicidium factum fuerit, et actor manifesta *a*) actione deprehensus *b*) fuerit, capitali sententia punietur *c*).

§ 14. Si *a*) aliquis alii *b*) vulnus fecerit et deprehensus *c*) fuerit *d*), manu truncabitur *e*).

---

§ 8. H. 4. *a*) pref.] H. advocatus summus. *b*) judicio] fehlt in H. *c*) jud. n. ast] D. judicio novo stamus.!

§ 9. H 5; O 3. stark abweichend *a*) Pr. et noster] H. Advocatus civitatis *b*) et decid.] f. in H. — O Item judex noster haereditarius judic. omn. causas *c*) et — Heyms.] H. et in propriis domibus Heymsuchunge contigerit *d*) Lage] H. Wegelagin *e*) burkgr.] H. sumus judex; O. dominus noster dux vel quicunque suo nom'ne ad hoc fuerit collocatus.

§ 10. H. 6; fehlt in O. *a*) H. fügt zu autem *b*) dom.] fehlt in H. *c*) B. f. zu une *d*) D. fügt zu vel virgo *e*) D. fehlt sept. *f*) septim.] fehlt in H.

§ 11. H. 7; fehlt in O. *a*) H. fehlt cui est *b*) H. f. inventa fuer. *c*) B. f. ille.

§ 12. H. 8; fehlt in O. *a*) in jud] fehlt in HB. *b*) se] f. in B. *c*) sept] fehlt in H. *d*) DB. fügen zu Idemque judicium de lage.

§ 13. H 9; O. 13. *a*) H manifestus *b*) H. detentus *c*) capitalipunietur] S 1. cap manu truncabitur

§ 14. fehlt in S 1; O 13. a. E.; H. 10. *a*) H. f. zu autem *b*) alii] H. aliquod; D. alteri. *c*) depr.] H. detentus *d*) S 1. 2. f. zu capitali *e*) truncab.] H. intruncatur.

§ 15. Item, si aliquis accusabitur *a*) coram judice *b*) de homicidio, ipse se septimus *c*) expurgabit *d*), nisi sit, quod duello aggrediatur *e*).

§ 16. Homo vulneratus et vivens tot in causam *a*) trahere poterit, quot vulnera est perpessus.

§ 17. Si aliquis coram judice *a*) accomodatus fuerit et ille, qui ipsum accomodavit, non *b*) possit *c*) judicio presentare, faciat Weregelt ipsius *d*), quod sunt decem et octo talenta *e*); preterea in reliquiis jurabit, si judex voluerit, quod accomodatum non valeat presentare, insuper reus publice denunctiabitur.

§ 18. Idem judicium est de vulnere cum dimidio Wergelt.

§ 19. Si Wergelt *a*) vel dimidium in judicio acquisitum fuerit, una pars attingit judicem, due partes causam promoventem.

§ 20. Si aliquis moriens bona dimiserit, si pueros habuerit *a*), sibi *b*) pares in nacione, bona ipsius ad pueros spectabunt.

§ 21. Si pueros vero *a*) non habuerit, proximus ex parte gladii bona ipsius possidebit.

§ 22. Idem judicium habetur de Herwete.

§ 23. Idem judicium habetur de Rade in feminino *a*) sexu.

§ 24. Si illa, que hereditatem, quod Rade dicitur, recipit *a*), illum incusare voluerit de pluri Rade, ille, qui representat, sola manu se expurgabit.

§ 25. Si alicui hominum *a*) uxor sua moritur bona ipsorum, que possident *b*), spectabunt *c*) ad maritum, excepto quod Rade vocatur *d*).

---

§ 15. H. 11; fehlt in O. *a*) accusab] BHD. accusatus fuerit *b*) H. judicio. *c*) se sept.] H. semet ipsum *d*) H. hat statt des Folgenden: vel jurat Enelende. *e*) DB fügen zu Idem judicium est de volnere recenti.

§ 16. H. 12; fehlt in O. *a*) H. causas.

§ 17. H. 13; O. 6. *a*) H. judicio *b*) non] § 1. 2. si *c*) possit] H. potest *d*) faciat — ips.] H. faciat suum Werg. *e*) talenta] H. marcae. Das Folgende fehlt in H

§ 18. H. 13. a. E., fehlt in O.

§ 19. H. 14. O. 7. *a*) O. Item si wergelt integrum.

§ 20. H. 15. O. 8. H. fügt zu et non uxorem, pueri *b*) sibi] B. si.

§ 21. H. 15. O. 8. a. E. *a*) D. fehlt vero.

§ 22. fehlt in H; O. 9.

§ 23. H. 15. a. E.; fehlt in O. *a*) § 1. BHD. femineo.

§ 24. H. 16. lautet: Si mulier incipit virum accusare de Rade, ille se sola manu expurgabit. *a*) D. recepit.

§ 25. H. 17. O. 10. *a*) DH. homini *b*) H. possidet *c*) D. spectant *d*) excepto—vocatur] fehlt in H.

§ 26. Item, si alicui domine maritus ejus moritur *a*) bona ipsorum *b*) non spectabunt ad dominam, sed tantum illa, que maritus tradidit uxori coram judicio et hoc per testes si poterit approbare.

§ 27. Item, si aliqui puerorum predictorum moriuntur, bona ipsius pueri, qui moritur *a*), spectabunt ad gremium matris.

§ 28. Item, si aliquis incusatus fuerit coram judice de debitis et debita fatetur, infra quatuordecim dies *a*) debita persolvet *b*) et si non habuerit possessionem *c*), statuat fidejussorem.

§ 29. Si autem aliquis *a*) respondet, se debitum persolvisse, hoc statim vel ad sex *b*) septimanas in reliquiis obtinebit, scilicet ipse tercius *c*).

§ 30. Si autem plane negaverit, agens melius ipse tercius in reliquiis *a*) probabit *b*), quam respondens.

§ 31. Si Wergelt vel Buze acquisitum fuerit coram judice, judex illud *a*) infra sex septimanas introducet, vel *b*) Wette similiter *c*).

§ 32. Si alienus voluerit effici *a*) noster burgensis tres solidos dabit, quod Burmal appellatur.

§ 33. Quilibet circa festum *a*) Martini de propria area dabit sex denarios.

§ 34. Si aliquis homicidium fecerit et profugus effectus fuerit, judex bona ipsius non potest *a*) inpetere, sed tantum ipsum reum.

§ 35. Buze, Werunge, Wettunge, ista persolvuntur cum Hallensibus denariis *a*); civium vero de Novoforo summum vadium,

---

§ 26. H. 18. O. 11. *a*) Das Folgende lautet in H.: et bona dimiserit, una pars attingit mulieri, duae partes spectabunt ad pueros. *b*) D. ipsius.

§ 27. H. 18. a. E.; O. 12. *a*) pueri q. mor.] fehlt in H.

§ 28. H. 19.; fehlt in O. *a*) H. infra tribus diebus *b*) B. persolvat *c*) possess.] D. prestitum.

§ 29. H. 19.; fehlt in O. *a*) autem aliq.] fehlt in H. *b*) sex] H. duas *c*) H. f. zu vel jurat Enelende.

§ 30. H. 19. a. E.; fehlt in O. *a*) D. fügt zu ipse *b*) probab.] H. obtinebit.

§ 31. H. 20.; fehlt in O. *a*) illud] H ille *b*) B. fügt zu pro *c*) v. W. s.] D. per W. summum.

§ 32. fehlt in H. und O. *a*) D. efficere.

§ 33. fe lt in H. und O. *a*) B. f zu beati

§ 34. fehlt in H.; vergl. § 0. Note 6. O. 14. *a*) potest] B. poterit.

§ 35. fehlt in H. u. O.; jedoch ist zu vergleichen O. 5. Alle folgenden Paragraphen fehlen in O. *a*) c. Hall. den.] D. cum halleris et denar.

quod dicitur Wette, sunt triginta solidi; vadium vero prefecti sunt quatuor solidi.

§ 36. Hec est a) Innunge pistorum civium in Hallo b). Si aliquis alienus vult c) societatem pistorum, quod Innunge dicitur, ille dabit duas d) marcas et due partes spectabunt ad civitatem, una pars ad pistores.

§ 37. Si pistor aliquis, habens Innunge et moritur, filius ipsius b) dabit solidum magistro pistorum c), et budello ipsorum sex denarios.

§ 38 Item, pistores solent dare a) ter in anno prefecto b) duodecim albos panes c), advocato octo, cuilibet scabino quatuor. Ad predictos panes pistores communiter dant d) quatuor choros Hallensium.

§ 39. Hec est a) Innunge carnificum. Si aliquis vult b) habere Innunge ipsorum, dabit tres fertones c); due partes spectant d) ad civitatem, una ad carnifices.

§ 40. Si carnifex aliquis moritur, filius ipsius dabit tres solidos a) carnificibus, budello sex denarios.

§ 41. Innunge sutorum constat ex II fertonibus a), III lotti cedunt ad civitatem, dimidius ferto ipsis sutoribus, lottus magistro ipsorum.

§ 42. Magister sutorum dabit nostro b) episcopo duos stivales estivales et duos calcios parvos et duos c) stivales hyemales et similiter duos calcios d).

---

§ 36. H. 21. a) B. sunt. b) in H.] H. in Novoforo ab antiquo c) vult] B. voluerit; DH. fügen zu habere d) duas] B. 1½; D. mediam marcam. H. III Lotte.

§ 37. H. 21. a) aliq.] f. H. b) ips.] DH. suus c) Statt des Folgenden hat H.: et relicta illius pistoris tenebit eandem Innunge.

§ 38. H. 21. a. E.; a) sol. d.] B. solvent b) pref.] H. nostro advocato c) Das Folgende fehlt in H. d) B. dabunt; D. fehlt commun.

§ 39. H. 22. a) B. sunt b) BD. voluerit c) tres fert] H. fertonem d) D. spectabunt.

§ 40. H. 22. a. E. a) Statt des Folgenden hat H : relicta eandem Innunge obtinebit.

§ 41. 42. Statt dieser beiden Paragraphen lautet H. 23.: Innunge sutorum sic est. Si aliquis vult habere Innunge sutorum dabit medium fertonem. Duae partes ad civitatem, una ad sutores. Si sutor moritur, filius ejus dabit solidum, relicta eandem Innunge habet. — a) DB. 1½ fertone. b) nostro] 82 marcam c) D. fehlt duos d) S 1. B. f. zu parvos.

§ 43. Item, ista spectant ad hereditatem: proprietates, bona negociatoria, equi, boves, porci non euntes ad pascua, cyste plane, sartago, que non conducitur pro precio, doleum maximum *a*), omnis lineus pannus forfice non *b*) incisus, omnia fila cruda, cyphi aurei et argentei, arma, omne debitum. Omnia spectantia ad cibaria, quod dicitur Musteil, tricesimo peracto, medietas spectat *c*) ad hereditatem *d*), medietas ad jus, quod Rade dicitur.

§ 44. Item, ista spectant ad jus, quod Rade dicitur: omnes vestes dominarum, omnis ornatus dominarum de auro et argento factus, ita quod sit integer *a*). Omne quod Vedirgewant *b*) dicitur, spectat *c*) ad Rade; mensalia, manuteria, lintheamina, tapecia, cortine, Ummehanc, candelabra, pelves, cyste *d*) superius gybbose *e*), equi *f*), oves et omne, quod spectat ad braxandum, excepto magno doleo, anseres et pulli, sartago, que conducitur pro precio, omnes sues.

§ 45. Prefectus infra suum judicium proloquendo nullius causam promovebit.

§ 46. Domina, que recipit *a*) Rade, procurabit lectum *b*) et mensam et sedem illius, qui spectat ad hereditatem, secundum quod decet.

Datum Hallis anno domini millesimo ducentesimo tricesimo quinto *a*). Hec sunt nomina, scabinorum, qui presentem paginam compilaverunt *b*), Bruno, Conradus, Henricus, Allexander *c*), Burkhardus *d*), Conradus, Bruno, Rudegerus *e*). Predicti scabini *f*) presentem paginam appositione sigilli burgensium muniunt et confirmant *g*).

---

§ 43. Die Paragraphen 43 — 46. fehlen in H.   *a*) B. magnum
b) D. fehlt non   *c*) spectat] f. S 1. 2.   *d*) B. f. zu et.

§. 44. *a*) ita — integer] D. itaque integumentum, *b*) B. Wedirwant,
c) B. spectant. *d*) B. cyffi. *e*) B. gyldose. *f*) B. eque.

§ 46. *a*) D. recipit. *b*) D. perpetuabit locum.

a) D. MCCCCXXXXV.; H hat hinter den Namen der Schöffen das Datum Anno domini MCLXXXI. *b*) H. composuerunt. *c*) Allex. fehlt in H. *d*) D. Bernhard, die folgenden Namen fehlen in D. *e*) H. Ludegerus *f*) pred. scab. fehlt in H. *g*) appos. — confirm.] H. apposicione nostri sigilli in unum confirmatum; D. muniverunt et confirmaverunt.

IV.

Magdeburg-Breslauer Recht von 1261.

Von diesem Weisthum befindet sich das Original im Stadtarchiv zu Breslau und es ist aus demselben öfters abgedruckt worden; insbesondere bei Gaupp, Magdeb. R. S. 230 fg., Tzschoppe und Stenzel, Urkundensamml. S. 351 fg., Korn, Urkundenbuch der Stadt Breslau. 1869. S. 18 ff.

§ 1. Do man Magdeburch besatzete, do gap man in recht nach irn wilkure, do wurden sie zu rate, daz sie kuren râtman zu eime iare, die swuren unde sweren noch alle iar, swenne sie nuwe kiesen, der stat recht unde ire ere unde iren vromen zu bewarende, so sie allerbest mugen unde kunnen, mit der wisesten liute rate.

§ 2. Die râtman haben die gewalt, daz sie richten uber allerhande wanemaze unde unrechte wage unde unrechte schephele unde uber unrecht gewichte unde uber allerhande spisekovf unde uber meynkouf, swie so daz brichet, daz ist recht, daz der muz wetten drie windesche march, daz sint ses unde drizich schillinge.

§ 3. Die râtman legen ir burding vz, swenne so sie wollen, mit der wisesten lute rate, swaz sie danne zu deme burdinge geloben, daz sol man halden, swelich man daz brichet, daz sulen die ratman vorderen.

§ 4. Swer aber zu dem burdinge nicht ne kumet, so man die gelocken liutet, der wettet ses pfenninge; wirdet aber im daz burding gekundegit, ne kumet her dar nicht, her wettet vumf schillinge.

§ 5. Die liute, die dar hoken heizen, brechen sie oder missetun sie waz an meinkoufe, sprichet man in daz zu, sie muzen wetten hût unde har, oder drie schillinge; daz stet aber an den ratmannen, welich ir sie wollen.

§ 6. Of schefele oder ander maze zu kleine sin oder un-
recht waghe, daz muzen sie wol vorderen nach der stât kure,
oder zu bezzerende mit ses unde drizich schillingen.

§ 7. Unse hoeste richtere, daz ist die burchgrave, die
sitzet drû bôtding in deme iare; ein ding, in sante Agethen
tage, daz ander, in sante Johannes tage des liechten, das
dritte, in dem achteden tage sente Martenes. Komen disse
tage an heilige tage, oder an bundene zit, so vorluset her
sin ding, oder ne kumet her nicht; ne were aber die schult-
heize dar nicht, so ne wirt im aber des dinges nicht, her muz
aber dem burchgraven wetten zên phunt, iz ne beneme ime
echt nôt.

§ 8. Swaz so ungerichtes geschet vierzen nacht vor sime
gedinge, daz richtet die burchgrave unde anders nieman. Ist iz
also, daz die burchgrave dar nicht wesen ne mach, die burgere
kiesen einen richtere in sine stat, umbe eine hanthafte missetât.
Des burchgreve wette sint driu phunt. Swen so her uf steit, so
ist sin tegeding uze unde so leget her des schultheizen ding uz,
van deme nehesten tage over vierzen nacht.

§ 9. Der schultheize hevet drû echte ding, ein, nach deme
zweleften, daz ander an dem dinstage, alse die Osterwoge uz
geit, daz dritte, alse die Pinkesten woge uzgeit. Nach dissen
dingen leget her sin ding uz over vierzen nacht. Komen
die dingtage, an einen heiligen tach, her mach wol uber
einen tach oder uber zwene nach deme heiligen tage sin ding
uberlegen.

§ 10. Des schultheize gewette sint achte schillinge. Des
schultheizen ding ne mach dem manne nieman kundigen, wan
die schultheize selben, oder die vronebote, nichein sin knecht.
Ne ist die schultheize dar nicht zu hûs, geschet ein ungevuge,
so setzet man einen richtere umbe eine hanthafte tât. Die
schultheize sal haben die gewalt van des landes herren; her sal
ouch damite belênt wesen unde sal sin rechte lên wesen unde
echt geboren unde van deme lande.

§ 11. Ist iz also, daz ein man gewûnt wirdit, geschriot her
daz ruocht unde begrifet her den man unde bringet her in vor
gerichte und havet er des sine schreiman selbe siebede, her ist
naher in zu vorziugende, danne her ime untgan muge. Umbe
eine wunde so slehet man ap die hant unde umbe einen toth-
slach den hals, of die wunde ist nagels tief unde lie-
des lanc.

§ 12. Dem burchgraven unde deme schultheize en ist nichein schephene oder burgere phlichtich urteile zu vindene buzen dinge, iz ne were umbe eine hanthafte tât. Die burchgrave unde die schultheize muzen wol richten alle tage umbe schult, ane geziuge.

§ 13. Of ein man gewunt wirt unde nicht vure ne kumet unde sine klage vornachtet unde jene vorkumet, he untgat ime selbe siebende. Ne komet her nicht vure zu drên gedingen, her ubervestet jenen zu dem vierden dinge.

§ 14. Ofte ein man ein wip nimet, stirbet die man, daz wip ne havet in sime gute nicht, her ne hab' iz ir gegeben in gehegeteme dinge, oder zu libgedinge zu irme libe. Wolde iman der vrowen ir libgedinge brechen, sie behaldit iz wol mit manne unde mit wiben, die darzu jegenwarde waren selbe sibede. Ne hebet ir die man nichein gut gegeben, sie besitzet in deme gute, unde ire kint sulen ir geben ire lipnare, die wile sie ane man wesen wil. Hevet die man schaf, die nimet daz wip zu raden.

§ 15. Habet die man unde daz wip kint, swaz so der uz gesunderet sint, stirbet der man, die kint, die in deme gute sint, die nemen daz gut; die uz gesunderet sint, die haben dar an nicht; unde ir erbe ne mugen die kint niet vorkoufen, an ir erben gelop.

§ 16. Swaz so ein man gibit in hegeteme dinge, besitzet her damite jar unde tach an jemannes widersprache, die recht ist, der ist her naher zu behaldene mit dem richtere unde mit den schephenen, dan iz ime jeman untvuren muge.

§ 17. Of die richtare unde die schephenen irsturven sint, so mach man sie wol afsetzen mit den dingliuten, zu dem allerminnesten mit zwen schephenen unde mit vier dingmannen, so behaldet ein vrowe ire gift.

§ 18. Nichein man noch nichein wip die nie moch an irme suchebette nicht vorgeben boven drie schillinge, an ir erben gelop, noch die vrouwe an ihres mannes gelop.

§ 10. Des burchgreven gewette unde weregelt, daz gewunnen wirt in gehegeme dinge, daz sol man gelden binnen ses wochen.

§ 20. Of sich ein erbe vorswesteret oder vorbruderet, die sich geliche na dazu gezien mugen, die nemen daz erbe geliche.

§ 21. Swelich man gewundet wirdet, schriet her daz ruocht unde kumet her vor gerichte, swellichen man her be-

klaget, die darzu jegenwarde was, komet die vure, dem
mach her ein kamph ap gewinnen. Habet her mer liute be-
klaget, dan der wunden sint, unde wirdet also manich man
vorvestet also der wunden sint, die liute alle, die untgant
albetalle manlich sibede.

§ 22. Swie so mit dem gute besezzen ist, belibet daz
kint phaphe, daz nimet die rade, of dar nichein juncvrowe nist.
Ist dar ein jungvrowe unde ein paphe, die teilen die rade un-
der sich.

§ 23. Swaz so ein man gibet an gehegeteme dinge vor
den schephenen unde vor dem richtere, die sal geben einen
schilling zu vriede buze, den nemen die schephenen.

§ 24. Swelich man den anderen umbe schult beklaget unde
gewinnet her die mit notrechte, daz muz her desselben tages
gelden unde muz dem richtere wetten.

§ 25. Wirdet ein man beklaget umbe schult unde bekant
her der schult, so sal her ime binnen vierzen nachten gelden;
ne gildet her nicht, so hebet die richtare sin gewette gewunnen;
so sal her ime gebieten zu geldene over achte tage, so gebutet
her ime uber drie tage, so gebutet her ime uber den anderen
tach oder nacht, gebrichet her daz, also dicke hebet die richtere
sin gewette, unde ne habet her des geweddes noch der schult
nicht, her vronet sine gewere, daz ist sin hûs; ne hevet her des
huses nicht, her tut ine zu also getame rechte, swar so man
ine ankome, daz man in ufhalden sal vor die schult unde vor
daz gewette; swer in ouch boven daz bildet, die wettet deme
richtere.

§ 26. Wirdet ouch einem manne sin gezuch geteilet,
des hebet her tach drie vierzen nacht, dar under mach
her kiesen vierzen nacht, swelche so her wil, zu deme nehe-
sten dinge.

§ 27. Geschet ein strit nachtes oder tages, wolte man ein
biderven man darzu beklage, der ist naher ime zu untgande silbe
sibede, dan iz jener uf in brengen muge, wante in der stat, dar
daz schach, ine nie nieman ne sach.

§ 28. Nichein wip ne mach ir lipgedinge zu eigene be-
halden noch vorkoufen; swar so sie stirbet, daz lipgedinge daz
gêt wider an des mannes erben.

§ 29. Swar kint an eime erbe besturben sint, stirbet ir
dichein, daz gut teilen sie geliche, beide, die binnen unde
buzen sint.

§. 30. Swar so einem manne sin gut gevronet wirt, alse dicke so her uz unde in geit, also dicke muz her dem richtere wetten, die vrone ne si mit rechte af genomen.

§ 31. Ist iz also, daz ein man beteverten oder sines koufes varen wil buzen landes, wil den jeman hinderen umbe schult, der ne mach ist tun nicht, her ne muze nemen sin recht vor sime richtere.

§ 32. Swer so einen schephenen beschildet uf der banc, her gewinnet sine buze, drizich schillinge, unde die richtere sin gewette.

§ 33. Beschildet ein man einen schephenen, swenne des urteiles gevolget ist, sie gewinnen alle ire buze, unde die richtere sin gewette. Also manege buze, also manich gewette.

§ 34. Swar liute vorsunet werdent oder eine orveide tunt vor deme gerichte, daz geziuget ein man, ob her is bedarp, mit deme richtere unde mit den schephenen; sint aber im die schephenen vor gesturben, so tut her iz mit den geding liuten.

§ 35. Swaz ouch die schephenen gehalden, oder geziugen, daz sal die richtere mit in halden unde geziugen.

§ 36. Swar ein sune gemachet wirt under liuten buzen gedinge, wil man die brechen, daz geziuget ein man selbe sibede, mit ses mannen, die iz gesehen unde gehort haben.

§ 37. Swar so ein sune unde ein recht were wirt getan vor gerichte, brechen die ... ie sachwaldichen unde wurden sie des vorwunden, alse recht ist, mit deme richtere unde mit den schephenen, die vorliesen umbe die wunden ire hant unde umbe totslach ir houbit. Weriz also, daz sie ein ander man breche, die muz buzen mit sineme weregelte, daz ist umbe die wunde nubên phûnt, unde umbe den totslach achtzen phunt, her ne muge is untgân alse recht ist.

§ 38. Vichtet ein man einen kamph umbe eine wunden unde vichtet jener sieche, iz gât dieseme an die hant umbe die wûnden unde umbe totslach an den hals.

§ 39. Wurde ein man mit steben geslagen uffe sinen rucke unde buch unde die slege brun weren unde blâ unde uf erhaben, mach her des den richtere zu geziuge haben unde die dingliute, daz sie iz gesehen haben unte gehort, jener ist naher einen kamph uf in zu brengene, danne is jene liute mit irme rechte untgen mugen; wurde her aber uf das houbet oder uf die arme geslagen unte daz her anderes nicht me bewisen ne mach, jene liute die mugen is ime baz ûntgen, dan iz diese uf sie brengen muge mit irme rechte; bekennent sie is aber, ir

joweder vorlieset sine buze und der richtare gewinnet sin ge-
wette; sint aber die slege totlich, so muzen sie antwarten mit
kamphe, die man dar umbe beklaget hât; sint sie aber nicht
totlich, so antwortet einer mit kamphe, die anderen untgant ime
mit ir unschult.

§ 40. Lage unde daz man vrouwen notet unde heimsuche
richtet die burchgrave unde anderes nieman; der schultheize
nicht. Mach man die heimsuche bewiesen mit wunden unde
mit gewundeteme getzimmere, hat ein man des den richtere
unde die schreilute zu geziuge, jener ist ime naher zu antwortene
mit eime kamphe, dan her ime untgan muge mit siner unschult.

§ 41. Of ein erbe vorstirbet, daz sich niman dar zu ne
zucket mit rechte binnen jare unde tage, daz nimet die kuning-
liche gewalt.

§ 42. Ob ein man tôt geslagen wirt, hat der man driu
kint oder me unde wirt ein man dar umbe beklaget unde untgât
her des, alse recht ist, unde wirt ime umbe die klage ein recht
were getan, her ne darp von den anderen kinden nicheine nôt
mer liden umbe die klage.

§ 43. Unde ob ein man dem anderen swiret vor gerichte,
her muz wol uf legen an urloub unde ap nemen, daz her damite
nicht vorliesit, noch deme richtere nicht geben ne darp.

§ 44. Grifet ein man ein phert an unde sachet her, daz iz
ime vorstolen sie oder abgeroubet, dar sal her sich zu ziehen
alse recht is; so mac jene wol ziehen uf sinen geweren unde
sal den weren benumen, uf den her zuhet unde sal sweren uf
die heiligen, daz hie iz zie zu rechter zucht; swar her den be-
numet, dar sal her ime volgen, mer uber die weldichen sewe
nicht, unde wirt jeneme des bruche unde mach her des nicheinen
geweren haben, alse her sich vormezzen habete, so sal her bur-
gen setzen deme richtere vor die buze unde vor die chost, die
jener dar umbe vortan habet unde sal den tach benumen, wen
der dar komen sule. Unde sprichet ein man, daz her iz phert
gekouft habe uf deme gemeine markete, so vorlieset her sine
silver, daz her dar darumbe gab unde muz jeneme sin phert
wider geben unde ne vorlieset dar umbe nicheine gewette.
Unde swenne ein richtere sin gewedde in vorderet, so ne mach
her vorbaz uf das gewette nichein gewedde uf sin gewette
vorderen.

§ 45. Unde sprichet ein man ein gut oder ein erbe an,
alse recht ist, dar umbe ne darp her deme richtere nicht geben,

mer her sal ime helpen. Unde gelobet ein man sine klage zu
haldene unde wirt iz binnen des geebenet, so ne vorliesit her
dar umbe nicht me, wante her gibit dem richtere sin gewette.

§ 46. Unde wirt ein man gewundet unde missevuret unde
ne wil her nicht klagen, die richtere ne nach den man nicht
dwingen zu klagende.

§ 47. Unde wirdet ein man vorvestet oder wirdet uber in
gerichtet, sin gut ne mach nieman nemen wante sine rechten
erben.

§ 48. Stirbet ein man unde hebet her gut unvorgeben, iz
gut erbet uf sine kindere, ob sie ime ebenburdich sint, unde
stirbet der kint dichein, sin teil, daz vellet uf sine muter, unde
die muter die ne mach nicht mit deme gute tun, an der erben
gelob.

§ 49. Swanne ein kint zwelif jare alt ist, zo mach iz zo
vormunden wol kiesen, swen so iz wil, unde swer vormunde
ist der muz rechenen zu rechte der muter unde den kinden,
waz mit deme gute getan si.

§ 50. Sprichet ein man den anderen an, daz her sin eigen
si, mach her sine vriheit geziugen, her ist ime naher zu unt-
gende, wante her iz uf in brengen muge. Sine vriheit muz ein
man vollbrengen mit dren siner muter mage unde mit dren sines
vater mage, also daz her selbe die sibede si, iz sin vrouwen
oder man.

§ 51. Beklaget ein man den anderen umbe topelspiel, her
en hat ime nicht zu antwortene.

§ 52. Swar ein man burge wirt unde stirbit her, sine kint
ne durven vor in nicht gelden. Wirt ein man vor gut burge,
die burge muz daz gut selbe gelden unde muz daz volbrengen,
daz iz vorgulden si.

§ 53. Ob ein man den anderen gewundet in der vrien
straze in einen wichbilede, ane were unde recht unde unvor-
klaget, unde die silbe man, die gewundet is, komet zu were
unde wundet jenen wider unde schriet daz ruochte umbe den
vriede, den her an ime gebrochen hat unde ne mach her doch
vur gerichte nicht komen unde klagen van unkraft sines libes
oder von angeste sines libes unde komet jene man, die ine erst
wundete, mit einer vrevele vore unde klage, die ander, an
deme die vriede erst gebrochen wart, kome na unde klage des
selben tages in der hanthaften tât unde bewise die nôt unde
geziuget daz mit sinen schreiluten, daz her den vrede an ime

gebrochen habe unde diu urhaf jenes were unde sin nicht, ge-
ziuget her daz, alse recht ist, her gewinnet jeneme die ersten
klage ap; vornachtet her iz aber, so ne mach her des nicht tun.

§ 54. Ob sich zwene under ein ander wunden binnen wich-
bilde, die beide von windischer art sin here komen unde doch
nine, wincde sin, die eine kome vore unde klage nach win-
dischen site, die ander ne darf ime zu rechte nicht antwarten,
ob her wol beklaget in an der sprache, diu ime angeboren ist,
nach wichbildes rechte.

§ 55. Die vrouwe sal geben zu herwete, ires mannes swert unde
sin ors oder sin beste phert gesadelet unde daz beste harnasch, daz her
habete zu eines mannes libe, do er starp binnen sinen weren; darnach
sal siu geben einen herepule, daz ist ein bedte unde kussene unde
lilachen unde ein tischlachen, zwie beckene unde eine dwalon; diz ist ein
gemeine herewete zu gebene unde recht; al setzen dar die liute
manigerhande ding zu, daz dar nicht zu ne horet. Swes daz wip nicht
hebet disser dinge, des ne darp sie nicht geben, ob sie ir unschult
darzu tut, daz sie is nicht ne habe, umbe jewelche schult sunderliche;
swaz man aber da bewisen mach, dar ne mach wider man noch wip
nicheine unschult vore getun. (Sachsenspiegel I. 22 § 4.)

§ 56. Swar zwene man oder drie zu eime herewete geboren sint,
die eldeste nimet daz swert zu voren, daz ander teilen si geliche under
sich. (Sachsenspiegel I. 22 § 5.)

§ 57. Swar die sune binnen iren jaren sint, ir eldeste evenbor-
diche swert mach nimet daz herwete aleine unde ist der kinde vor-
munde daran, wante sie zu iren jaren chomen, so sal her iz in wider
geben; dar zu al ir gut; her ne kunne sie bereiten, war her iz in ir
nutz gekeret habe oder iz ime mit roube oder van ungelucke unde ane
sine scult gelosit si. Her ist ouch der wetewen voremunde, went sie
man neme, of her ir evenburdich ist. (Sachsenspiegel I. 23, §§ 1, 2 a. E.)

§ 58. Nach deme herewete sal daz wip nemen ir lipgedinge unde
alliz, daz zu der rade horet, daz sin alle scaph unde gense, kasten mit
uf gehavenen liten, al garn, bette, pule, kussene, lilachene, tischlache,
badelachenen, dwelen, beckene, luchtere, lyn unde alle wipliche klei-
dere, vingerlin unde armgolt unde tsappiel, saltere unde alle buche, die
zu gotes dienste horen, sidelen unde laden, tzeppede unde ummehange,
ruggelachene unde al gebende; diz ist daz zu vrouwen rade horet.
Noch ist manigerhande kleinote, daz dar zu horet, aleine nie benume ich
iz sunderliche nicht, alse burste unde schere unde spiegele. Al linewat
ungesniten, neweder golt noch silber ungevorcht, daz ne horet der vro-
wen nicht. (Sachsenspiegel I. 24.)

§ 59. Swaz boven dissen vurgesageten dingen ist, daz horet alliz
zu deme Erbe. Swaz so des uze stet und e stunt bi des toden Mannes
libe, daz lose der, ob her wil, deme iz zu rechte gebure. (Sachsensp. I. 24.)

§ 60. Die paphe teilit mit den Bruderen unde der nicht, der munich ist. (Sachsenspiegel I. 25, § 1.)

§ 61. Begibit man ein kint binnen sinen jaren, iz muz wol binnen sinen jaren uz varen unde behalt lênrecht unde lautrecht. Begibt sich aver ein man die zu sinen jaren ist komen, der hevet sich van lautrechte unde von leenrechte geteilit unde sine leen sin ledich, wante her den hereschilt uf gegeben hat, deste man disses alles geziuch habe, an den monechen, dar her begeben was. (Sachsenspiegel I. 25, § 2. 3.)

§ 62. Sweliches urteiles man aller erst bitet, daz sal man erst vinden. Beide, die klegere und jene, uf deme man klaget, die muzen wol gespreche haben, umbe jewelche rede dries, also lange, wante sie die vronebote wider in lade. (Sachsenspiegel I. 62, § 8. 9.)

§ 63. In allen steten ist daz recht, daz die richtere richtet mit urteile. Offenbare ne sal die man vor gerichte nicht sprechen, sint her einen vorspreche hat. Mer vraget in die richtere, ob her an sines vorspreche wort gie, her muz wol sprechen ja oder nein, oder gespreches beten. (Sachsenspiegel I. 62, § 10, 11.)

§ 64. Swie kamphliche, wil gruzen einen sinen genoz, die muz biten den richtere, daz her sich underwinden muze eines sines vredebrecheres zu rechte, den hie dar sie. Swen ime daz mit urteilen gewiset wirt, daz her iz tun muze, so vrage hie, wie her sich sin underwinden sule, alse iz ime helphlich si zu sime rechte, so vint man zu rechte: gezogenliche bi dem houbitgazze. Swenne her sich sin underwunden hât, so sal her ime kundechen, war umbe her sich sin underwunden habe; daz mach her tun ze hant, ob her wil, oder gespreche dar umbe haben. So muz her in sculdichen, daz her den vriede an ime gebrochen habe, entweder uf des kuniges straze eder in eime dorphe; zu swelcher wîs her in gebrochen habe, zu der wîs klage her uf in. So sculdiche her in aber, daz her in gewundet habe unde die nôt an ime getan habe, die her wol gewisen muge, so sal her wisen die wunden, oder den naren, of her heil ist So klage her vorbaz, daz her in beroubit habe sines gutes unde ime genumen habe des also vile, daz iz nicht ergere ne si, iz ne si wol kamphwertich. Dise driu ungerichte sal her ze male klagen, swelicher her over swiget, so hebet her sinen kamph verloren. (Sachsenspiegel I. 63. § 1.)

Daz recht habent gegeben die biderven schephenen unde die râtman van Magdeburch deme edelen vursten, Herzogen Heinriche unde sinen burgeren van Brezlauwe, unde wollen in daz helfen halden, swar so sie is bedurfen, unde havent iz getan durch bete Herzogen Heinriches unde der burgere van Brezlauwe. Unde iz wart gegeben nach Gotes geburt uber dusent jar unde zweihundert jar unde ein unde sestich jar. Bi den geziten was schephene her Brûn unde her Goteche unde her Bertolt unde her Alexander, her Nicolaus, her Heine, her Reyneche, her Betheman, unde iz was do râtman, her Burchart, her

Jerdach, her Thideman, her Hoger, Heyno, Bertram, Thydeman, Ulrich.

§ 65*). So spreche her vorbaz: dar nach ich selbe in selben unde beschriete in mit deme geruochte; wil her des bekennen, daz ist mir liep, unde ne bekennet her is nicht, ich wil is bereden mit al deme rechte, daz mir daz lantvolc irteilet, oder die schephenen, ob iz under kuningisbanne ist. So bitte jener man einer gewere; die sal man ime tun, doch muz die man sine klage wol bezzeren vur der were. Swanne diu gewere getan ist, so biutit jene man sine unschult, daz ist ein eit, den muz her sweren, unde ein echt kamph, ob her in zu rechte gegruzet hat unde ob iz dar ist, ich meine, ob her iz volbringen muge von lemesle sines libes. (Sachsenspiegel I. 63, § 2.)

§ 66. Jewelich man mach kamphes untsagen sich deme manne, der unedelere ist dan her; der man aver, der baz geboren ist, den ne kan, der wirs geboren ist, nicht vorwerfen mit der bezzeren gebort, ob her an in sprichet. (Sachsenspiegel I. 63, § 3.)

§ 67. Kamphes mach ouch ein man sich weren, ob man in des gruzet nach mittemtage, is ne were ir begunst. (Sachsensp. I. 63, § 3.)

§ 68. Die richtere sal ouch phlegen eines schildes unde eines swertes deme, den man dor schuldeget. (Sachsenspiegel I. 63, § 3.)

§ 69. Kamphes mach ouch ein man sine mage bewaren, ob sie beide sine mage sin, daz her daz bewise selbe siebende uf den heiligen, daz sie also nahe mage sin, daz sie durch recht zusameue nicht vechten ne sulen. (Sachsenspiegel I. 63, § 3.)

§ 70. Der richtere sal zwene boten geben ir jedwederme, die dar vechten sulen, daz sie sehen, daz sie sich gerewen nach rechter gewoneheit. Leder unde linen ding muzen si an tun, alse viele so sie wollen. Houbit unde vuze sin vore bloz unde an den henden sulen sie nicht wan dunne hantschun habeu, ein bloz swert in der hant unde ein umbegegurdet oder zwei, daz stat aber an irme kure; einen sienewelden schilt in der lerzen hant, dar nicht wen holtz unde leder an ne si, ane die bukelen, die muz wol iserin wesin; ein rok sunder ermelen boven der gare. Ouch sal man dem warve vriede gebieten bi dem halse, daz sie nieman irre an irme kamphe. Ir jewederme sal die richtere einen man geben, die sinen boum trage, die ne sal sie nichtes irren, wen ob ir ein valt, daz her den boum understeche, oder ob her gewunt wirt, oder des boumes geret; des selven ne muz her nicht tun, her ne habis urlop van deme richtere. Na deme, daz deme kreize vriede geboten ist, so sulen sie des kreizes zu rechte geren. Den sal in die richtere zu rechte urlouben. Die ortisen van den swertesscheiden sulen sie abe brechen, sie ne habens urlop van deme richtere. Vor den richtere sulen sie beide

---

*) Ueber die mit § 65 beginnenden Zusätze, welche 1283 vom Herzog Heinrich IV. von Schlesien-Breslau bestätigt worden sind, vergl. Gaupp a. a. O. S. 54 ff.

gegerwit gan unde sulen sweren, die eine: daz die schult war si, dar her
in umbe beklaget have; unde die ander: daz her unschuldich si, daz in
got also helphe zu irme kamphe. Die sunnen sal man in teilen geliche,
alse sie irst zu samene gan. Wirt der vorwunden, uf den man sprichet,
man richtet uber in; vichtet her aber siege, man muz in lazen mit buze
unde mit gewette. Die klegere sal irst in den warf komen; ob der
ander zu lange sumet, die richtere sal in lazen vore eischen den vronen-
boten in deme huse, dar her sich inne gerwet unde sal zwene scheppen
miete senden; sus sal man in laden zu deme anderen unde zu dem dritten
male, unde ne kumt her zu der dritten ladunge nicht vore, die klegere
sal uf stan unde sich zu kamphe bieten unde sal slân zwene slege unde
einen stiche wider den wint, dar miete hevet her vorwunden so getane
klage, alse her an in gesprochen hat unde sal ime die richtere richten,
alse ob her mit kamphe vorwunden were. Sus sal man ouch vorwinden
einen toden, ob man ine an duve, oder an roube, oder an sogetanen
dingen geslagen hat. Mach aber her den toten mit sieven mannen vor-
ziugen, so ne darph her sich zu kamphe nicht bieten jegen in. Biutet
aber ein des toden mâch, swie so her si, in vorezustande mit kamphe,
die vorleget allen geziuch, wende so ne mach man in ane kamphe nicht
vorwinden. Alse hir vore gesaget ist, also vorwindet man ouch den, die
zu kamphe gevangen oder gegruzet ist unde lovet oder burgen setzet
vorezukomene unde nicht vore ne kumet zu rechten tegedingen. (Sachsen-
spiegel I. 63, § 4 — 65, § 1.)

§ 71. Swer lip oder hant ledeget, daz ime mit rechte vorteilet ist,
der ist rechtlos. (Sachsenspiegel I. 65, § 2.)

§ 72. Swie so ouch borget einen man umbe ungerichte vore zu
bringene, ob her in nicht vore bringen ne mach, her muz sin weregelt
geben unde ne schadet deme zu sime rechte nicht, die in geborget hatte.
(Sachsenspiegel I. 65, § 3.)

§ 73. Unde man ne mach nicheinen man vorvesten, iz ne ge an den
hals oder an die hant. (Sachsenspiegel I. 68, § 1.)

§ 74. Swar ein man des anderen wort sprechen sol, dar
her mit urteilen zu gedwngen wirt in einer hanthaften tât, der
spreche alsus: herre, her richtere, habet ir mich diesem manne
zu vorsprechen gegeben, so vrage ich in eime urteile zu vor-
suchene, ob ich van jemanne vientschaf oder vehede haben sule,
daz ich sin wort spreche durch rechtes willen, so ich beste
mach unde kan. Swen ime daz gevunden wirt, so dinge her
ime daz wandel, unde ob ich ine an jenegen dingen vorsume,
ob her sich dies icht irholen muze mit mir oder mit einem an-
deren. Swen ime daz gevunden wirt, so bitte her des gespreches,
ob her wil, unde vrege an eime urteile zu versuchene, wie her
der klage beginnen sule, alse iz ime helphende si zu sime rechte.

Swen ime daz gevunden wirt, so vrage her an eime urteile zu
vorsuchene, ob man icht durch recht den sachwaldegen vragen
sule, wie den vriede an ime gebrochen habe, ob her also un-
kreftich ist, daz her nicht genennen ne mach den man.   Swen
ime daz gevunden wirt unde in die richtere unde zwene schep-
phenen oder zwene dingman besehen haben, so vrage her an
eime urteile zu vorsuchene, ob si iz icht durch recht sagen
sulen bi irme eide unde mit der stat rechte, waz ine wizzen-
lich dar umbe si. Swen ime daz gevunden wirt van deme einen
unde van deme anderen unde van deme dritten, so vrage her an
eime urteile zu vorsuchene, ob her volkumen si.   Swen ime
daz gevunden wirt unde die vriedebrechere vorgeladet wirt alse
recht ist, so spreche her alsus: herre, her richtere, wolt ir sin
wort vornemen, so klaget her uch uber einen Heinriche, daz
her ist komen binnen wichbilde in der vrien straze unde hat
den vriede an ime gebrochen unde hat in gewundet unde die
nôt an ime getan, die her wol bewisen mach unde hat in be-
roubet libes und gutes unde hat ime genomen des also viel,
daz iz nicht erger ne ist, iz ne si wol kamphes wert, unde her
bittet durch daz rechtes gerichtes. So muz man den vriede-
brechere vore eischen, ein warbe, ander warbe, dritte warbe,
bi sime namen.   So sal her aber sine clage vornuwen alsus:
her claget uch uber einen Heinriche, daz her ist komen binnen
wichbilde in des keiseres straze unde hebet den gotes vriede
an ime gebrochen, unde hebet ine beroubet libes unde gutes
unde hat ine gewundet unde die nôt an ime getân, die her wol
bewisen mach unde bittet dar umbe gerichtes.   Unde alsus tu
her zu deme dritten male.   So sal jener bewisen die wunden.
So vrage her an eineme urteile zu vorsuchene, ob her den
vriedebrechere irgen ankome, ob her in icht bestetegen muze
van gerichtes halben.   Swen ime daz gevunden wirt, so bitte
her danne eines vriedes.

§ 75. Ein man der mach wol sinen sune ûz ziehen, der
binnen sinen brote ist, daz ime gêt an den hals oder an die
hant zu drin malen, zu deme vierden male muz her selbe ant-
worten. Daz enschadet deme vater nicht zu sime rechte, ob
der sune wol vore geantwordet hat. (Vrgl. Ssp. II. 17. § 2.)

§ 76. Hat ein man pert, oder einen hunt, oder swaz sines
vies ist, daz nicht gesprechen ne mach, sprichet her, iz ne si
sin nicht, ob iz jenegen schaden tut, iz ne schadet ime zu sime
rechte nicht.

§ 77. Beheldet ein knecht sin vordienete lôn uf sinen herren vor gerichte, dar ne ist der herre deme richtere nich ein gewette umbe schuldich unde daz sal her ime gelden binnen deme tage.

§ 78. Claget ein man vor gerichte mit geziuge umbe sin gelt, daz mach her wol behalden mit erhaften liuten, die unvorwurfen sin, alse verne, alse jener sprichet, her si is unschuldich. Sprichet her aber, her habet ime vorgolden, so brichet her ime sinen geziuch, daz muz her volbringen silbe dritte uf den heilegen mit erhaften liuten.

§ 79. Daz ein man der were bittet, uf den die klage geit, der ander ne mach ir ime nicht geweigeren, bringet her iz mit urteilen dar zu. Tut her aber ime die were, iz ne schadet ime zu sime rechte niet unde jene ne winnet oûch nicht me mit der were, der der were da bittet, wen daz in nichein sin vrunt beklagen mach mer umbe die schult.

V.

Magdeburg-Breslauer Recht von 1295.

Das im Breslauer Stadtarchiv befindliche Original ist gedruckt bei Gaupp S. 259, Tzschoppe und Stenzel S. 428, Korn S. 60.

§ 1. In des borchgreven dinge zu Meydeburch mac ein man wol umbe gelt clagen, der cleger muz aber al uz in borchgreven dingen van eime dinge zu dem anderen siner clage volgen, so daz he iz ieme jo sal kundigen.

§ 2. Wirt aber ein man mit gezuge beclaget in dem selben dinge umbe gelt, unde sprichet her, he habe ime vergulden, daz volbrenget he baz mit erhaften liuten, den is in jener verzugen muge; daz mac he tun zu hant, ob he wil, oder uber dri viercein nacht in des scultheizen dinge. Sal aber ein man einen eith tun mit sin eines hant, den muz he tun in deme selben dinge.

§ 3. Der richter sal gerichtes warten unde phlegen alle tage an rechter dingstat, iz en si, daz ein man umbe gelt clagen wil ane gezuch, daz mac he allenthalben wol richten.

§ 4. Wergelt unde buze unde des richteres gewette sal man gelden uf den tach, der geteilet ist*), alse denne genge unde gebe sin; daz wergelt unde die buze deme clegere unde deme richtere daz gewette.

§ 5. Wirt einem manne sin gut gevronet mit rechte, daz sal jener besitzen, der iz in de vrone gebrach hat, mit der vrone dri tage unde nacht; he sal och darinne ezzen unde slaphen mit

---

*) Spätere Handschriften fügen die, im Original vermuthlich aus Versehen weggebliebenen Worte *mit den phennyngen* hinzu.

der vrone; dar nach so sal he daz gut uf bieten zu dren dingen,
immer uber viercen nacht; zu dem vierten dinge sal ime die
richtere vride da uber wirken unde sal iz ime eigenen mit
schepphen orteiln. Vercoufen mac her denne mit wissenschaft.
Loufet ime danne da icht uber, he sal iz jeme wider kerren;
gebrichtet ime, he vordere aber vor baz.

§ 6. Sprichet ein man sin gut an, gewant oder swaz anders
sines gutes ist, daz iz ime abegestolen oder geroubet si, da sal
he sich zu zen mit sin eines hant unde sal sweren uf den
heiligen, daz iz to sin were unde noch sin si, do iz ime abege-
stolen oder abegeroubet wart.

§ 7. Ist iz aber ein phert, daz ein man anspricht, daz ime
abegestolen oder geroubet ist, da sal he sich mit rechte alsus
zu zen. He sal mit sime rechten voze deme pherde treten uffe
den linken voz vorne unde sal mit siner linken hant dem pherde
grifen an sin rechte ore unde sal gern der heiligen unde des
steveres unde sal uffe den heiligen dem pherde uber deme
houbete sweren, daz daz phert do sin were unde noch sin si,
do iz im abegestolen oder abe geroubet wart; so zucht sich
jener an sinen geweren unde muz sweren uffe den heiligen,
daz he daz phert ze zu rechter zucht; da muss im jener hen
zu rechte volgen, wanne ober die weldigen se nicht. Spricht
aber ein man, he habe daz phert gecouft uffe den vrien markete
unde ne mac he des dicheinen geweren haben, so verliuset he
daz phert unde sin silber, daz he da umbe gap unde ne ver-
liuset da umbe nichein gewette.

§ 8. Beclaget ein man den anderen umbe gelt nach toter
hant unde wil in des inneren nach rechte, daz mac he tun mit
sin eines hant uf den heiligen, ob iz ime jener gestaten wil.
Sprich aber jener, he in wizze umbe daz gelt nicht, he si is
unschuldich, oder he hab iz ime vergulden, daz muz he sweren
uffe den heiligen selbe sebende.

§ 9. Biutet sich ein man mit wizzenscaft zu rechte kegen
den anderen unde der andere weigeret des unde wndet desen,
unverclageter dinge, ane recht, unde der ander, der gewndet
ist, kumt zu were unde wndet jenen weder, unde, der desen
erst wndede, kome vore unde clage, der ander, an deme der
vrede erst gebrochen wart, kome ouch na unde clage desselben
tages, bi tageslichte unde sage, daz der orhap jenes were unde
sin nicht, gezuget he daz, alse recht is, selbe sebende mit er-

haften liuten, die iz gesen unde hort haben unde da zu jegenwardich waren, he gewinnet jeme die ersten clage abe.

§ 10. Ein man der mac sinen son wol uz zen mit sin eines hant auf den heiligen, der in binnen sinem brote ist unveranderet, also, daz he swere, daz der son der tat unschuldich si.

§ 11. Unde wirt ein vrouwe begriffen in hanthafter tat an totslage oder an kamphberer wnde, des is der clegere sie neher zu oberwindene selbe sevende mit erhaften liuten, den sie is unsculdich moge werden unde so muz sie gerichte liden.

Beclaget man aver eine vrowen umbe totslach oder umbe wnden, die des selben tages bewiset sin unde wirt die vrowe geborget uffe recht, des is die vrowe neher zu untgende selbe sebende mit erhaften liuten uf den heiligen, den man jenege not mer an sie geleggen moge. Spricht man aver eine vrowen an umbe clage, die vernachtet is, des is die vrowe neher zu untgende mit ir eines hant uf den heiligen, dan sie einege not vorbaz me da umbe lide.

§ 12. Ob ein man zwierhande echte kindere habe unde hat die ersten vor zu rate uz gesazt unde gibet her da nach den anderen kindern icht an sime gute unde stirbet der man, daz nemen die kint bevorn unde waz da boven denne blibet, daz teilen sie al geliche under sich, went sie ime al evenbordich sin.

§ 13. Ob ein schepphe in gehegeteme dinge uf der bank mit unbillichen worten van einem manne misshandelet worde, wllenkumt des der schepphe mit ander sinen bankgenozen, daz sie iz gehort aven, jener muz deme schepphen verbuzen unde deme richtere gewetten.

§ 14. Ob ein man beclaget wirt umbe totslach oder umbe wnde unde der man sich borget bi sime erbe, zu gestene zu rechte unde wirt he abrennech, daz he nicht gestet, so sal man in denne voreschen, alse recht is, unde ne kumt he denne nicht vor zu deme selben dinge, man vervestet in unde so telt man deme clegere daz wergelt uffe daz erbe gewnnen unde deme richtere sin gewette.

§ 15. Unde man en mac mit rechte decheinen man hoer burgen twingen zu setzene, den al sin wergelt stelt, iz en si umbe gelthafte schult, die grozer si. (Vergl. Ssp. II. 10. § 2.)

§ 16. Geschet ein strid bi tageslichte, wil man da einen biderven man zu beclagen, der da nicht besen ist, des ist he neher zu untgende selbe sebende mit erhaften liuten, die da zu

jegen warde waren, den man en kamph abe gewinnen muge.
Beclaget man aver einen bederven man bi nachtslafender dieth
umbe totslach oder umbe wnde, die nachtes geschet, des ist
he neher zu untgende selbe sebende mit erhaften liuten, bi
den he do was, do die tat geschah unde he der tat unschul-
dich ist.

§ 17. Swen ein man zu vorsprechen bittet, der mut sin
wort sprechen zu rechte, he untrede is sich mit gewette.

§ 18. Unde swen der man sterbet, so sal man der vrowen
zu rechte die schaph zu der rade in brengen, swa so sie gan.

§ 19. Unde iz en mac nieman, weder umbe totslach, oder
umbe wnde oder umbe decheine schult, dichein ellende
geswern.

§ 20. Swa ein mann einen eid gelobet vor gerichte, vor
umbilliche wort, oder roufen, oder slan, oder blutrunst, des ne
mac man en nicht ledich lazen, iz en si des richteres wille.

§ 21. Die wile die kint iren rechten vormunden nicht haben
ne mugen, so ne mac man sie zu decheinen degedungen brengen,
sie ne komen alrerst zu iren jaren.

§ 22. Ob ein man den anderen beclaget, daz he ime sines
erbes icht abe gebuwet habe, daz beheldet jener baz, der iz in
gewern hat mit sin eines hant; he en habe in mit gezuge an
gesprochen, so muz iz jener, der iz in der gewere hat, ob he
wil, mit gezuge behalden.

§ 23. Die wile daz die borgere zu Meydeburch rechte tege-
dinge halden nach der stat rechte unde sich vor irem herren
dem bischophe, dem burchgreven unde dem scultheizen zu rechte
erbieten, nach der stat rechte, so ne mac man sie buzen der
stat nicht brengen in ein ander gerichte.

Diz recht haben die schepphen van Meydeburch lazen
scriven, mit der ratmanne unde der stat volge unde wilkore
unde habenz, durch liebe unde vruntschaft zu rechte gegeben
unde gesant iren lieben vrunden, den burgern der stat Wrezlaw
unde willen en des gesten, unde mit en halden. Zu denselben
ziten waren schepphen zu Meydeburch, her Bartholdt Ronebiz
der ritter, Her Reyner bi sente Peter, her Hennig, Hern Jans
son, Her Arnolt Horn, Her Brun Loschsche, Her Kone Ridder,
Her Jan Vrese die Riddere, Her Kone die Lange, Her Wolther
van Slanstede, Her Florin, Her Heyneman Riddere. Iz waren
ouch zu den selben ziten zu Meydeburch ratman, Her Heydeke,
Hern Ywans, Her Kone van Tundersleve, Her Heine, Hern Hart-

mannes son, Her Tideman van Dodeleghe, He Tile van Egelen, Her Tile Hasart, Her Sivert van Lebechun, Her Bolthe Stockvisch, Her Henning Houwere, Her Rolef Ritter, Her Henning van Korling, Her Busso Wesseken. Die selben ratman haben der stadt ingesegel vau Meydeburch dar an tun hangen, uffe rechte steticheit unde recht orkunde. Diz ist geschen in deme iare nach Gottes gebort, dusent iar zweihundert iar unde in deme vuinf unde nunzegestem iare, an deme achten tage Allerheiligen.

VI.

Das Rechtsbuch von der Gerichtsverfassung.

Einleitung.

I.

Gaupp hat zuerst darauf aufmerksam gemacht[1]), dass in der unter dem Namen „Sächsisches Weichbildrecht" verbreiteten Sammlung von Rechtssätzen zwei verschiedene Bestandtheile zu unterscheiden sind, von denen der erste die Artikel 1 — 27 umfasst. Er folgerte dies aus der grossen Verschiedenheit der Darstellungsweise, durch welche sich die ersten 27 Artikel von den folgenden unterscheiden, und aus einigen Wiederholungen und Widersprüchen, die sich zwischen Stellen jener beiden Bestandtheile nachweisen lassen. Eine Bestätigung fand diese Ansicht durch eine Handschrift, in welcher als vierte und fünfte Abtheilung eines Weichbildrechts jene bis Art. 27 reichende Aufzeichnung enthalten war[2]), und durch die Angabe Nietzsche's,[3]) dass eine Handschrift in Celle diese 27 Artikel von dem Weichbildrecht getrennt und als besonderes Rechtsbuch enthalte.

Wilda fand darauf in der sogen. Uffenbacher Handschrift zu Hamburg von jenen 27 Artikeln nur die Art. 6—18, und zwar getrennt vom Weichbildrecht und mit einer Weltchronik zu einem besonderen Rechtsbuch vereinigt, während die Art. 1 — 5 und 19 — 27 fehlten. Auf Grund dieser Thatsache schied er das, Art. 1 — 27 des Weichbildrechts umfassende, Rechtsbuch wieder in zwei Theile, indem er Art. 6—18 als den „eigentlichen Kern" und ursprünglichen Bestandtheil den übrigen, später hinzuge-

---

1) Das alte Magdeburg. und Hallische Recht S. 123 ff. (1826).
2) Gaupp a. a. O. S. 351. (Nachtrag).
3) In der Hallischen Literaturzeitung von 1827, S. 200.

fügten Artikeln gegenüberstellte und ihm den Namen „Abhand-
lung über die Gerichte in Magdeburg" beilegte[4]). Er glaubte aus
zwei Stellen in diesen beiden Bestandtheilen eine prinzipielle
Verschiedenheit der Auffassung über den Ursprung des Stadt-
rechts ermitteln zu können, und leitete daraus eine Bestätigung
seiner Ansicht ab, dass die ersten und letzten Artikel erst später
hinzugefügt seien und von einem andern Verfasser herrühren als
der mittlere Hauptbestandtheil. Ausserdem machte er darauf
aufmerksam, dass der Verf. der Art. 6—18 des Weichbildrechts
aus keiner uns bekannten Quelle geschöpft, der Verf. der übrigen
Artikel dagegen den Sachsenspiegel benutzt habe.

Ausser dem Uffenbacher Codex giebt es nun noch mehrere
Handschriften, welche den von Wilda als ursprünglich erkannten
Theil in ähnlichem Umfange, wie jener Codex enthalten. Durch
eine Vergleichung dieser Handschriften lässt sich mit grösserer
Sicherheit, als es Wilda auf Grund der Hamburger Handschrift
allein möglich war, feststellen, wie viel ursprünglich zu diesem
alten Rechtsbuch gehörte, welche Fassung die einzelnen Artikel
ursprünglich hatten und in welcher Art und Weise dieser älteste
Bestandtheil erweitert wurde.

Die Handschriften, welche jenes Rechtsbuch in selbstständiger
Form, d. h. nicht in der gewöhnlichen Verbindung mit dem
Weichbildrechte enthalten, sind, soweit sie mir bis jetzt bekannt
geworden, folgende:

1) Der von Wilda a. a. O. ausführlich beschriebene und
abgedruckte Uffenbacher Codex in Hamburg (Homeyer,
Deutsche Rechtsbücher Nr. 308) enthält die Art. 6—18 der
Weichbildvulgata in niedersächsischer Mundart; jedoch fehlt in
der Handschrift ein Blatt, welches den Schluss von Art. 14, den
Art. 15 und den Anfang von Art. 16 enthalten hat. Am Ende
des Art. 18 ist eine halbe Seite unbeschrieben gelassen, ehe das
darauf folgende Schöffenrecht beginnt, sonach also die Möglich-
keit der Annahme ausgeschlossen, dass die Handschrift auch am
Ende des Rechtsbuches defect sei.

2) Die Papierhandschrift des Danziger Stadtarchivs
W. 1. (Homeyer Nr. 143) stimmt vollständig mit der Uffen-
bacher Handschrift überein. Nächst der Kulmischen Handfeste
enthält sie die Weltchronik bis Wilhelm von Holland, dann als
ganz selbstständiges Rechtsbuch die Art. 6—18 und darauf die

---

4) Rheinisches Museum für Jurisprudenz Bd. VII. S. 336 fg. (1834).

selbe Form des Weichbildrechts, welche im Uffenbacher Codex euthalten ist. Die Handschrift ist erst aus dem 16. Jahrhundert; Sprache und Orthographie sind modernisirt und sie enthält viele Schreibfehler. Dessenungeachtet ist sie in doppelter Hinsicht von grosser Wichtigkeit. Der Uffenbacher Codex ist nämlich, wie bemerkt, in der Mitte defect und dieser Mangel betrifft gerade eine besonders kritische Stelle, den Anfang des Art. 16; durch den Danziger Codex werden wir in die Lage gesetzt, diese Lücke mit Sicherheit auszufüllen. Sodann ist der Danziger Codex in mittelhochdeutscher Sprache verfasst, so dass die Vermuthung begründet wird, dass dem Schreiber des Uffenbacher Codex eine obersächsische Handschrift vorgelegen habe, die er in das Niederdeutsche übersetzt hat, zumal das Weichbildrecht im Danziger Codex an zwei Stellen vollständiger ist, als im Uffenbacher. Jedenfalls ergiebt sich aber aus der Verschiedenheit der Sprache, dass der Danziger Codex keine blosse Abschrift des Uffenbacher Codex ist, und daher gewinnt die genaue Uebereinstimmung zwischen beiden — von den Abweichungen des Dialects und der Orthographie abgesehen — die Bedeutung einer zuverlässigen Bürgschaft dafür, dass der Text in beiden correct und vollständig ist,

3) Der Pergament-Codex der Cracauer Universitäts-Bibliothek Nr. 169 (Homeyer Nr. 131), welcher von Ferd. Bischoff[5]) genau beschrieben worden ist, enthält am Schlusse einer für die Geschichte des sogen. Weichbildrechts sehr wichtigen und interessanten Form desselben, hinter dem das Formular für den Judeneid enthaltenden Capitel die Art. 6—15 des Weichbildrechts unter 6 Rubriken. Da sechs Zeilen und die ganze zweite Spalte der letzten Seite unbeschrieben sind, so ergiebt es sich, dass die Handschrift nicht defect ist, sondern dass das darin enthaltene Rechtsbuch mit jenem 15. Artikel zu Ende ist.

4) Der ehemals Heinrichauer Codex der Königl. Central-Bibliothek zu Breslau II. F. 8. (Homeyer Nr. 85). Derselbe enthält dasselbe Weichbildrecht wie der eben erwähnte Cracauer in genau derselben Form; nur sind in der Regel mehrere Artikel unter einer gemeinsamen Ziffer zusammengefasst und in Folge dessen ist die Numerirung der Capitel eine abweichende. Kleine

---

5) Im Novemberhefte des Jahrgangs 1864 der Sitzungsberichte der phil-hist. Classe der kaiserl. Akademie der Wissenschaften zu Wien. (48. Band.)

Abweichungen in den Lesarten, bei denen zu Folge den von
Bischoff aus dem Cracauer Codex gegebenen Proben bald die
Heinrichauer bald die Cracauer Handschrift den besseren Text
hat, schliessen die Annahme aus, dass eine dieser Handschriften
eine Abschrift der andern sei. Dagegen sind unzweifelhaft beide
aus demselben Original abzuleiten, und zwar, wie ein gereimter
Prolog zum Sachsenspiegel im Heinrichauer Codex berichtet, aus
einer im Jahre 1306 von Conrad von Oppeln für Heinrich Cusvelt
geschriebenen Rechtssammlung. Derselbe Prolog findet sich im
Cracauer Codex; nur ist statt Heinrich von Cusvelt gesetzt *den
burgern zcu Cracowe* und die Jahreszahl 1306 ist umgewandelt
in 1308[6]). Die Heinrichauer Handschrift enthält ebenfalls am
Ende dieses Weichbildrechts hinter dem Judeneide die Art. 6—15
der Weichbildvulgata in derselben Fassung wie im Cracauer Codex,
nur in etwas anderer Capitel-Eintheilung.

5) Der dem 15. Jahrh. angehörende Papier-Codex der Bres-
lauer Central-Bibliothek II. Q. 4. (Homeyer Nr. 91), aus
dem Augustinerkloster zu Sagan stammend, enthält am Anfang
ein Weichbildrecht, in welchem jeder Artikel erst lateinisch, dann
deutsch steht. Der Codex ist sehr schlecht geschrieben und der
Text im Einzelnen öfters entstellt und modernisirt. Die Form
des Weichbildrechts stimmt aber fast genau überein mit der im
Heinrichauer Codex enthaltenen; nur sind bei einigen Capiteln
Zusätze hinzugefügt. Auch dieses Weichbildrecht enthält am
Ende die mehrfach erwähnten Artikel 6—15.

6) Die lateinische Uebersetzung dieser Recension des Weich-
bildrechts hat in Polen weite Verbreitung und offizielle Geltung
erhalten; sie findet sich u. A. in einer Handschrift der gräfl.
Ossolinski'schen Bibliothek zu Lemberg[7]); in einer der gräfl.
Dzialynski'schen Bibliothek zu Posen gehörigen Handschrift
(Homeyer Nr. 149), der Gnesener Handschrift von 1359
(Homeyer 249) und ist gedruckt in Joh. Lasko's Commune
incliti regni Poloniae privilegium. Crac. 1506. fol. 176—198[8]).

---

6) Siehe Gaupp Magd. Hall. R. S. 193 fg.

7) Beschrieben von Bischoff, Beiträge zur Geschichte des Magdeb.
Rechts. 1865. S. 11. Nr. VI. (Sitzungsberichte der phil.-histor. Classe der
kaiserl. Akadem. der Wissenschaften. Bd. 50.)

8) Vrgl. Homeyer Deutsche Rechtsbücher S. 30. Dahin gehört
auch der Petersburger Codex von 1463, welchen Helcel Staro-
dawne prawa polskiego pomniki pag. XLV. § 26. Nr. XVIII. beschreibt.
Vergl. unten die Einleitung zum Magdeb. Schöffenrecht.

In allen diesen Texten finden sich übereinstimmend am Ende des Weichbildrechts die Art. 6—15 der Vulgata.

7) Der Codex Nr. 168 der Cracauer Universitäts-Bibliothek (Homeyer Nr. 134) beginnt mit der Weltchronik, fügt unmittelbar an dieselbe die Art. 6 — 15 der Weichbild - Vulgata an und knüpft daran die Reimvorrede und eine an Extravaganten besonders reiche Recension des Sächsischen Landrechts an. Erst dann folgt ein Weichbildrecht, welches sich an die Form anschliesst, welche die vorstehend aufgeführten Handschriften enthalten[9]. In dieser Handschrift finden sich jene Artikel also vom Weichbildrecht ganz getrennt.

8) Die Papierhandschrift der Breslauer Central-Bibliothek II. F. 6. (Homeyer Nr. 83)[10] enthält ein sogen. Weichbildrecht in 6 Büchern. Das 4. und 5. Buch wird von jenem Rechtsbuch gebildet, welches im Eingang der Weichbildvulgata enthalten ist. Es fehlen aber die ersten fünf Artikel und von den übrigen Art. 26. Der Text ist mit der Vulgatform in den Art. 6 ff. übereinstimmend; jedoch von manchen späteren Zusätzen und Erweiterungen noch frei. Die Sprache ist niedersächsisch. Als sechstes Buch schliesst sich die bis zu Wilhelm von Holland reichende Weltchronik an.

9) Die oben bereits erwähnte Handschrift des Appellations-Gerichts zu Celle (Homeyer Nr. 121) beginnt mit der Weltchronik unter der Ueberschrift *Diz ist die vorrede wicbilde rechtes;* darauf folgt das Rechtsbuch von der Gerichtsverfassung unter der Rubrik *Von dem beginne wicbilde rechtes.* Die ersten beiden Artikel enthalten die ersten 5 Artikel des Weichbildrechts, jedoch in einer von der Weichbildvulgata sehr stark abweichenden Form; dann folgt Sachsenspiegel III. 74 bis III. 76. § 2 und alsdann Weichbildrecht Art. 6 — 27; jedoch fehlen die Art. 19 und 26 und von Art. 20 an zeigt der Cellische Codex vielfache Abweichungen von dem Vulgattext. Es folgt in der Handschrift ein Schöffenrecht; die Selbstständigkeit des vorhergehenden Rechtsbuches wird aber dadurch bekundet, dass ausdrücklich beigesetzt ist *Hie endet wicbilde recht,* dass fast eine ganze Spalte leer gelassen ist, und dass das nächste Blatt

---

9) Von dieser Handschrift handelt die in Note 7 angef. Abhandlung.

10) Vrgl. über dieselbe ausser Gaupp Magd. Hall. R. S. 351, Mühler, Deutsche Rechtshandschriften S. 19. 35.

unter der 'Rubrik *Hie beginnet megdeburgisch Recht* ein **Register** enthält.

10) Eine von **Kelle**[11]) beschriebene Handschrift der **Prager Universitäts-Bibliothek** enthält ein weitläufiges, wahrscheinlich für **Troppau** bestimmtes Rechtsbuch. Den Beginn macht nach einem Prolog (c. 1.) die Weltchronik in ihrer ursprünglichen kurzen Gestalt (c. 2 — 7); dann folgen im Cap. 8 und 9 unter der Rubrik *von der eygenschaft* die ersten 5 Artikel der Weichbildvulgata in ähnlicher Anordnung wie in der Cellischen Handschrift. Das nächste Capitel (10) hat die bemerkenswerthe Rubrik *Hie begynnet daz wich bilde recht* und nun folgen die Art. 6—20 der Weichbildvulgata mit Ausnahme des Art. 19. Daran schliesst sich dann ein Schöffenrecht, welches mit dem Art. 42 der Weichbildvugata beginnt, und in welches an verschiedenen Stellen die Art. 22—26 des Rechtsbuches von der Gerichtsverfassung eingestreut sind.

II.

Halten wir uns an diesen Befund der Handschriften, so ergeben sich folgende Resultate:

1) Die Artikel 1—5 der Weichbildvulgata sind ohne Zweifel ein späterer Zusatz. Denn die unter Nr. 1, 2, 3, 4, 5, 6, 7, 8 aufgeführten Handschriften beginnen erst mit Art. 6. und zwar auch Nr. 8. obgleich doch darin die auf Art. 18 folgenden Artikel enthalten sind; in Nr. 9 und 10 finden sich die Art. 1—5 in einer von dem Text der Weichbildvulgata abweichenden Gestalt und überdies werden sie in Nr. 10 noch dadurch ausdrücklich von dem eigentlichen Rechtsbuch getrennt, dass erst hinter ihnen, vor Art. 6. der Weichbildvulgata, die Ueberschrift steht Hie begynnet daz wichbilde recht[11a]). Sie sind theils wörtlich aus dem Sachsenspiegel entlehnt, theils eine Paraphrase von Sätzen des

---

11) In der Zeitschrift für Deutsches Recht von Beseler, Reyscher und Stobbe Bd. XIX. S. 140 ff. (1859).

11a) Diese ersten 5 Artikel finden sich auch selbstständig, d. h. getrennt von dem übrigen Bestande des Rechtsbuchs von der Gerichtsverfassung, und zwar a) in verkürzter Gestalt als Einleitung zu dem Görlitzer **Landrecht** Cap. XXXI und XXXII § 1 — 3; b) der Codex der Königl. Biblioth. zu Dresden M. 3b enthält nach der Angabe **Homeyers** Nr. 154, Cap. 1—6 des Weichbildrechts.

Sachsenspiegels; ohne Benutzung einer älteren Aufzeichnung scheint nur der als Einleitung dienende erste Artikel verfasst zu sein.

2) Die Artikel 6—15 sind ebenso unzweifelhaft in demselben Zusammenhang und in derselben Reihenfolge, wie sie in die spätere Weichbildvulgata aufgenommen worden sind, ein ursprünglicher Bestandtheil des Rechtsbuches von der Gerichtsverfassung. Denn diese Artikel finden sich in sämmtlichen Handschriften, welche jenes Rechtsbuch in Unabhängigkeit von der Weichbildvulgata enthalten, vollständig und zwar in wesentlich gleichlautender Form. Nur sind allmälig einige Zusätze eingeschaltet worden, wie wir unten näher darlegen werden.

3) Ob die Artikel 16—18 ebenfalls ursprüngliche Bestandtheile des in Rede stehenden Rechtsbuches sind, kann dagegen in Zweifel gezogen werden; denn die Uffenbacher und Danziger Handschrift (Nr. 1. 2) sind die einzigen, welche jenes Rechtsbuch gerade in dem Bestande von Art. 6--18 enthalten[12]). Dagegen schliessen sämmtliche von Nr. 3—7 aufgeführte Handschriften das Rechtsbuch mit Art. 15. Es drängt sich daher die Frage auf, ob jenes Rechtsbuch nicht vielleicht ursprünglich mit Art. 15 geendet habe. Bei der Entscheidung dieser Frage fallen nun folgende Umstände ins Gewicht:

Es ist unzweifelhaft, dass alle von Nr. 3—7 erwähnten Handschriften auf eine und dieselbe Grundform zurückzuführen sind, welche 1306 entstanden ist, wenn Conrad von Oppeln diese Compilation selbst verfasst hat, und die noch älter ist, falls er sie schon fertig vorfand und nur copirt hat. In allen stehen die Artikel 6—15 als Anhang eines Weichbildrechts eigenthümlicher Form, das, von geringen Modificationen abgesehen, überall ganz dasselbe ist. Dasselbe besteht aus einigen leicht von einander zu unterscheidenden Bestand-

---

12) Ueberdies besitzen wir allerdings noch eine Kunde, welche die Existenz einer dritten in hohem Grade wahrscheinlich macht. Gaupp, Schles. Landrecht, S. 234 beschreibt einen ihm gehörigen defecten Codex, auf dessen erstem Blatt der Schlusssatz des Art 18 steht, worauf die Worte folgen: Sequitur octavus liber cum registro. Hir beginnet sich abir eyn ander buch von wycbylde. Das 7. Buch dieser Rechtssammlung hat also offenbar das Rechtsbuch von der Gerichtsverfassung enthalten und dasselbe mit Art. 18 geschlossen. Gaupp hat übrigens jenes Fragment nicht einmal richtig zu recognosciren gewusst.

theilen ¹³). In einem dieser Bestandtheile (Art. 97 — 99) haben die Artikel 16—18 unsres Rechtsbuches bereits ihren Platz gefunden. Daraus erklärt es sich nun, dass Conrad von Oppeln oder der Verfasser seiner Vorlage die Art. 16—18 bei dem Rechtsbuch von der Gerichtsverfassung fortliess, da sie wenige Blätter vorher bereits standen. Es enthalten demgemäss auch sämmtliche, von Nr. 3 — 7 aufgezählten Texte in Wirklichkeit die Artikel 16—18, nur nicht am Ende des Rechtsbuches von der Gerichtsverfassung, sondern als Bestandtheil des demselben vorhergehenden Schöffenrechts. Es kann demnach aus der Beschaffenheit dieser Handschriften kein Grund gegen die Ursprünglichkeit der Art. 16—18 hergenommen werden. Der Annahme dagegen, dass die Art. 16—18 selbstständig entstanden und später erst mit den Art. 6—15 verbunden worden seien, steht entgegen, dass in allen übrigen, auf das Rechtsbuch Conrad's nicht zurückzuführenden Handschriften, diese Artikel gleichmässig sich an Artikel 15 wie in der Weichbildvulgata anschliessen, und dass Form und Ausdrucksweise der Art. 16 — 18 so grosse Aehnlichkeit mit derjenigen der Art. 6—15 haben, dass man diese beiden Bestandtheile nicht verschiedenen Verfassern zuschreiben kann.

Die Art. 16—18 bieten aber noch in anderer Beziehung Anlass zu einer Betrachtung. Ihre Lostrennung von dem übrigen Bestande des Rechtsbuches von der Gerichtsverfassung muss nämlich in sehr früher Zeit erfolgt sein. Die Annahme, dass Conrad von Oppeln oder der Verfasser der von ihm copirten Vorlage selbst die Art. 15—18 aus ihrem Zusammenhang gerissen und an eine andere Stelle seiner Rechtssammlung hin verpflanzt habe, ist ihrer inneren Unwahrscheinlichkeit wegen abzulehnen. Es ist durchaus kein Grund erfindlich, der zu diesem Verfahren hätte Anlass geben können; zumal der übrige Inhalt des Aufsatzes von den Gerichten nicht in einzelne Stücke aufgelöst und durch die ganze Sammlung zerstreut, sondern in seiner ursprünglichen Folge conservirt worden ist. Conrad von Oppeln oder sein Vorgänger hatte vielmehr zweifellos diese Artikel aus einer andern, von ihm zur Ergänzung seines Rechtsbuches benutzten Quelle bereits aufgenommen, ehe er den Aufsatz von den Gerichten seinem Schöffenrecht beifügte, und er hat denselben eben deshalb vor Art. 16 abgebrochen, weil er die folgenden Artikel bereits anderweitig excerpirt hatte. Diese Annahme, dass die

---

13) Siehe die Einleitung zum Magdeburger Schöffenrecht unter VI u. VII.

Art. 16 — 18 bereits vor Abfassung des Cracau – Heinrichauer Weichbildrechts in eine ältere Aufzeichnung des Magdeburger Rechts übergegangen sind, wird dadurch zur Gewissheit erhoben, dass diese Artikel in Rechtscompilationen sich wiederfinden, welche im Uebrigen weder das Rechtsbuch von der Gerichtsverfassung noch das Weichbildrecht Conrads von Oppeln excerpirt haben.

Art. 16 und 17 stehen nämlich in genau derselben Fassung, wie im Cracauer und Heinrichauer Codex im Systematischen Schöffenrecht II. 2. c. 38 und 37 (Alter Kulm II. 54. 53.) und Art. 18 ebendaselbst II. 2. c. 6. (Alt Kulm II. 22.) [14]. Ferner stehen Art. 16 und 17 im Magdeburg-Görlitzer Recht von 1304 als Art. 110—112. Hier zeigt sich die auffallende Erscheinung, dass der Text im Magdeburg - Görlitzer Recht bereits bedeutend erweitert und verändert ist. Die Fassung des Rechtsbuches Conrads von Oppeln und des systematischen Schöffenrechts wird durch die genaue Uebereinstimmung des Uffenbacher und Danziger Codex unzweifelhaft als die ursprüngliche erwiesen. Die Lesart des Magdeburg - Görlitzer Rechts stimmt dagegen im Wesentlichen mit der des Breslauer Codex II. F 6. und der Cellischen Handschrift überein, ist jedoch selbst diesen gegenüber an einigen Stellen schlechter. Art. 17 kehrt in dem Rechtsbuch, welches im Jahre 1314 die Stadt Breslau der Stadt Gr. Glogau übersandte, als Art. 26, 27 wieder [15]) und hat im sogenannten Glogauer Rechtsbuch Cap. 603 Platz gefunden [16]). Endlich finden sich Art. 17 und 18 in dem von Mühler bekannt gemachten Naumburger Weichbildrecht als Cap. 73. 74.

Aus diesen Thatsachen ergiebt sich, dass bereits vor 1304 jene Artikel 16 — 18 von dem Rechtsbuch über die Gerichtsverfassung getrennt und mit anderen Aufzeichnungen Magdeburgischen Rechts in Verbindung gesetzt worden sind. Der Grund, aus dem man grade die Artikel 16—18 schon frühzeitig in andere Sammlungen aufnahm, und dadurch Veranlassung bot, dass wir in mehreren Rechtsquellen nur diesen Theil des ursprünglichen

---

14) Den näheren Nachweis über diese Sammlung, welche sowohl im Weichbildrecht Conrads von Oppeln als im systemat. Schöffenrecht benutzt worden ist, siehe unten in der Einleitung zum Magdeb. Schöffenrecht in der Analyse des Rechtsbuchs Conrads von Oppeln.

15) Tzschoppe und Stenzel. Urkundensammlung S. 494.

16) Wasserschleben. Rechtsquellen I. S. 72.

Rechtsbuches von der Gerichtsverfassung antreffen, und dass andererseits in vielen Handschriften dieses Rechtsbuch mit Art. 15 schliesst, ist auch nicht schwer zu erkennen. Die Art. 6 — 15 hatten so gut wie gar kein praktisches Interesse. In ihnen sind theils die speculativen rechtsgeschichtlichen Ansichten des Mittelalters über Enstehung des Reiches und Rechts, insbesondere des sächsischen Weichbildrechts niedergelegt, theils betreffen sie Fragen des Reichsstaatsrechts und darunter besonders die für den städtischen Rechtsverkehr, zumal in Schlesien, höchst gleichgültige Zusammensetzung und Berufung des sächsischen Pfalzgerichts. Dagegen Art. 16 — 18 beziehen sich auf das Gericht des Schultheissen und Vogts, auf Gerichtsstörung und Rechtsverweigerung. Das war in den Städten von praktischer Wichtigkeit und man nahm daher diese Artikel in Rechtssammlungen auf, welche zu praktischen Zwecken, zur Belehrung der Schöffen und als Nach-schlagebücher auf den Gerichtsstuben verfasst wurden.

4) Der Art. 19 ist unzweifelhaft ein Zusatz späterer Zeit; denn derselbe fehlt nicht nur in dem Uffenbacher und Danziger Codex und in den auf das Rechtsbuch Conrads von Oppeln zu-rückzuführenden Handschriften, sondern auch in dem Cellischen Codex und in dem in der Prager Handschrift enthaltenen Troppauer Rechtsbuch. Nur in dem Breslauer Codex II. F. 6. steht er Lib. V. c. 15 an derselben Stelle und in derselben Fassung wie in der Weichbild-Vulgata. Ausserdem unterscheidet er sich aber auch durch seinen Inhalt auf das Deutlichste von dem ursprünglichen Bestandtheil des in Rede stehenden Rechtsbuches. Während nämlich die Art. 6 — 18 ein ohne Benutzung anderer Quellen selbstständig verfasstes Werk sind, in welchem nur hin und wieder ein Anklang an den Sachsenspiegel sich findet, ist Art. 19 eine Paraphrase und Erweiterung des Magdeb.-Breslauer Rechtes von 1261. § 2. 5. Damit soll freilich nicht gesagt werden, dass der Verfasser des Artikels 19 den Original-Text jenes Weisthums benutzt habe; es ist vielmehr wahrscheinlicher, dass er eine der sehr zahlreichen Handschriften zu Grunde gelegt hat, in denen der Anfang jenes Rechtsbriefes in veränderter Gestalt sich findet. Das Fehlen dieses Artikels in den Handschriften Nr. 9 und 10 lässt übrigens darauf schliessen, dass er in das Rechtsbuch erst eingeschoben worden ist, als dasselbe bereits durch die Art. 20 ff. erweitert worden war.

5) Dass die Art. 20—27 dem ursprünglichen Text des Rechtsbuches von den Gerichten erst später zugefügt worden sind,

ergiebt sich eben so wohl aus dem Fehlen derselben in den
Handschriften Nr. 1—7 als aus dem Inhalt. Sie sind zwar äusser-
lich jenem Rechtsbuch dadurch angepasst worden, dass die ein-
zelnen Artikel mit der Formel *Nu horet und vornemet* beginnen;
allein der Sache nach ist ihre Verbindung mit jenem Rechtsbuch
so unpassend wie möglich. Sie haben nämlich gar keine Be-
ziehung auf die Gerichtsverfassung in Sachsen, also auf das Thema
jenes Rechtsbuches, sondern betreffen die Auflassung von Eigen-
thum (20. 21.), ferner Leibzucht, Gerade, Mustheil, Hergewete
und Erbe (22—26), also die Erbtheilung, und die Festnahme eines
Verbrechers oder Schuldners (27). Höchstens kann man in dem
Art. 20, der die gerichtliche Mitwirkung bei der Auflassung be-
trifft, einen Anknüpfungspunkt an den Inhalt des ursprünglichen
Rechtsbuches entdecken. Auch diese zugefügten Artikel zeigen
eine Anlehnung an den Sachsenspiegel und an das Magdeb.-
Görlitzer Recht von 1304 oder eine ältere, in dieser Compilation
bereits benutzte Sammlung. Man vergleiche:

Art. 21 § 1 mit Sachsenspiegel III. 83 § 2.
Art. 22 § 1   „   I. 21 § 1.
Art. 23   „   I. 24 § 3 und besonders Görl.
                                      R. Art. 39. 40.
Art. 24   „   I. 22 § 3
Art. 25   „   I. 22 § 4
Art. 26 § 1. 2. mit Görlitz. R. Art. 38.
Art. 26 § 3 entspricht wörtlich Sachsensp. I. 22 § 5.
Art. 27 § 2 vergl. mit Sachsensp. III. 39 § 1.

Da Art. 26 sowohl in der Breslauer Handschrift II. Fol. 6.
als auch in dem Cellischen Codex fehlt, so ist er wol, gleich wie
Art. 19, erst nachträglich in das bereits erweiterte Rechtsbuch
eingeschoben worden.

6) Die Erweiterungen des Rechtbuches sind mit Hinzufügung
der Art 1--5 und 19—27 [16a]) nicht abgeschlossen worden. Spätere
Abschreiber haben nach Gutdünken und Gelegenheit bald diesen,
bald jenen Satz hinzugefügt. So ist in dem Cellischen Codex,
wie bereits oben bemerkt wurde, hinter dem Art. 5 ein Stück
aus dem Sachsenspiegel eingeschaltet; auch das Naumburger
Weichbildrecht (Mühler), Art. 75 fg., weist Erweiterungen jenes

---

16a) Eine Handschrift des Berliner Geh. Staatsarchivs (Homeyer
Nr. 63) enthält von dem ganzen, vor Art. 42 der Weichbildvulgata in der-
selben enthaltenen Rechtsbuch gerade nur die Artikel 19—27.

Rechtsbuches auf, und es ist wol möglich, dass die Art. 28—41
der Weichbildvulgata, die fast sämmtlich aus dem Sachsen-
spiegel oder dem Magdeb.-Görlitzer Recht abgeschrieben sind,
ebenfalls als ein Anhang jenes Rechtsbuchs sich handschriftlich
vorfanden und mit demselben zugleich vor das mit Art. 42 be-
ginnende Schöffenrecht gestellt worden sind.

III.

Was die Zeit anlangt, in welcher der Grundbestandtheil
dieses Rechtsbuches (Art. 6—18) entstanden ist, so kann man
mit Gewissheit nur behaupten, dass er nach dem Sachsenspiegel
und vor dem Magdeb.-Görlitzer Recht verfasst ist. Unter der
doppelten Voraussetzung jedoch, dass sein Verfasser Veränderun-
gen in der Stadtverfassung von Magdeburg, die er nicht berück-
sichtigt, auch nicht gekannt hat, und dass er wichtige Verände-
rungen der städtischen Gerichtsverfassung hätte kennen müssen,
lassen sich noch zwei andere Thatsachen zur näheren Bestim-
mung der Altersgränze verwerthen. Gaupp[17]) hat darauf auf-
merksam gemacht, dass in dem Rechtsbuch Landesherr (Bischof)
und Burggraf mehrfach von einander unterschieden werden, dass
sonach das Rechtsbuch vor 1294 verfasst worden sei, da in die-
sem Jahre der Erzbischof von Magdeburg selbst das Burggrafen-
Amt erwarb und sich verpflichtete, es nicht zu verleihen. In
ähnlicher Weise schliesst v. Martitz[18]) daraus, dass im Art. 14 § 2
der Burggraf von Magdeburg von dem Herzoge von Sachsen ge-
trennt wird, dass das Rechtsbuch vor 1269 geschrieben sei, da in
diesem Jahre die sächsischen Herzöge die Burggrafschaft zu
Magdeburg ankauften[19]).

Wenn v. Martitz a. a. O. andererseits aus dem Umstande,
dass unser Rechtsbuch regelmässig in Verbindung mit der Welt-
chronik vorkömmt, den Schluss zieht, dass es nach 1253 verfasst
sei, indem jene Chronik zwischen 1253 und 1256 entstanden sei,
so ist dem nicht beizustimmen. Denn abgesehen von der Mög-
lichkeit, dass das Rechtsbuch früher als jene Chronik geschrieben

---

17) Magdeb.-Hall. Recht, S. 144 fg.
18) Ehel. Güterrecht des Sachsensp., S. 52, Note 3.
19) Wilda hat für die von ihm ausgesprochene Vermuthung (Rhein.
Museum a. a. O. S. 335. 330), dass das Rechtsbuch schon vor 1261 vor-
handen gewesen sei, keinen Grund angegeben. .

und nachträglich erst mit ihr verbunden worden ist, so wird dabei übersehen, dass jene Chronik aus zwei Theilen besteht, von denen der zweite, da er bis Wilhelm von Holland reicht, zwar zwischen 1253 und 1256 entstanden sein mag, der erste aber älter ist. Der erste Theil bricht ab vor König Otto dem Rothen und der Schluss dieses Theiles wird deutlich markirt durch die gar nicht hierher in den Zusammenhang passende, sondern als Schlussnotiz sich anzeigende Erzählung hinter der Geschichte Otto des Grossen von Gottfried von Bouillon und Saladin und die den Beschluss bildenden Worte:

Von gotis gebort uber 1115 jar vochten die Sachsen wider Keiser Heinrich zu dem Welfesholze[20]) — — — Nach diesem Keiser Otto dem Grossen waren zu Rome driezen Keyzere biz an Keiser Friedriche von Stoyfen.

In dieser ursprünglichen kurzen Gestalt ist die Chronik auch handschriftlich erhalten; insbesondere in Verbindung mit unserem Rechtsbuch in der Handschrift No. 7 und No. 10 und in Verbindung mit dem Magdeburger Schöffenrecht in der Handschrift Homeyer No. 90. Da sonach die Altersbestimmung jener Chronik unhaltbar wird, so kann auch aus ihrer Verbindung mit unserem Rechtsbuch keine Altersgränze für das letztere entnommen werden.

IV.

Bei der Feststellung des Textes kommen vorzüglich diejenigen Handschriften in Betracht, welche den Grundbestandtheil des Rechtsbuches allein enthalten, da die Vermuthung dafür spricht, dass dieselben ihn auch am reinsten und correctesten wiedergeben, was auch bei der Untersuchung des Textes sich sofort bestätigt. Erst in zweiter Linie kommen die Manuscripte in Betracht, welche das Rechtsbuch in erweiterter Gestalt enthalten.

Die Handschriften der ersten Classe sind auf zwei Grundhandschriften zurückzuführen. Die eine ist die dem Uffenbachschen und Danziger Codex gemeinsam zu Grunde liegende Handschrift; die andere ist die Handschrift Conrads von Oppeln, von

20) In der Continuatio wird dann bei König Heinrich V. wiederum gesagt: Bi sinen geziten was der strit zu dem Welfesholze. v. Daniels und v. Gruben. Weichbildrecht Sp. 43, Zeile 54.

welcher die sämmtlichen von No. 3—7 aufgeführten Texte un-
mittelbare oder mittelbare Copien sind. Abgesehen von den
durch den niedersächsischen Dialect der Uffenbacher Handschrift
bedingten Verschiedenheiten und den Abweichungen in der
Orthographie stimmen diese Texte so genau unter einander über-
ein, dass fast nur kleine Schreibfehler, die sich in jede derselben
eingeschlichen haben, eine Verschiedenheit der Lesarten verur-
sachen. Bei der völligen Unabhängigkeit der beiden Hand-
schriftenfamilien von einander und wieder innerhalb derselben
der einzelnen, dazu gehörenden Codices, bürgt diese Ueberein-
stimmung des Textes natürlich vollkommen für die Correctheit
und Integrität desselben.

Die zweite Classe bilden diejenigen Handschriften, welche
das erweiterte Rechtsbuch, aber getrennt von dem Vulgat-Weich-
bildrecht enthalten, nämlich die Breslauer Handschrift II. Fol. 6
(oben No. 8) und die Cellische (No. 9). Endlich sind als dritte
Classe die Vulgathandschriften des sogen. Weichbildrechts zu be-
rücksichtigen.

Diese 3 Handschriftenklassen unterscheiden sich dadurch
von einander, dass in den Handschriften der ersten Klasse in
den Artikeln 6—18 gewisse Sätze fehlen, welche sich in den
Handschriften der zweiten und dritten Klasse vorfinden, und dass
diese Zusätze in der Weichbildvulgata noch vermehrt worden
sind. Dass alle diese Sätze später hinzugefügte Erweiterungen
sind, folgt theils aus der Uebereinstimmung zwischen dem Text
Conrads von Oppeln und dem Uffenbacher und Danziger Text,
theils aus dem Umstande, dass sie meistens fast wörtlich dem
Sachsenspiegel entlehnt sind. Es ist nämlich:

1) Im Art. 7 § 1 ein Satz aus Sachsensp. I. 1 eingeschoben.

2) Im Art. 7 § 5 ein Satz hinzugefügt, der aus Sachsen-
spiegel III. 53, § 1 entnommen ist.

3) Im Art. 8 § 1 ist Sachsensp. III. 60, § 2 eingeschaltet.

4) Im Art. 10 § 3 ist am Ende ein Satz angehängt, dessen
Quelle nicht nachweisbar ist.

5) Dasselbe gilt von einzigen Zeilen am Ende von Art. 10 § 4.

6) In Art. 13 § 2 werden die drei Laienfürsten, die den König
küren, namhaft gemacht im Anschluss an Sachsensp. III. 57, § 2,
obgleich dieselbe Aufzählung in Art. 14 § 2 a. E. wiederkehrt.

7) Der Art. 16 ist bedeutend erweitert worden. Demselben
ist eine lange Einleitung vorangeschickt, von welcher § 1 eine
fast wörtliche Wiederholung von Art. 10 § 4, und § 2 eine

Paraphrase von Sachsensp. I. 59, § 2 ist; sodann ist im § 3 ein
Satz aus Sachsenspiegel I. 53, § 1 und endlich als § 4 Sachsen-
spiegel I. 60, § 1 beigefügt worden. Dass alle diese Stellen
spätere Erweiterungen sind, ergiebt sich mit Sicherheit — trotz
des Defectes des Uffenbacher Codex gerade am Beginn des Ar-
tikels 16 — aus der vollständigen Uebereinstimmung zwischen
den auf das Weichbildrecht Conrads von Oppeln zurückzuführen-
den Handschriften und der Danziger Handschrift.

Von diesen Zusätzen ist No. 7 bereits im Magdeb.-Görlitzer
Recht von 1304 vorhanden; in dem Breslauer Codex II. F. 6 fin-
den sich No. 2, 6 und 7, in dem Cellischen überdies noch 1 u. 5,
während No. 3 und 4 sich in derselben noch nicht finden.

Aus den vorstehenden Erörterungen ergeben sich die kriti-
schen Grundsätze für die Ausgabe des Rechtsbuches von selbst.
Bei dem verhältnissmässig geringen Alter des Danziger Manu-
scripts kann die Wahl der Grundhandschrift nur schwanken zwi-
schen dem Uffenbacher Codex und dem Rechtsbuch Conrads von
Oppeln. Die Entscheidung muss zu Gunsten des letzteren aus-
fallen, weil der Uffenbacher Codex in niedersächsischem Dialect
geschrieben ist, das Rechtsbuch von der Gerichtsverfassung aber
vermuthlich in obersächsischer Sprache verfasst ist. Denn es ist,
wie allgemein angenommen wird und auch seinem Inhalt nach
wahrscheinlich ist, in Magdeburg geschrieben; dort bediente sich
aber der Schöffenstuhl, wie wir aus den Rechtsmittheilungen für
Breslau und Görlitz und zahlreichen Urtheilen wissen, der ober-
sächsischen Sprache. Ueberdies wird durch die Danziger Hand-
schrift wahrscheinlich gemacht, dass der Schreiber des Uffenbacher
Codex eine obersächsische Vorlage gehabt hat. Dazu kommen
noch die beiden zufälligen Gründe, dass der Uffenbacher Codex
wegen des Mangels eines Blattes defect ist und dass der Wort-
laut desselben bereits von Wilda publizirt worden ist.

Der Text Conrads von Oppeln ist in der folgenden Ausgabe
aus dem Heinrichauer Codex entnommen, da er mir leichter zu-
gänglich war als die Cracauer Handschriften und er durch grosse
Correctheit ausgezeichnet ist. Für die späteren Erweiterungen,
die durch kleineren Druck erkennbar gemacht sind, ist die Cellische
Handschrift ihrer obersächsischen Sprache wegen zu Grunde gelegt;
dabei sind aber überall die abweichenden Lesarten des Breslauer
Codex II. F. 6 (Br.) angegeben, dessen sorgfältige Collation ich
der Güte meines Freundes, des Herrn Prof. Stobbe, verdanke.

Diejenigen Zusätze noch späterer Zeit, die in der Cellischen Handschrift noch fehlen, sind mit cursiver Schrift gesetzt.

Hinsichtlich der Eintheilung habe ich mit Rücksicht auf die bisherige Citirweise die Artikel- und Paragraphen-Abschnitte ebenso beibehalten, wie sie sich in der Ausgabe des Weichbildrechts von v. Daniels und v. Gruben finden. Nachstehende Tabelle veranschaulicht den Bestand und die Eintheilung der wichtigsten Handschriften.

Weichbild-Vulgata.	Uffenbach. Cod. Nr. 1.	Conrad von Oppeln.		
		Crac. Codex Nr. 3.	Heinrichauer Nr. 4.	Breslauer Codex II. Q. Nr. 5.
1—5	—	—	—	—
6			105	
7 § 1. 2.	1	107	106	110
§ 3—5.			107	
8 § 1. 2.	2	108	108	111
§ 3—5.			109	
9 § 1.	3	109	110	112
§ 2. 3.	4		111	113
10	5	110	112	114
11	6	111	113	115
12	7		114	116
13 § 1.	8		115	117
§ 2.	9		116	118
§ 3. 4.		112	117	119
14	10		118	120 121
15. § 1.	defect		119	122
§ 2.			120	123
16 § 1. 2.	—	—	—	—
§ 3.	11	97	95	100
§ 4.	—	—	—	—
17	12	98	96	101
18	13	99	97	102
19	—	—	—	—
20	—	—	—	—
21	—	—	—	—
22	—	—	—	—
23	—	—	—	—
24	—	—	—	—
25	—	—	—	—
26	—	—	—	—
27 § 1.	—	—	—	—
§ 2.	—	—	—	—

Weichbildrecht in 6 Büchern. Codex Nr. 8.	Cellische Handschrift Nr. 9.	Troppauer Rechtsbuch Nr. 10.	Weichbildrecht der Berliner Handschrift von 1369. (v. Daniels 1853.)
—	1. 2.	8. 9.	1 § 1—8.
IV. c. 1.	5.	10.	1 § 9.
IV. c. 2.			1 § 10—13.
IV. c. 3.	6.	11.	1 § 14—17.
IV. c. 4.			
IV. c. 5.	7.	12.	9
IV. c. 6.	8.	13.	10 § 1. 2.
	9.		10 § 3—5.
V. c. 1.	10.	14.	11
V. c. 2.	11.	15.	12 § 3—6
V. c. 3.	12.	16.	13
V. c. 4.		17.	14
V. c. 5.	13.	18.	15 § 1—4.
V. c. 6.			15 § 5—8.
V. c. 7.		19.	16 § 1—5.
	14.	20.	17 § 1. 2.
V. c. 8.			17 § 3.
V. c. 9.	15.		18 § 1—4.
V. c. 10. 11.		21.	18 § 5—7.
			18 § 8.
V. c. 12. 13.	16. 17.		19
V. c. 14.	18.	22.	20
V. c. 15.	—	—	21
V. c. 16.		23	22 § 1—4.
V. c. 17.	19.	—	22 § 5—7.
V. c. 18.	20.	39 vrgl. II. 14.	23
V. c. 19.	21.	40	24 § 1—4
V. c. 20. 21.	22.	49	25 § 3.
—	—	II. 12.	26
V. c. 22.	23.	—	27
V. c. 23.	24.	—	

Art I—V der Weichbild-Vulgata*).

§ 1. [Weichbildrecht I. § 1.] No vernemet von beginne des rechtes an der eigenschaft, wi die her nider kumen si zu wicbilde rechte.

§ 2. [Weichbildrecht I. § 2.] Das recht ist vierhande**). Gotes Recht ist das erste; Marketrecht daz andere; landrecht ist das dritte; lehnrecht ist das vierde***)

§ 3. [Weichbildrecht I. § 3.] Gotes recht ist, das got selbe gesazt hat von beginne der werlt an Adame vnde Even an der rechten e vnde gestetiget hat alse noch die cristenheit zu rechte halden sal.

Gotes recht ist ouch das got gegeben hat der romischen gewalt von sente peters halben dem pabeste gehorsam zu wesene; vnde dar na sinen vndertanen von sinent halben; vnde allen ercebischoffen vnde iren vndertanen vnde eppeten vnde probesten vnde iren vndertanen vnde allen ercepristeren na irem rechte zu bannis rechte.

§ 4. [Weichbildrecht I. § 4.] Market recht ist ouch das die market lute vnder in selben gesazt haben na der alden gewonheit, alse die von Colne noch halden: vnd ouch die von Megdeburch na Karles rechte vnde des landes rate zu sassen, vnde ir selbes willekure; vnde na in andere gute stetere zu sassen in dem lande.

§ 5. [Weichbildrecht I. § 5.] Lantrecht ist ouch das die lantlute vnder in selben gesazt haben; alse hie bevorn do sie vnder eyn ander vrluge hatten. Da sazten sie das recht: Wer so in dem vrluge gevangen wurde, den solde man mit silbere losen vnde mit pfinningen oder mit einem anderen gevangenen vnde ob man des nicht entete, so solde man in zu ende behalden.

§ 6. [Weichbildrecht II. § 1.] Hir abe sagen die lute, das die dienest lute kumen sin. Des en ist doch nicht. Wand ob ein volc dem anderen gisele sezte vor dienest, odir vor pfinninge, oder vmme gelubede, vnde ob sie die nicht enledigeten; die gisele weren doch vnschuldic daran.

§ 7. [Weichbildrecht II. § 2. Sachsensp. III. 42. § 3.] Nu sagen ouch suneliche lute, das sich eigenschaft aller erst erhube an Kayne, der sinen Bruder sluc. Kaynes geslechte wart vertiliget, do der werlt mit wazzere zeginc, das des nicht ne bleib.

*) Nach der Cellischen Handschrift (Homeyer Nr. 121).
**) Vulg.: drierhande.
***) Vulg. fehlt. lehnr. i. d. v.

§ 8. [Weichbildrecht II. § 3. Sachsensp. III. 42. § 3.] Ouch sagen die lute, is queme eigenschaft von Cham, noees sune; des enist ouch nicht; wen von cames geslechte maniger kunig kumen ist vnde edele vursten nehin eigenschaft ne mac gesin.

§ 9. [Weichbildrecht II. § 4. Sachsensp. III. 42. § 3.] Nu sprechen ouch sumeliche lute, daz eigenshaft si kumen von esau; des enist ouch nicht. Wan jacob entfinc den segen von sinem vater; esav den vervluchte her nicht.

§ 10. [Weichbildrecht II. § 5.] Man vindet ouch geschriben in den alden recht buchen, dass der erste kunig nemrot von babylonie die lute aller erste begunde zu vahene vnde zu twingene. Das en was von neheinem rechte sonder von getwange vnde gevencnisse.

§ 11 [Weichbildrecht II. § 6. Sachsensp. III. 42. § 6, § 5 und § 1.] Das haben die alden vursten vnde die vrie herren von aldere in eine vnrechte gewonheit gezogen vnde wollen ez nv vor eyn recht haben. Das ist alles vor gote vnrecht; wanne got selben den menschen gescaffen ha', im selber zu einen gleichnis na sinem bilde vnde in mit sinem blute geledeget hat vnde vri gemachet, wer mochte do eine so groze ledigvnge vnd eine so groze vriheit wider zu einer eigenschaft gemachen.

§ 12. [Weichbildrecht II. § 7. Sachsensp. III. 42. § 3 a. E.] Man vindet ouch geschrieben in den alden recht buchen: das sich selben niman vor gerichte zu eigene ne mac gegeben, ez ne wider lege sin erbe wol. Wie mochte do noe oder ysaac einen anderen zu eigene gegeben, sint sich selben niman zu eigene gegeben mac.

§ 13. [Weichbildrecht V. § 1.] Welcher hande recht hie bevorn die gemeinen lute vnder in selben sazten, das bestetegete der kunig vnd bevestente'z in iglichem wicbilde. Do beschieden sie sus der sassen recht: Welch vmbesprochen man binnen wicbilde an sinem rechte zu sassen in dem lande mit vnrechte von dem pabeste ader von andern pfaffen von der gemeinschaft der cristenheit gesundert wirt, blibet her da in wol ein iar ader me, her ne verluset da mite sin erbe noch sin len noch sin recht noch sine ere; wenne her daruz kumet alse recht ist. Wand der ban der schadet der sele vnde en nimit doch nimanne sinen lib, wie lange her da inne blibet. [Sachsensp. III. 63. § 2.]

§ 14.*) [Weichbildrecht V. § 2 und §. 3. Sachsensp. I. 39. § 2. III. 63. § 3.] Welche man aber in des kunigis ban kumen ist mit rechte vnde blibet da inne iar vnde tac, der hat vorlorn sine ere vnd ouch sin recht, vnde sin erbe vnde sin lehn; ob im gevolget wirt mit rechten vrtelen; wand vervestunge vnde achte nimt dem manne sinen lib, mit welcher schult her dar in kumen ist, ob her da binnen begriffen wirt.

---

*) Die Cell. Handschr. hat hier die Rubrik von des koniges achte.

4*

§ 15. [Weichbildrecht III. § 5. Sachsensp. I. 16. § 1.] Welch man sine
vriheit verwandelt an eigenschaft, der hat beide, vri recht vnde eigen vorlorn.

§ 16. [Weichbildrecht III. § 1. Sachsensp. III. 73. § 2] Ez wart
aber bi den alden vursten gesazt.: Ob ein vri man ein eigen wib neme
oder ein vri wib einen eigenen man neme, das also getan geslechte allez
vri were, daz dar abe queme.

§ 17. [Weichbildrecht III. § 2. Sachsensp. III. 73. § 2.] Dar na
so sazten ez die vursten vnde die gewaldegen herren vnder in selben
alsus: Ob ein vri man ein egen wib neme oder ein vri wib einen eigenen
man, daz der manne kunne solde volgen dem vater, vnde das wib kunne
der muter.

§ 18. [Weichbildrecht III. § 3.] Nu sagen aber die lute, das die
vursten bi keiser friderichis citen vnder in selben gesazt haben, vnde
nicht mit der gemeinen lute rate: Ob ein vri man ein egen wib neme
oder ein vri wib einen eigenen man neme, das alles das geslechte das dar
abe queme solde volgen der muter vnde nicht dem vater; das ist na der
ergeren hant.

§ 19. [Weichbildrecht IV. § 1 und § 2. Sachsensp. (III. 32. § 5.)
I. 16. § 2.] Welch man binnen wicbilde gesezzen hat, ane ansprache
iar vnd tac, der mac sin vri bas behalden silbe sibende siner nehesten
mage, wer die sin, dri von vater vnde dri von muter, dan in iman zu
eigene behalden muze Wand welch kint vri vnde echt geborn ist, daz
beheldet sines vater recht; welche man aber binnen wicbilde gesezzen
hat iar vnde tac umbesprachen vnde vmbescholden an sinem rechte,
den ne mac niman verwerfen an sinem rechte.

§ 20. [Weichbildrecht IV. § 7. Sachsensp. I. 51. § ?.] Man saget
ouch, das nehin kint siner muter kebes kint nesi, dez en ist es doch
nicht. Eyn wib mac gewinnen elich kint, adel kint, eigen kint vnde
kebes kint. Ist sie eigen, man mac sie vri lazen; ist sie kebes, sie mac
elichen man nemen vnde mac kindere immer *) da binnen gewinnen.

§ 21. [Sachsensp. I. 51. § 1.] Elich man noch elich wibe nimmet
ouch vneliches mannes noch vnelichis wibes erbe nicht.

§ 22. [Weichbildrecht IV. § 6. Sachsensp. I. 36.] Man vindet ouch
geschrieben an dem recht buchen, daz ein man zu vru mac geboren werden,
so man in beschelden mac an sinen rechte. Her mac auch zu spete ge-
boren werden, so man in beschelden mac an sinem rechte binnen wicbilde.

§ 23. [Weichbildrecht IV. § 4. Sachsensp. I. 51. § 3] Welch man
aber binnen wicbilde von sinen vir anen vmbescholden ist an sinem
rechte, — das ist der von zwein elder veteren vnde von zwein elder
muteren vmbescholden ist**) — den ne mac nehein man beschelden an
siner gebort, her en habe den sin recht vore verlorn.

---

*) Cod.: nimmer.

**) Dieser kleine Zwischensatz steht in der Handschr. am Ende des
Paragraphen.

In der Cell. Handschrift folgt jetzt noch unter der Rubrik Von lib gedinge Sachsensp. III. 74. 75. und unter der Rubrik Von erbe teylvnge Sachsensp. III. 76. § 1. 2.

(VI.) 1. **Von dem reiche vnd von der Sachsen rechte.** § 1. Wolt ir nu horen vnd vornemen, so wil ich euch sagen von dem Reiche allirerst a) vnd wie deme lande zu Sachsen seyn recht allirerst gesaczt wart vnd bestetiget von willekore an seinem rechte als es von alder czeit Babylonia hatte b). § 2. Do stunt c) das Reiche vnd was gewaldig obir alle lant, wenn Nemroth, der heidenische kunig, der bawte Babyloniam allirerst d) vnd beving die stad mit eyner vil wyten gegenoten e) vnd bawte dorynne vil manch hoch wyk haus, dovon es noch wichbilde recht heisset vnd was dorynne bynnen wonhafftig f) der kunig vnd herczogen vnd ander viel manche gute man g), die nu kowfflewte heissen vnd waren alle mit einem rechte begriffen. Das hies wichbilde recht, als ir wol vornemen sullet an disem buche h), wovon es den namen behalden habe vnd hatte, das er sich nicht vorwandilt.

(VII.) 2. **Von dem Reiche** a). § 1. Nv wil ich euch sagen, wie lange das Reiche do stunt gewaldigli hen want an krichen b), da es sich nicht en vorwandelte wenne an den leczten Darium, den kunig c), den d) Allexander mit grossem volke e) obirsigte. Do vorwandilte sich das Reiche zu Babylonia vnd stunt zu Constantinopol bisz an die czeit f), das sich es Rome vndirwant vnd gewaldiglichen behalden hat von sente Peters halben, der noch aller cristen g) houpt ist. [Ssp. III. 44. § 1.] Wau sie die zwei swert hat, die got liez in ertriche zu beschirmene die cristenheit. Derselben swerte hat der pabest daz geistliche vnde der keiser das wertliche. Was ir icheinem wider stet, das her nicht getwinge nemac, das sal in der ander zu rechte helfen twingen. [Ssp. I. § J.] § 2. Do das Reiche

---

VI. a) Wolt-allirerst] C. Nu vornemet von des rechtis beginne. b) bestetiget — hatte] C. gestetiget wart von willekure. c) Do stunt] C. zu babilonie erhub sich. d) der — allirerst] C. buwete die stat allererst zu babylonie. e) vil — gegenoten] Uff. vil wider ganuncge. f) wonh.] C. gesessen. g) man] C. knecht. h) wol — buche] C. wol vornumen habet vore

VII. a) Rubr. fehlt Uff. C b) Nu — krichen] C. Doch bestunt das riche gewaldicliche zu babylonie biz an krichen. c) d. kun.] fehlt in C. d) den fehlt in Uff. e) m. gross. volke] Uff. m. gr. volckwige; C. mit wige. f) bis — czeit] C. gewaldicliche bis das. g) Cristen] Uff. Cristen-

zu Rome stunt, als hievor gesagit ist *h*) do woren die krichen *i*) ane recht; dorumb tet eyn iglicher yn dem lande, was so er volbrengen mochte *k*) vnd bleib es ane clage, wenn do keyn recht was, do man sich vor irclagen mochte. Das stunt bisz an die czeit, das sie zu Rome qwomen vnd recht do irworben vnd bawten *l*) do die hant, do wir noch den hantfrede an haben. § 3. *m*) Do qwomen die Romer zu sampne vnd wurden des zu rate, wie sie die land betwingen vnd qwomen alle mit gemeynem rate obireyn; sie bawten burge *n*) in den landen, dorabe sie die land betwungen. § 4. Do sie das gethan hatten, do wurden sie zu rate, wie sie die burge beseczten als es in helffende were, vnd namen alle die ritters namen hatten vnd besaczten die burge *o*) mit also getanem rechte als noch burgrecht hat on burglene. § 5. Do wurden sie zu rate, wie gethan recht sie den landen seczten *p*); vnd saczten den landen sogethan recht als *q*) noch Sachsenlant czewhit an kunig Constantinen vnd an kunig Karlen. [Sachsensp. III. 53. § 1.] Die lant die sie do betwungen hatten, daz waren alle kunigriche; den wandelten die romere iren namen, wand sie ir gewaldic waren vnde hiezen sie herzogetum; die lant sint geheizen: Sassen lant das erste; Beigeren das andere; Swaben das dritte; Vranken das vierde.

(VIII.) 3. Von fursten vnd von freyen herren. § 1. Nv moget ir horen vnd vornemen vmb die fursten vnd frey herren vnd vmb alle die mit Ritters namen begriffen waren, wie sie mit den Romern zu rate wurden. Sie wolden wissen, an welchem rechte das Reiche *a*) besten sulde vnd saczten dem kunige das Recht mit rate: wenn er den stul zu Rome vorsteen sulde von sente Peters halben mit dem werltlichen swerte, do er noch römisch foit von heisset, — [Sachsensp. III. 60. § 2] *dorumme ist em ledick wurden in allen steten daz gerichte, so er komet in deutsche lant, obir alle gerichte vnde monze unde zolle b*) — dorumb en mag er seinen leip nicht vorboren noch an seinen eren gekrencket werden,

---

heide. *h*) Do — ist] C. Do aber das riche zu rome entfinc als ir wol vernumen habet *i*) H. kirchen *k*) C. fügt zu na sinem mutwillen *l*) Uff. boeden; C. buten; Vulg. boten; Danz. bitten *m*) H hat hier die Rubrik: Von den Romern *n*) vnd quomen — burge] C. vnd trugen alle vber eine, si wolden burge bawen *o*) C. fügt zu mit in vnd *p*) C. fügt zu mit willekure *q*) Uff. fügt zu it.

VIII. *a*) an — Reiche] C. mit welchem rechte si *b*) dorumme — zolle] dieser, den Zusammenhang zerreissende Satz findet sich nur in Handschriften der Weichbildvulgata.

wenn mit dreien dingen, die ich euch sagen wil. § 2. [Ssp. III. 57. § 1.] Das eyne ist, ap er den stul zu Rome zu stören welde; das ander ist, ap Das eyne er den vnglowben sterkte; das dritte ist, ap er seyn elich weip liesse. Welcher diser drier dinge er obirwunden wirdt, so sulde man obir in richten c). Man sulde im das houpt abeslan mit einer gulden barten dorumb, das er das werltliche swert hat, mete zu richten obir alle die vnrecht thun. § 3. Vnd hat es dorczu bevolen allen den, die Ritters namen haben, mete zu beschirmen witwen vnd weisen vnd gotis haws vnd alle vnrecht zu krencken vnd recht zu sterken. § 4. Dorczu hat er das gerichte bevolen allen werltlichen richtern, mete zu richten obir alle, die an vn-gerichte mit der hanthafften tat gefangen vor gerichte komen vnd des obirwunden werden als recht is d). Dorvmb sullen alle richtere selbe richten ader der fronebote e). § 5. Czu dirre selben weis als der Richter das werltliche swert von dem kunige hat, czu derselben weis haben die Pristere das geistliche swert von dem Babiste.

(IX.) 4. Von dem kunige vnd wer obir in richten sulle a). § 1. Nu wil ich euch sagen, wer obir den kunig richten sulle b) ap er diser dreier dinge eins obirwunden wirt, als hievor gesagit ist. Das sal thun der pfallenczgrefe, der dem kunige vnd dem lande gesaczt wart von willekore. Gleicherweis als der pfallenczgrefe obir den kunig richtet, zu derselben weis sal der Burggrefe Richter seyn obir den marggrefen in seiner schult vnd der schultheise obir den Burggrefen c). [Vgl. Ssp. III. 52. § 3.] § 2. d) Do sprochen die kowfflewte kegen dem kunige e), sie wolden ouch gerne wissen, woran sie bleiben sulden. Do weisete sie der kunig mit der Romer rate an die schiffreiche wassere, das sie do foste stete bawten mit mawren vnd mit weighwsern. § 3. Do sprachen sie mehe kegen dem kunige, sie wolden gerne f) wissen,

c) Welcher — richten] C. nu vernemet wi getan gerichte dan vber in gen werde. d) obir alle — recht is] C. u. Vulg. vbir alle die vnrechte tun. e) C. fügt hier hinzu: vber alle die, die an vngerichte gevangen werden vnde dez verwunden werden alse recht ist. Aehnlich Vulg.

IX. a) Uff. wie man richtet oever den koningk. b) Nu — sulle] C. nu vernemet umme den kunig, wer obir in richten sule. c) gleicher-weise — Burggrefen] fehlt in C. und der Weichbildvulgata. d) H. hat hier die Rubrik Von den kowfflewten; Uff. u. C. Van der kouflude rechte e) Do — kunige] C. Do sageten die couflute gegen das riche, sint sie menlichen bewiset hetten; Vulg. sint dem mole izlichem lande sin recht gesazt ist. f) gerne] fehlt Uff. Danz. und C.

an welchem rechte sie besteen sulden. Do gap in der kunig also gethan recht, als er tegelichen in seinem hofe hatte; das bestetigte er in mit der Romer orkunde *g*) vnd bot seine hant dar. Do greiff an eyn kowffmann vnd czoch im den rechten hanczken vs der hant; do wart in sente Peters frede gewvrcht obir von gotis halben mit einem krewcze. Das ist noch das orkunde, wo man newe *h*) stete bawet vnd merkte machit *i*), das man do eyn krewcze seczit uff den markt dorvmb, das man sehe, das es des kunigs wille sey, wenne weichbilde recht von alder czeit her gestanden hat vnd ist bewert von dem Reiche vnd den namen behalden hat bis hewte an disen tag.

(X.) 5. Von Magdeburg *a*). § 1. Do abir Magdeburg allirerst besaczt wart mit kuniges Otten des grossen rate vnd *b*) mit des landes willekore vnd bestetiget an seinem rechte als es nach an weichbilde rechte hat nach der alden gewonheit *c*) vnd Halle doraws gestiftet *d*) wart *e*), dorumb ist es alles mit eynem rechte begriffen *f*). Hirvmb sullen *g*) alle die von Polan vnd von Behemen vnd vs der marke zu Meyssen vnd vs der marke der Lwsicz alle ire recht zu Halle holen vnd von den steten *h*), die do bynnen besessin seyn. § 2. Ab sie des orteilis abir nicht en kunnen ader *i*) ap in broch wirdt an einem orteile, das mussen sie zu Magdeburg holen *k*), dorumbe das es alle weichbilde beschirmet. Des en mag zu Landrechte nicht geschen, das man mit einem geschulden orteile vs einer marke in eine greveschafft czihe, wenne der marggrefe dinget bey seines selbis hulden; des en thut der greve nicht, der dinget vndir kunniges banne *l*). § 3. Dasselbe thut man in allen steten, do kuniges ban ist *m*), wenne der man wettit drey pfunt dem belehnten foite *n*) vndir

---

g) mit d R. ork.] fehlt in C. *h*) newe f. in C. *i*) das Folgende lautet in C.: das man sehe das da ein wievride si vnde henget da des kunigis hantziken durch das man sehe, das es des kuniges wille si u. s. w.

X. Uff Wie Meideburch besat wart inde bestedicheit. *b*) mit kunigis — vnd] fehlt in C. *c*) n. d. ald. gew.] C vnde ez noch daz eldeste von dem lande ist *d*) H. hestetiget. *e*) und Halle — wart] C. do wart H. daruz gestift. *f*) dorumb — begriffen] fehlt in C *g*) Hirvmb sullen] Uff. Her vmb staen. *h*) vnd v. d. steten] C. vnd die stete. *i*) ader] Uff inde. *k*) C. setzt hinzu oder zu Halle, wand ez al mit einem rechte begriffen ist. *l*) wenne der marggrefe — banne] C. wan der marcgreve dinget vnder kuniges banne. *m*) do — ist] Uff do koninege is; Danz. wie hier. *n*) dem bel. foite] fehlt in C.

kuniges banne. Dinget man abir vndir kunigs banne, so wettit
man ouch dem Schultheisen acht schillinge von gedinge *o*) mit
Scheppen orteilen. Dasselbe thut der Burggrefe. *Wisset das man*
dem schultheizen uz gehegeter bang vnde dem roite sechs phennige wettet,
in gehegetem dinge aber acht schillinge p) § 4. Der Scheppen sullen
eylfe seyn vnd der Schultheise ist der czwelfte, wenn er sal dem
Burggrefen das erste *q*) orteil vinden, wenne der Burggrefe, der
en mag keyn echte ding haben ane seynen schultheissen. Dasselbe
en mag der schultheise *r*) ane die eylff scheppen zu echtir ding-
stat *s*). An der stat, da der burcgreve dinget bi kuniges banne, da muz
ez von in beiden sin alse hie vor geredet ist.

(XI) 6. Von Halle *a*). § 1. Nv höret vnd vornemet vmb
die von Halle, wv sie ir recht suchen sullen, ap sie es nicht
enwissen ader *b*) ap eyn orteil bescholden wirdt; das sullen sie
holen czu Magdeburg vnd die von Magdeburg *c*) sollen es in
geben vor den vier benken vnd den Scheppen sal man geben ir
recht, wenne sie mussen geczewg seyn dornach, ap man es be-
darff, das in das orteil gegeben sey recht vnd redlichen ane
ymandes widerrede *d*). § 2. Do sullen die boten czu kegen-
wurtig seyn, do man es in gap an beiden seyten, do das orteil
bescholden ward, die das sohen vnd horten, das in beyden recht
gesche; vnd der richter sal sie bekostigen hen vnd herwider.
§ 3. Wirt das orteil vndir kuniges banne bescholden, so sal
man es ynbrengen obir achczen *e*) wochen. Wirdt es aber vndir
greven banne bescholden, so sal man es *f*) ynbrengen bynnen
vierczen nachten, wenne der schultheise hat den ban von dem
grefen vnd das Schultheisetum von dem *g*) landes herren. Dasselbe
hat der Burggrefe den ban von dem kunige vnd das gerichte
von dem *h*) landes herren *i*).

---

o) von gedinge] C. der sal dingen. *p*) Wissit — schillinge] dieser Satz
findet sich nur in Handschriften der Weichbildvulgata. *q*) erste] fehlt in
Uff. *r*) Dasselbe — schultheise] fehlt in Uff; steht aber in Danz. wie in
H. und C. und den andern Hdss. *s*) zu echtir dingst] C. zu echt ding
gehaben.
XI. *a*) Uff. Van Hallischem Rechte. *b*) ader] Uff. inde. *c*) vnd die
von Magd.] Uff. die. *d*) wenne — widerrede] C. vnde des suln sie gezuc
^{s}in, daz ez in gegeben sie ane imannis widersprache. *e*) achczen] C.
achte; Vulg.: zu dem nehisten dinge des burcgreven, is beneme em denne
echte not. *f* es] Uff. Danz. dat vrdeil. *g*) dem | Uff. den; H. schiebt
ein landis. *h*) dem] Uff. den. *i*) Dasselbe. — herren] fehlt in C.

(XII.) 7. **Ap zu Magdeburg eyn orteil bescholden wirt** a). § 1. Nv sullet ir horen ap zu Magdeburg eyn orteil bescholden wurde, wo sie es denne holen sullen. Sie sullen czihen zu Schartowe obir die Elbe vnd nemen do die altsessensten b) manne viere, die sie do vinden kunnen. Das thun sie dorumb c), das es lengir gestanden hat denne Magdeburg d) vnd der keyser Otte von alder czeit das herczogtum doraws gestifftet e) hat vnd alles mit eynem rechte begriffen ist. § 2. So czihen sie mit denselben vier mannen, die sie zu Scharthowe geholet haben wider zu Magdeburg vor die pfallencze uff den hoff, der des roten kunigs Otten was. Der machte in die pfallencze an dem ende des thumes, als ir es f) wol vornomen habt, wenne sie en mochten alleczeit vmb eyn bescholden orteil vor das reiche nicht geczihen.

(XIII.) 8. **Von den pfallencze.** § 1. Nu horet a), wie er in b) die pfallencze machte. Er nam dieselben vier man von Schartowe vnd vier Tumherren, die do amecht von dem tume hatten. Der was der thumprobist eyner c), der ander was der dekan, der dritte was der vicethum, der vierde was der kelner. Dorczu nam er vier ingeborne dinstmann des gotis hawses zu Magdeburg; der was der marschalk einer d), der ander was der Trugsesse, der Schenke was der dritte, der Camerer der vierde. Dorczu nam er die eylff scheppen von der stad e) vnd der schultheise was der czwelffte. Dorczu nam er die drey leyen fursten, die die ersten an des reiches kore seyn, das erste ist der marcgreve von brandenburch, wand her der richis kemerer ist, das ander der herzoge von sassen, der richis marschalc; der dritte der palencz grewe von dem rine, der richis truchtseze; vnd der vierde, den er dorczu nam f) das was der obirste foyt des gotes hawses zu Magdeburg, das ist der burggrefe. Do nam der kunig dieselben acht und czwenczig man, die hievor benumet sind vnd saczte sie g) uff den stul der pfallencze vnd gap in die gewalt von seynenthalben, was orteiles man zu Magdeburg nicht kunde vinden vnd beschulden wurde, das sulde man do holen, vnd was so man do

---

XII. a) Uff. Woe man vrdeil holen sal. b) die alts.] C. der altzezzen. c) dorumb] fehlt in Uff d) denne Magd.] fehlt in C. e) dor. gest] C. da uz geleget. f) C. fügt zu dicke.

XIII. a) horet] C. vernemet. b) in] f. in C. c) eyner] C. der erste. d) der — einer] C. der erste ist der m. e) von der St.] fehlt in C. f) den er dorczu pam] f. in C. und Br. g) sie] f. in Uff.

gebe, das sulde recht vnd redlichen seyn zu weichbilde rechte *h*).
§ 2. *i*) Wenne denne das orteil gegeben ist do vor den pfallen-
czen *k*), so sal man geben zu kuntschafft den vier und czwen-
czigen *l*) ir iglichem einen gulden schilling, der sal iglich schilling
czwelff schillinge wert seyn also getaner pfennynge, als do genge
vnd gebe seyn *m*). So gibet man den vieren vier guldene mark, der
sal igliche mark czwelff silberyner marke *n*) wert seyn. Dicz gibet
man den acht vnd czwenczigen mannen, den das orteil czu
fromen gegeben wirt *o*) vnd yenir sal die kost *p*) gelden, deme
broch wirt an dem orteile. Wird abir *q*) deme broch, der das
orteil bescholden hat, so gibet er mehe denne yenir tut *r*), deme
das orteil czu fromen funden vnd gegeben *s*) ist *t*). § 3. *u*) Nu
horet, wie vil mehe er geben mus. Er gibet dem scheppen *v*)
seyne busse, der das orteil funden hat vnd wettet dem richter
eyn gewette, ap man es beschildet vor der volge. Gehit abir
die volge dorobir *w*), so gibet man iglichem scheppen seyne *x*)
busse, der des orteiles gevolget hat, vnd dem richter als manch
gewette. § 4. Wird es abir zu Halle bescholden vnd man es
zu Magdeburg czewhit vnd man es do ouch beschildet, so gibet
man beyde busse vnd gewette zu Magdeburg vnd zu Halle.
Disz machte der rote kunig Otto *y*) alsus dorumb, das das weich-
bilde recht bestunde als es von alder czeit her gestanden hat,
vnd machte do *z*) das herczogtum obir der elbe.

(XIV.) 9. Von den pfallenczen. §. 1. Nu wil ich euch
sagen vmb die pfallenczen, wie sie zusampne komen sal vnd wil
euch bescheiden vmb dise ding als hievor geredt ist *a*). Der

---

h) zu W. rechte] fehlt in C. *i*) H. hat hier die Rubrik Von orteilen vor
den pfallencze; Uff.: van gegevenen vrdeil. *k*) wenne — pfallenczen]
C. Na vernemet alse das vrteil da gegeben ist; *l*) den vierundczw.|
fehlt in C. *m*) C. fügt hinzu: Darumme ne gibet man zu were buze noch
zu wergelde in einer stat ne heiner hande pfenninge, wenn alse da genge
vnde gebe ist ader sin. *n*) marke] fehlt in C. *o*) den das — wirt] C.
die daz vrteil vzgeben *p*) die kost] C. es. *q*) abir] C. ouch. *r*) tut]
C. solde. *s*) vnd gegeben] fehlt in C. *t*) C. f. zu ob im bruch wurde.
u) H. hat hier die die Rubrik Von Busse vnd gewette. *v*) wie viel —
scheppen] Uff. Danz. wie vil hie eme (Danz. mehe) gevet; dem scheffen.
w) gehit — dorobir] C. Beschildet aber her iz na der volge. *x*) seyne]
C. eyne. *y*) Otto] fehlt in Uff. *z*) do] C. ouch.

XIV. *a*) Nu wil ich — ist] C. Nu vernemet wer die palentze samnen
sal, zu bescheidene dise ding, als ir vernumet habet.

schultheise von Magdeburg, der sal nemen den *b*) stadbrieff vnd
ir Ingesigel sal doran hangen.   [Darzu sal her nemen der tum-
herren brif vnd ir Ingesigele sal doran hangen] *c*).   Dise brife sal
er senden dem hochsten foyte des gotis hawses *d*), das ist der
burggrefe von Magdeburg, der sal dorczu nemen seines selbis
brieff vnd sein Ingesigel *e*), dorumb das er foyt ist, vnd sal dorczu
nemen des bischoffs brieff vnd seyn Ingesigel *f*); dorczu sal er *g*)
ouch nemen des kuniges brieff vnd seyn Ingesiegel sal doran
hangen, ap er in gereichen .nag an dewczscher art *h*). § 2. Dise
fumff brife, die sal nemen der burggrefe von Magdeburg vnd sal
sie senden zu dem ersten dem herczogen von Sachsen mit den,
die mit dem orteile geczogen haben vnd mit der vierundczwanczig *i*)
manne orkunde, die hievor benumet seyn. Dornach sende er sie
dem marggrefen von Brandenburg. Czu deme dritten male sende
er sie dem pfallenczgrefen von dem Ryne. Dicz sind die drey
leyen *k*) fursten, die die ersten an des reiches kore sind, wenne
man einen kunig kewst von dewtschem lande.

(XV.) 10, Wie man sie laden sal. § I. Alsus mogit
ir ouch horen vnd vornemen, wie man sie laden sal. Die herren
alle, die hievor benumet seyn, die sullen *a*) czu der pfallencze
gehen vnd der schultheise sal laden den burggrefen zu eynem
male vnd czu dem anderen male vnd zu deme dritten male ymmer
obir sechs wochen; vnd enkummet er zu der dritten ladungen
nicht vor, so besenden *b*) in dise drey fursten. So wettet er dem
kunige ye czu der ladunge drey guldynne mark, der sal igliche
mark *c*) czwelff silberynne *d*) marke wert seyn.   Dornach abir
sechs wochin enkummet er nicht vor, sich czu entreden vor dem
kunige, wo er sey, so lessit man *e*) mit orteilen dem gotis hawse
czu dem ersten ledig allis, das er von im hatte, vnd dornach
dem kunige den ban vnd thun in denne in die ochte des kuniges *f*).

---

b) den] Uff. C. der.   *c*) Darczu — hungen] fehlt in H. und der Weich-
bildvulgata; steht aber in Uff, der Danziger Hds. u. C. und ist wegen
der folgenden Worte „diese brife" nothwendig.   *d*) des gotish] C. von
Megdeburg. *e*) vnd s. Ing.] fehlt in C. *f*) Uff. Danz. fügen zu sal daran
hancgen. *g*) Hier beginnt die Lücke im Cod. Uffenb. *h*] ap — art] fehlt
in C. *i*) Vulg. hat fälschlich acht vnde zwenzig *k*) drie leyen] C. drileige.

XV. *a*) Alsus mogit — sullen] C. Nu vernemet wie man sie lade.
Die sullen. *b*) besenden] C. beschelden *c*) mark] fehlt in C. *d*) silberynne]
fehlt in C. *e*) H. f. zu in. *f*) vnd dornach — kuniges] C. Darna dem
kunige; vnd tun in dan in die achte des kuniges.

§ 2 *g*). Czu dirre selben weis als der schultheise den burggrefen ledt, czu derselben weis *h*) solde der burggrefe dise drey fursten laden vndir des kuniges banne *i*) vnd en quemen sie zu der dritten ladungen nicht als hievor geredt is, so wetten sie *k*) dem kunige ye zu der ladunge ir iglicher *l*) achczehen guldynen mark vnd enkomen sie nicht vor *m*) zu demselben mole rechtes zu helffen vnd recht zu nemen *n*), so sal man doch yenem seyn orteil vnd seyn recht *o*) geben vor der pfallenze.

(XVI.) 11. **Wie daz gerichte von erst beginne.** § 1. Hore *t a*) wie daz gerichte beginne zu deme wigbilde. Der schepphen sullen eilfe sin vnde der schultheize der czwelfte, als ir hie vore vernommen habet *b*); wanne der schultheize sol deme vogte *c*) daz erste vrteil vinden, wanne der vogt *d*) en mac nicht *e*) ding haben ane den schultheizen. § 2. [Sachsensp. I. 59. § 2.] Nu vornemet, welch daz erste vrteil sie, daz her im vinden sol. Her sol en vragen, ab iz ding cziet sie. Swanne im daz gevunden wirt, daz iz ding cziet sie *f*), so vrage her darnach, ob her sin ding hegen muze. So vindet man im zu rechte, daz her ez wol hegen muze, wanne her die gewalt hat von gerichtes halben. So vrage her vort, was her vorbieten sulle zu rechte. So vindet man im zu rechte, daz her vorbieten sulle dingslicht vnd vberbracht vnde vnlust *g*). Diz sind die ersten vrteil drie, die der schultheize vinden sol deme vogete *h*). So vrage der voget vobaz einen *i*) schepphen, ob her dem dinge icht zu rechte vride wirken sulle, daz niemant den anderen irre an siner clage zu unrechte. Obir disse sache sol her vride wirken bie deme rechte, daz recht ist. § 3. Nu vornemet, welch das recht sie *k*). Niemant en sal den andern irren vor deme dinge *l*), sintdemmole das das ding geheigt ist vnd frede dorobir gewurcht ist, zu vnrechte mit sogetanen dingen, die im schedelichen seyn zu siner

---

g) H. hat hier die Rubrik von ladunge. *h*) czu ders. weis] fehlt in C.; in Danz. ist als der schulth. — weis ausgelassen. *i*) vndir — banne] fehlt in C. *k*) wetten sie] C. so wettet welchir nicht en qweme. *l*) ye zu — iglicher] fehlt in C. *m*) vnd enkomen — vor] C. vnde welchir nicht vor en queme. *n*) vnd recht zu nemen] fehlt in C. *o*) vnd seyn recht] fehlt in C.

XVI. *a*) C. Nu vornemet. *b*) als — habet] C. alse hie vore geredet ist. *c*) vogete] Görl. u. Vulg. burcgreven. *d*) voget] Görl. u Vulg. burcgrev. *e*) nicht] C. nehein echt. *f*) Swanne — sie] fehlt in C. *g*) dingslicht — vnlust] C. dingslete vnde vnlust overbrachte. *h*) vogete] Görl. u Vulg. burcgr. *i*) So — einen] Görl. So vraget der burcgreve vort den. *k*) Das Folgende steht im Weichbildr. des Cracauer u. Heinrichauer Codex, Art. 97; im Danz Cod. schliesst sich das Folgende unmittelbar an Art. XV. an. *l*) Hier ist die Lücke im Cod. Uff. zu Ende.

clage, als*m*) mit rufene oder mit scheldene oder mit andere
unczucht*n*) tut her daz mit unrechte vnd verzuget yenir in des
mit dem richtere vnde mit czwein*o*) schepphen, so gewinnet
her im sine buze an vnd muz deme richterᵉ sin gewette geben.
Geschiet iz in eynem vogt dinge*p*) so wettet her im dru phunt;
in des schultheissen dinge*q*) achte schillinge. Swa der man sine
buze gewinnet, da hat der richter sin gewette an. [Sachsen-
spiegel I. 53. § 1.] Doch gewinnet der richter dicke sin gewette, dar
niemant nicheine buze an en hat, daz is mit worten oder mit rufene, dar
her ime sin ding mite irret oder mit andirre unzucht. So gebiete der
richter mellicheme, daz her clage uffe den anderen, der zu clagene habe*r*).
mit vorsprechen, durch daz sich niemant vorsume. §. 4. [Sachsen-
spiegel I. 60. § 1.] So muz her selbe wol sin wort sprechen, wil her sich
sines schaden getrosten, der im dar nach cumen mac.

(XVII.) 12. **Ap der schultheise yemand irret vor ge-
richte.** § 1. Nu vornemet vnd horet*a*), ap der schultheyse
ymande irret an syner clage vnd ym nicht rechtes en hilfet vnd
sich des wegirt mit vnrechte, wirt her vor dem foyt*b*) dorumme
beclait mit geczugin, so mus her mit geczugin entgen. Welchin
geczug yenir uf den richter butit, mit zo getanyn*c*) geczugin mus
is der richter entgen, is syn dinglute adir scheppfin. Geschit is
abir vor gehegtim dinge*d*), zo mac man es bas vber en geczugen
mit rechte, denne her is mit geczuge untgen moge. Wil abir
der man synis geczugis abgen vnd wil en beschuldigen umme
syne wissintschaft*e*), des entget her*f*) mit synis eynis hant.
§ 2. Wenne her beclait wirt vmme dese sache vor dem foyte*g*),
do sal her czu hant umme antwortin, das do echt*h*) ding sie;

---

m) Niemant — als] mit der hier gegebenen Lesart des Cod. H. und des
Crac. Cod stimmt der Cod. Dantisc. und das System. Schöffenr. II. 2. c. 38
überein; dagegen haben das Magdeb.-Görl. Recht, Art. 110, der Cod. C.
und die Weichbildvulgata übereinstimmend statt der angegebenen Worte
nur: Irret jemant den anderen. *n*) Andere vnczucht] Görl. u. C.: anderen
worten, die im schedelich sin an siner clage. *o*) czwein] Görl den; C. wie
hier. *p*) in eynem vogt dinge] C. vor dem vogete; Görl. vor deme bur-
greven. *q*) in der — schultheizen dinge] Görl. u. C. Geschieht iz vor
deme schultheizen, so wettet her im. *r*) daz her clage — habe] fehlt in C.

XVII. *a*) vnd horet] fehlt Görl. u. C. *b*) foyt] Görl. burcgreven
c) zo getanyn] Görl deme. *d*] v. geh. d.] Görl. C. vor gerichte. *e*) wis-
sintschaft] Görl. weteschaft daz ist umme sine schult *f*) entget her] Görl.
entphuret er im; C. entwirret her em. *g*) foyte] Görl. burcgr. *h*) echt]
Uff it.

wenne her mus dor kegenwordich sin, es en beneme yn denne*i)* echte not. Die echte not sal her czu hant bewysin. § 3. Bewiset her die nicht*k)* vnd weigert her des mit unrechtir sache, sich czu rechte czu bietende vmme syn unrecht, das her getan hat vnde deme foyte*l)* rechtis czu helfende, so orteilit man czu hant dem foyte uf den schultheysen*m)* czen *n)* pfunt vnde yeme syne schult, do her rechtis abgewegirt hatte. Al diwilen, daz her ym die czen phunt*o)* nicht enbrengit adir selbir nicht engebit adir sich mit rechte nicht vntredit czu dem nestin dinge, zo mag her nymandis richter gesyn, her en habe, sich dirre sache abegenommen alse hievor geredet ist.*p.)* § 4. Geschit is aber umme vngerichte, do her rechtis abe gewegirt hat, als vmme wunden adir*q)* umme totslege ader umme dube adir umme roup*r)* adir umme kirchinbruche adir umme mortbrant adir was sogetanes dinges icht*s)* daz an vngerichte trift, dasselbe gerichte sal obir en irgen, das ober yenyn gen sulde, do en mag her wedir wergelt noch nicht vor gebin*t)*, ab her dirre sache vorwunden wirt als recht ist*u)*. Wirt aber ym eyn man mit rechte in die vronegewalt geantwortet czu behaldene, gelosit her ime ane sine wissentschaft vnd ane sine warlosunge*v)* vnd ane sine schult, ist das vmme ein ungerichte, das an den hals get, do gebit her vor eyn gancz*w)* wergelt, ist is abir umme die hant, do gebit her vor eyn halp wergelt*x)* vnde mus daz gerichten*y)* uf den heyligen, das her ym ane syne schult gelosit sye, ab mans en nicht vorwissin welle. § 5*z)* Eyn gancz wergelt daz sint achczen phunt, eyn halp wergelt daz sint nun phunt*tz)*.

---

i) denne] fehlt Uff. C.   k) Görl. fügt zu vnd benumet man der nicht.   l) foyte] Görl. burcgr.   m) uf d. schulth | fehlt in Görl.; C. uf in. n) czen] C. achczen.   o) czen pfunt] fehlt Uff. Danz. Görl.; C. das gewette.   p) alse — ist] Görl. C. als ir hie vor vernommen habet.   q) vmme wunden adir] fehlt in Görl. u. C.   r) ader u. dube a. u. roup] fehlt in Görl.   s) icht] Uff. iet.   t) gebin] Uff. gedaen; Görl. tun; C. getun. u) als r. i.] fehlt in Görl. u. C.   v) vnd a. s. warlosunge] fehlt in Görl. w) gancz] fehlt in Görl. u. C.   x) ist is abir — wergelt] ist in C. ausgelassen.   y) gerichtin] Görl. behalden.   z) Das Magdeb.-Görl. R. 112 und der Cod. Cell. haben hier die Rubrik Von wergelde; und beginnen: Nu vernemet was ein wergelt si zu wicbilde.   tz) Görl. und C. fügen zu: also getaner phenninge als dar genge vnd gebe sint, da daz weregelt vorboret ist. Diz ist geredet von deme schultheisen.

(XVIII.) 13. Von dem foite *a*) § 1. Nu horet *b*) von dem foite, ob her nicht rechte en richtet, wenne man im claget, vnd das let durch liebe *c*) oder durch gift, oder durch keiner hande ding, oder ob her selbe ein ungerichte tut, das her zu rechte nicht tun ne sal, sint dem mole das her zu richtere gecorn wirt, recht zu sterkene vnde unrecht zu krenkene; wirt her beclaget zu sin selbes dinge, da sal der schultheize sin *d*) richtere sin, vnde da twinget man in mit vrteilen zu, daz her vor im antworten muz, als ich euch sagin will *e*). Her *f*) bitet den foit mit vrteilen ufsten, wand her vber in zu clagene habe, vnde bitet mit vrteile, daz her einen anderen richter an sine stat setze, der im richte. Das sal her tun, vnde setzen dar den schultheizen. Der sal im richten zv glicher wis vber den foit, alse der foit vber den schultheizen solde. Darumme ne mac der foit nicht echt ding gehaben ane den schultheizen, wand her sich zu rechte bieten sal vor dem schultheizen, ob man vber in claget. § 2. Weigert her des mit vnrechte jar vnde tac, so ist dem landisherrn das gerichte ledic, daz her von im hatte, vnde dem kunige der ban, ap em gevolget wirt mit rechten vrteilen *g*). Dis ist geredet von dem richtere zu wicbilde *h*)

XIX. Von des burgermeisters gerichte. [Magdeb.-Bresl. Recht von 1261. § 2. und § 5.] §. 1. *Wo man eynen burgermeister kusit in eyner stat, den kust man zu eynem jare; vnde hat die gewalt, daz er richten mag obir allerhande wane maze vnde unrechte woge vnd unrechte scheffil vnd obir allerhande spisekouff, wer clein brot vorkouft, vnde obir markt hacken, daz sy rechten kouff geben. Unde missetete eyner ubir daz gesazte recht, der wettet dorumme hut vnde har oder drie windische marg, daz sien sechs vnd drizig schillinge. § 2. Ir geseze ist, wenn man eynen schoup uff dem markte ufrecket, so sollen dy markthacken nicht kouffen, daz sy vorbaz vorkoufen wollen; wenn abir der schoub yngezogen wirt, so mogen sy kouffen, was sie wollen, alzo daz sy der stat kore nicht en brechen. § 3. Brechen sy aber der stat kore, sy wetten alz vor gesprochen ist; daz stet an der ratmannen kore, waz sy nemen wollen. Nemen sie wol die phennige, so ist der hacke doch rechteloz vnde erloz. § 4. Zu disin dingen sal der burgermeister sweren, daz er*

XVIII. *a*) Uff. Van des Vaedes Vngerichte. *b*) horet] C. vernemet. *c*) C. fügt hinzu oder durch leide. *d*) sin] C. vber in. *e*) als — will] C. als ir nu vernemen sult. *f*) Her] C. Der sachwalde. *g*) ap — urteilen] fehlt in C. *h*) Dis ist — wicbilde] Diese Worte sind ein Zusatz des Cod. Cell.

daz weder durch libe noch durch leide thu ader laze, sunder durch der stat ere, frome vnd nuze vnde sich an den dingen beware mit der wizigisten rate.

XX. Wie man eigen gebit zu wicbilde § 1. Ob man ein eigen gibet binnen wicbilde, wie man das geben sule alse recht und redeliche als ez helfende si *a*). Jener der ez geben sal, der sal kumen zu echteme dinge; das sal ouch iener der ez entfan sal *b*). So bitte jener einis vorsprechen, der ez da geben wil, den sal man im geben. Der bitte von ienis halben an einem urteile zu versuchene *c*), wie her sin eigen geben sule, daz ez helfende si. So vindet man im zu rechte: mit erben gelobe, ob her beerbet oder begabet ist. Ist her aber vnbeerbet vnde unbegabet vnde hat her ez gecouft *d*) mit sinen pfenningen, so mac her ez geben, wem er wil *e*). Und jener der entfet ez; vnde als her ez entfangen habe, so vrage sin vorspreche, ob ez im gegeben si, also rechtliche vnde redeliche als ez im helfende si. Als im das gevunden wirt, so bitte her dan der inwisunge mit urteilen von gerichtes halben. So sal in inwisen der schultheize oder der voget, ob ez vor im geschiet *f*) Dar suln die schepfen mite gen, die das *g*) sehen vnde horen, das man in rechte vnd redelichen inwise, wand sie des gezuc sin muzen dar na, ob man is bedarf. § 2. So wiset in der schultheize oder der voget alsus: Der richter sal vor in das hus gen *h*) ader uffe die hovestat, ob do nehein hus en ist; vnde jener ste uffe der straze die wile, vnde die schepfen mit im. So neme in der richter bi der rechten *i*) hant vnde leite in *k*) in. Vnd die schepfen suln na in gen, durch das sie horen vnde sehen, das *l*) in der richter rechte dar *m*) inwise. Vnde der richter *n*) spreche alsus: Die gabe, die *o*) y gegeben ist vor gerichte rechte vnd redliche *p*) da wise ich y in, als y mit vrteilen erteilet ist, vnd setze des die schepfen vnde die anderen *q*), die hie zu gegenworte sin, zu gezuge, das ich y ingewiset habe Vnde ge *r*) wider an sin gerichte. § 3. So trete iener vor vnde sin vorspreche, der in daz eigen gewiset ist, vnde bitte den richter mit vrteile *s*, daz her gezuc wesen wolle, das her in das erbe rechtlichen

---

XX. *a*) Ob — si] Br. Nu vornemet, wo men eygen bynnen wycbelde geven schole, alse id recht und hulplik sy. *b*) das — sal] Br. dat sulve schal dye ander ok don. *c*) der bitte — versuchene] Br. So bidde he enes ordels. *d*) ob her beerbet — gekouft] Br. eft id beervet und (herüber geschrieben vorder nicht) beghavet sy. Hedde he id aver gekoft. *e*) Br fügt zu ane erven gelof. *f*) So sal — geschiet] B. So sal ene dye richter inwisen. *g*) die das] Br. dat se. *h*) So wiset — gen] Br. So wisit dye richter dar in in sulker wise, dat dye richter vore in dat hus ga *i*) rechten] Br. vordern *k*) Br. fügt zu dar. *l*) sie horen — das] fehlt in C. *m*) rechte dar] fehlt in C. *n*) der richter] fehlt in C. *o*) Die gabe die] Br. Dat eigen, dat. *p*) r. u. redl.] fehlt in Br. *q*) Br. setzt hinzu lude. *r*) Vnde ge] Br. So ga dye richter. *s*) iener vor — urteile] Br. iene vor vnd bidde med ordelen.

vnde redelichen gewiset si, das her das sehe vnde horte, das im gegeben
wart *t*). Des muz her *u*) sich verpflegen mit *v*) dem eide, den her zu dem
gerichte gesworen hat *w*) vnde das her sin gezuc si. § *4.* Zu derselben
wise alse der richter vor gezuget hat *x*), also suln die schepfen na gezuge
sin. Darna sal iener geloben, disem zu gewerene, dem her das eigen
gegeben hat alse recht ist *y*).

XXI. § 1. Nv vernemet wie das recht si, das her in geweren
sulle. Her sal in geweren jar vnde tac, das sint sechs wochen vnde ein
jar. Vnde her gebe zu kuntschaf iglichem schepfen einen pfenning vnde
dem schultheizen einen, vnde dem vogete einen. Geschiet aber die gabe
vnder banne, also das die schepfen zesamne gen vnde der richter vnde
globen den ban umme die gabe, vnde wirt die gabe da gegeben, so sal
man in inwisen alse hie vore geredet ist vnde sal die inwisunge stetigen
zu echtem dinge vnde gezuge. So ist die gabe gegeben rechte vnde
redelichen vnde iener sal sin gewere wesen alse hie vor gesprochen ist *a*).
§ 2. Ist aber daz der, dem das eigen alsus gegeben ist, ienis wereschaf
bedarf, der ez gab vnde ist her mit im gesezzen binnen wicbilde, so sal
her is sin gezuc sin die wile her lebet. Dis ist geredet von eigene *b*).

XXII. Von wibes recht an todes mannis gute a'. § 1. Nu
vernemet was ein vrowe ires mannes gutes behalde nach sinem tode:
Nicht dan *b*) ir rade vnde das *c*) her ir gegeben hatte vor gerichte.
§ 2. Wand ez ne pfleget nehein man sinem wibe zu geben morgen gabe
zu wicbilde, wand zu morgengabe gehoret *d*) gezune vnde cimmer vnde
veltgenge vihe. § 3. Darumme zweiet sich da das lantrecht vnde das
wicbilde recht *e*); wan man pfleget zu wicbilde mit steinen zu buwene;
sie sint ouch alle mit einem rechte begriffen die zu wicbilde sitzen.
Darumme nimt das wib ire rade

XXIII. § 1. Das sint alle wibliche cleidere, die man antut vnde
die man pfleget zu tragene vnde binnen iren geweren sint *a*). Vnde alle
golt vnde silber, was geworcht ist zu vingerlinen oder zu vurspannen.

---

t) das her das —wart] fehlt in Br. *u*) her] Br. dye richter. *v*) mit] Br.
by. *w*) Br. setzt hinzu dat he in dat eygen gewiset sy. *x*) zu derselben
— hat] fehlt in Br. *y*) zu gewerene — recht ist] Br. gewere to synde
alse recht sy vnd dit schal men bevreden laten.

XXI. *a*) In Br. fehlt § 1 von *Vnde her gebe zu kuntschaf* an. *b*) In
Br. lautet § 2: Is aver yenne dye dat eygen gaf medeme beseten bynnen
wicbelde, so scal he des syn gewere unde tuch sin, dy wile dat he levet.

XXII. *a*) l ie Ueberschrift fehlt in Br. *b*) nicht dan] Br. Sye beholt
nicht wanne. *c*) vnde das] Br. vnde liftucht dat. *d*) Wand — gehoret]
Br.: Hir an tweyget sik wikbelde recht vnd lantrecht, wente to lant dinge
ne pfl. neh. m. sinem wibe nicht me morgengave to gevende. Dar to
horet. *e*) Darumme — recht] Br. Und dit tweiget sik hir umme.

XXIII. *a*) die man — sint] Br. dy bynnen oren weren vorstorven sin.

Vnde gurtele, die beslagen sint *b*). Vnde alle bette vnde kussene vnde alle pfule vnde alle lilachene, tischlachene vnde beckene; vnde alle twelen vnde alle tepte, vnde alle banclachene Vnde armgolt vnde alle orringe vnde halsgolt *c*). Alle vmmehange vnde alle sperrelachene vnde alle geschroteuen 'aken *d*) zu wiblichen cleideren, ob ez wol vngenehet ist. Vnde alle schaf Diz ist das die vrowe zu rade nimt binne wicbilde. § 9. Was aber her *e*) ein cremer oder ein coufman, der veile hatte colten *f*) oder sogetanis dinges icht, das hie vore benennet ist vrisch vnde nuwe *g*), des en nimt sie nicht, wan man ez veile gesehn hatte *h*). Wan von colten nemac sie nicht genemen wand dri zum hogesten noch von gancen stucken, die man pfleget zu vorcoufene. § 3. Coppfer noch des geworchten goldes en nimt sie nicht noch aller bande trancgeveze, daz von silbere ist oder von golde *i*). Eine pfanne nimt sie ouch zu rade, ob sie da ist *k*), die man vz vermittet *l*) umme pfenninge *m*). Stet sie aber in dem bruhuze beworcht, so en nimt sie ir nicht noch nehein brugeveze *n*). § 1. *o*) Do sagen simeliche lute, sie neme cleine legelin, die man tragen moge mit einer hant mit dem dumloche, vnde sewaz, da man sie inne trage, ouch das man den swinen da vz gebe; des en ist nicht. Wenne pfleget man brugeveze zu vermietene vmme pfenninge alse man den pfannen tut, so neme sie die vrowe alse sie die pfannen tut.

XXIV. Von der gehoveten spise *a*). §. 1. Nu vernemet umme die gehovete spise, die in dem hove *b*) bestirbet binnen wicbilde, welch recht die vrowe da an hat, ob sie sich von iren kinderen scheiden wil oder von ires mannis erben na dem drizegesten. § 2. Ist daz iz ir libgezuc ist, da daz wib uffe bestirbet, so nimt sie halb allerhande dinge, die ir man zu spise haben solde zu einem jare. Daz aber boven der spise ist zu einem jare, daz nimet sin rechte erbe. Sin len erbe enimmt is nicht *c*). Ist daz *d*) der vrowen libgezuc nicht, da daz ding inne bestirbet, sie enimt is nicht; ez en si also *e*) vil alse sie iz ezzen vnde

b) zu vingerlinen — sint] Br. to vrowen ge-myde eder czyringe, dy sy plecht to dragende edder to hebbende. *c*) Vnde armgolt — halsgolt] fehlt in Br. *d*) alle geschr. laken] B. allerleie laken gesneden. *e*) her] Br. or man. *f*) veile — colten] Br in missverständlicher Uebersetzung vele kosten hadde. *g*) Br. fügt hierzu vnde veyle to vorkopende. *h*) wan man ez — hatte] fehlt in B. *i*) Der Satz Wan von colten bis oder von golde fehlt in Br. *k*) zu rade — ist] fehlt in Br. *l*) vermittet] Br. ut dut. *m*) Br. fügt zu dar in to browende. *n*) Br. fügt zu wenne dye men med der pannen to vormydende ute dut. *o*) § 4 fehlt in Br.

XXIV. *a*) In Br. fehlt die Ueberschrift. *b*) Br. fügt zu ores mannes. *c*) Der Anfang von § 2. lautet in Br.: So nymmet sye to musdeile allet half van allerhande spyse, dy or man hebben scholde to eneme jare in yewelkeme hove, wat dar boven is, dat nymmet sin rechte erve und nicht sin leenerve. *d*) Ist daz] Br. Is aver de hof eddir de stad. *e*) ez en si also] Br. mer also.

trinken mac, die wile das *f*) ir nicht geleistet sin ire pfenninge, die ir ge-
lobet sin wurden, do sie iren man nam. § 3. Die wile ne darf sie ouch
die gewere nicht rumen, der erbe ne wise sie mit minnen *g*) abe oder mit
rechte Hat aber sie burgen darabe *h*), so ne darf sie den erben nicht
manen weder zu minnen noch na rechte; so sal sie im die gewere rumen,
wand gelubede bricht allerhande recht, da man ez og gezugen mac *i*).

XXV. Von dem hergewete *a*). § 1. Nu vernemet von des
mannis rechten erben, der im ebenburtic ist, was uffe den ersterben mac
na des mannis tode binnen wicbilde. Al sin hergewete nimt her zum
ersten; darna nimt her al sin eigen vnde sin erbe *b*). § 2. Nu vernemet,
welch daz hergewete si, das her zum ersten nimet: Das ist ein pfert *c*)
gesatelet vnde sin harnasch vnde sine cledere, die her hatte zu sinem
libe. Vnde das swert oder ein ander wafen, welcherleige ez was bi eines
mannis libe *d*). Eine twele, ein tischlachen vnde ein lilachen vnde einen
herpfule, zwei beckene vnde einen wenigen *e*) kezzel, den man vuren mac
uf einem soumere *f*). Waz so da boven ist, das ne horet zu dem her-
gewete nicht

XXVI. Von dem erbe. § 1. *Nu vornemet, waz zu dem erbe ge-
horet in wichbilde noch der ebenbortigkeit. Dorzu gehoret alles eigen, daz
unbegabit ist, alles golt vnd silber, gewant wullen vnde lynen, phert, ryndere
unde swyn, die uz des mannes hove ghen. § 2. Mastswyn gehoren zu dem
musteil, halb zu dem erbe. Ganze bachen unde syten, schuldern, schinken,
korn kasten, melkasten, tische, stule, bencken, badelachin, hantvaz, slechte kisten,
phannen, botten, die stille stehen in des mannis erbe, alle kessil. Sundir eyn wasch
kessil, der gehort zu der gerade. Kussin die ledig sien, die gehoren zu dem
erbe. Hunre vnde andere vogele, hunde vnde katzen, morser und allerhande
harnisch unde wapen, sunder daz hie benannt ist, alles silberynne trinkge-
fesse gehoret zu dem erbe. § 3. Wo aber czwene manne ader drie zu eynem
erbe geboren ader hergewete teilen sollen, der eldiste nympt daz swert zuvor.*

XXVII. Von bestetegunge *a*). § 1. Nu vernemet vmme einen
man, den man bestetigen wil binnen wicbilde von gerichtes halben. Den

---

f) Br. fügt zu sy in dy were sittet vnd. *g*) minnen] Br. vruntschap.
h) darabe] Br. davore. *i*) so ne darf — gezugen mac] Statt dieses Schluss-
satzes hat Br nur so mud sy dy were rumen.

XXV. *a*) In Br. fehlt die Ueberschrift *b*) Al sin hergew. — sin
erbe] Br. He beervet uppe en to deme irsten sin hergewede, dar na sin
eygene unde andere syne have dy to vrowen gerade nicht en horet, alse
vor sproken is. *c*) ein pfert] Br. des mannes beste perd. *d*) vnde das
swert — libe] Br. und ander dat harnesch to eynes mannes lyve, dat
bynnen synen weren was, do he starf. *e*) wenigen] fehlt in Br. *f*) den
man — soumere] fehlt in Br

XXVI. fehlt sowohl im Codex Cellens. als auch in dem Cod.
Bresl. II. F. 6.

XXVII. *a*) Die Ueberschrift fehlt in Br.

sal man brengen vor den stul, da man pfliget zu richtene, vnde sal da
haben den vronenboten, ob man des beleneten richteres nicht haben ne
mac. Man schuldege in vmme die sache, da in iener vmme beclaget hat,
vnde bitte *b*) den richtere oder deu vronen boten *c*), daz her in bestetige
umme die sache. Das sal her tun, ob er vmbesezen ist. Ich meyne also
vmbesezen, daz her nehein eigen habe in dem wicbilde *d*); hat aber her
da eigen, dabi mac her sich wol borgen. Ne hat er nehein eigen, so *e*)
mus her burgen setzen. § 2. Wi man einen man vor gelt bi der
hant antworte *f*). Nu vernemet, vmme einen man, der vmme gelt be-
claget wirt vor gerichte mit vorsprechen *g*) vnde her des geldes bekennet.
Hat her eigen binnen wicbilde das bezzer ist, dan das gelt, das her be-
kant hat, so mac her sich wol da bi borgen *h*); ist ez aber erger, so ne
mac her sich nicht hoger borgen da bi, dan als ez wert ist Vor das
andere muz her burgen setzen; ne hat her des burgen nicht *i*), man ant-
wortet in ieneme bi der hant. Ist her ein gast, dem her geantwortet wirt,
her sal in mit im vnren, ob her in nicht behalden ne mac binnen dem
wicbilde, so daz her og erst burgen setze, das her in wider antworte
vnverterbet an sinem libe vnde an sinem gesunde. Ne hat her des burgen
nicht, so sal her in binnen wicbilde in des richteres huse behalden mit
also getaner gewarheit *k*), das her im nicht entloufe *l*), anders ne sal her
in nicht pinigen *m*). Mit spise vnde mit arbeite sal her in gliche halden
sinem ingesinde *n*).

---

b) da in iener — bitte] Br. dar he umme up gebolden is vnd dy cleger
bidde. *c*) oder den vr.] fehlt in Br. *d*) vmbesezen — wicbilde] Br. nen
eigen en heft in dem wicbilde. *e*) ne hat her -- so] Br. Anders. *f*) Die
Ueberschrift fehlt in Br. *g*) mit vorsp.] Br. to wicbilde. *h*) Br. fügt zu
alse vor gesecht is. *i*) ne hat her d. b nicht] Br. en dut he des nicht.
k) gewarheit] Br. hefte. *l*) Br. fügt zu med eyner helden mud he en wol
spannen. *m*) nicht pinigen] Br. nene pyne au lecgen *n*) Br. fügt noch
hinzu: Wente allene dyve unde rovere unde alle dye med nod unde unge-
richte an dy vronen gewalt komen, dy schalmen stokken vnd besmeden,
so men alder besten kan unde vormach. Im Naumburger Weichbild-
recht 77 ist der Schlusssatz noch etwas erweitert.

VII.

Das Magdeburger Schöffenrecht.

Einleitung.

Die zahlreichen Handschriften des Magdeburger Schöffen-
rechts oder Weichbildrechts, zwei Bezeichnungen, die wir vorläufig
als synonym gebrauchen, weichen unter einander bekanntlich in
so hohem Grade ab, wie dies kaum bei einer anderen Rechts-
quelle sich wiederholt. So sehr diese Verschiedenheit der For-
men zu wissenschaftlichen Untersuchungen Anreiz giebt, um die
Handschriften zu classifiziren, die allmählige Fortbildung des
Textes darzulegen und Kriterien aufzufinden, um das Ursprüng-
liche von dem später Hinzugekommenen, die ältere Form von
der jüngeren zu unterscheiden, so wenig ist dies doch bis jetzt
geglückt und man kann wol die Geschichte des Weichbildrechts
als eine der dunkelsten Partien der mittelalterlichen Quellen-
geschichte bezeichnen. Die Schwierigkeit liegt darin, dass die
Entwicklung des Schöffenrechts keine einheitliche und continuir-
liche war. Es ist nicht wie beim Sachsenspiegel oder dem
Rechtsbuch von der Gerichtsverfassung ein Grundbestandtheil
vorhanden, der überall gleichmässig und in demselben Zusam-
menhang wiederkehrt und sich dadurch äusserlich markirt, zu
welchem dann allmälig Zusätze und Erweiterungen hinzugekom-
men sind. Ebenso wenig sind wie beim Schwabenspiegel die Ab-
weichungen der Texte auf Verkürzungen und Streichungen zu-
rückzuführen, welche die Verfertiger der Abschriften an vielen
Stellen des ursprünglichen Rechtsbuches sich gestattet haben, so
dass in gewissen Handschriften diese, in andern jene Capitel
fehlen, in noch anderen auch wol späterdem Urtext fremdartige
Bestandtheile an Stelle ausgefallener, dem Original angehöriger
Sätze eingeschaltet worden sind. Vielmehr erscheinen die ver-

schiedenen Weichbildrechts-Formen als ebenso viele selbstständige Arbeiten, selbstständig wenigstens in der Compilation, denn jede hat eine eigenthümliche, von allen anderen abweichende Anordnung der Capitel und in der Regel gewisse Bestandtheile, die nur ihr angehören, in den übrigen Handschriften dagegen fehlen. Andererseits kehrt aber ein grosser Theil des Inhalts einer Form in allen übrigen wieder. So sehr auch die verschiedenen Recensionen des Magdeburger Schöffenrechts von einander abweichen, keineswegs stellt doch jede dieser Formen ein eigenthümliches Rechtsbuch, eine originelle und selbstständige Rechtsquelle dar, sondern eben nur eine besondere Recension einer und derselben Rechtsquelle. Es besteht unter diesen Recensionen nicht in der Art ein Zusammenhang, dass immer eine aus der andern fliesst, jede das Werk zu einer neuen Stufe fortführt. Wenn es selbst möglich wäre, bei allen Recensionen das Jahr ihrer Entstehung festzustellen, wie das in der That bei einigen theils mit grösster Bestimmtheit, theils mit annähernder Genauigkeit der Fall ist, und wenn man auf Grund solcher Feststellungen auch alle vorhandenen Formen des Schöffen- oder Weichbildrechts chronologisch ordnen könnte, so wäre damit doch noch kein Einblick in ihren historischen Zusammenhang gewonnen. Denn die verschiedenen Formen des Weichbildrechts hängen eben zum grossen Theil unter einander nur mittelbar zusammen; es beruht nicht eine auf der andern, sondern sie erwachsen sämmtlich selbstständig aus derselben Wurzel.

Wie schon angedeutet, beruht die Selbstständigkeit der verschiedenen Weichbildsformen nicht in der Originalität ihres Inhalts, sondern vielmehr in der Eigenthümlichkeit der Compilation. Dieselben ursprünglichen Rechtsaufzeichnungen wurden zur Anfertigung eines Rechtsbuches von verschiedenen Personen benutzt. Jeder schöpfte unmittelbar aus ihnen, ordnete nach seinem eigenen Gutdünken das Material und verband damit, was ihm sonst wichtig und dahin gehörend erschien. Soweit dieselben Quellen benutzt sind, haben die verschiedenen Formen des Weichbildrechts einen materiell identischen Inhalt; soweit dem Compilator einer Form noch spezielles Material vorlag, was Anderen unzugänglich oder von ihnen unbeachtet gelassen war, hat sein Weichbildrecht besondere Bestandtheile. Aber auch in soweit ganz dasselbe Material in allen bekannten Weichbilds-Recensionen Eingang gefunden hat, ist die Anordnung und Eintheilung desselben das Werk des betreffenden Compilators. Für die Erfor-

schung der Geschichte des Weichbildrechts ist daher eine uner-
lässliche Vorarbeit, festzustellen einerseits: was in sämmtlichen
bekannten wichtigeren Formen oder der überwiegenden Mehr-
zahl derselben gleichmässig wiederkehrt, was also der eiserne
Bestand aller Formen, der stereotype Kern aller ist, und anderer-
seits: was jeder Form eigenthümlich und besonders ist, so zu
sagen die Extravaganten zu jenem Kern.

Eine solche Untersuchung kann uns in den Stand setzen,
den materiellen Bestand der Urform des Weichbildrechts zu
reconstruiren. Denn wenn man alle Artikel zusammenstellt,
welche in sämmtlichen oder der überwiegenden Mehrzahl der
unter einander unabhängigen Weichbildrechts-Formen sich fin-
den, so hat man wenigstens darüber Sicherheit, dass man nur
diejenigen Sätze hat, welche in jenen alten Aufzeichnungen, aus
denen alle Verfasser von Weichbildrechten geschöpft haben, be-
reits vorhanden waren. Ungewissheit bleibt dagegen bestehen
über die Reihenfolge und Anordnung jener Capitel, ferner
darüber, ob jene Masse ursprünglich eine einheitliche oder meh-
rere getrennte Rechtsaufzeichnungen bildete und bei erheblichen
Abweichungen hinsichtlich des Wortlautes über den ursprüng-
lichen Text der einzelnen Capitel. Man kann demnach gleichsam
auf dem Wege der Abstraction die Quelle des Weichbildrechts
entdecken, indem man aus allen Weichbildrechtsformen das Be-
sondere und Eigenthümliche streicht und das Gemeinsame und
Uebereinstimmende heraushebt. Eine auf diesem Wege con-
struirte Form des Weichbildrechts wird aber doch nur eine wissen-
schaftliche Hypothese sein. Man wird zur Annahme einer solchen
Form von der Logik gedrängt, da sich sonst die Uebereinstimmung
der vielen, unter einander doch selbstständigen und in anderen
Punkten abweichenden Weichbildrechtsformen nicht erklären lässt,
aber man hat keine Gewissheit, dass jene construirte Form wirk-
lich einmal bestanden habe.

Wenn es nun aber glückt, eine Handschrift aufzufinden, die
gerade diejenigen Sätze enthält, welche diesen gemeinsamen Be-
stand aller Weichbildrechtsformen bilden; wenn diese Hand-
schrift diese Sätze vollständig enthält und nur solche Sätze
ausschliesslich: so hört jenes auf logischem Wege construirte
Schöffenrecht auf, ein Phantom zu sein; alsdann tritt es uns in
leibhafter Gestalt entgegen und schlägt alle Zweifel über seine
Existenz nieder. Jene logische Operation ist nur deshalb unent-
behrlich, um in einer solchen Rechtsaufzeichnung auch wirklich

die Urquelle aller Weichbildrechtsformen entdecken und um sie
von einem blossen Auszug aus einem weitläufigen Weichbild-
recht mit Sicherheit unterscheiden zu können. Wir liefern durch
die Thatsache, dass der Inhalt dieses Rechtsbuches in sämmt-
lichen Weichbildrechtsformen sich wiederfindet, den Beweiss,
dass dasselbe die Quelle ist, aus welcher alle Weichbildrechts-
Compilatoren geschöpft haben. Andererseits können wir auch
die Gegenprobe machen; wir können mit diesem Rechtsbuch
in der Hand den Verfasser jeder einzelnen Weichbildrechts-Recen-
sion controlliren, wir können ihm bei seiner Arbeit nachgehen
und constatiren, in welcher Weise er von jenem Rechtsbuch
Gebrauch gemacht, wie er es vermehrt und verändert hat.

Eine solche Handschrift ist in der That vorhanden
und damit der Schlüssel für die Geschichte und Text-
kritik des Schöffen- resp. Weichbildrechts gefunden.
Diese Handschrift ist der Pergamentcodex der Königl. Central-
bibliothek zu Breslau, II. Q. 3. (Homeyer No. 90), welchen
Gaupp, Schles. Landr. S. 232, 233, beschrieben, aber nicht zu
würdigen verstanden hat.

Die nachfolgende Tabelle beweist, dass der Inhalt dieser
Handschrift in die älteren, bisher bekannt gewordenen Recen-
sionen des Weichbildrechts mit geringen Ausnahmen übergegan-
gen ist und dass uns sonach in ihr die ursprüngliche und ge-
meinsame Quelle derselben, wenn nicht in ihrer originellen Form,
so doch in einer derselben nahe kommenden Gestalt erhalten ist.

Recht von 1261.	Breslauer Codex II. Q. 3.	Cell. Handschr.	Danziger Handschr.	Uffenbacher Handschr.	Konrad von Oppeln.
1. 3. 4. 2.	1.	1.	1.	1. 2.	1.
5.	2.	3.	3.	3.	2.
6.	3.	2.	2.	3.	3.
7. 8. 19.	4.	11.	11. 12.	4. 5.	4. 5.
9. 10. 12.	5.	12.	13. 17.	6. 9.	6. 9.
11. 27.	6.	14.	14. 16.	7. 8.	7 Anf. 8
13.	7 a.	13.	18.	10.	10.
21.	7 b.	16 Anf.	63 Anf.	11.	12.
	8.	15.	25.	45. § 2.	31.
	9.	19.	26.	44.	30.
	10.	20.	27.	45. § 1.	33.
	11.	21.	28.	45. § 3, 4.	34.
	12.	22.	29.	45. § 5, 6.	35.
	13.	23.	30.	45. § 7, 8	36.
	14.	24.	31.	46. § 1.	37.
53.	15 a.	18.	32.	46.	27.
54.	15 b.	42.	49.	46.	28.
14. 15. 28. 29.	16.	51.	56.	12. 23.	14.
30. 16.	17 Anf.	56 Anf.	20 Anf.	13. 14. § 1.	15.
17.	17 Ende.	39.	22.	14. § 2.	16.
18.	18.	5.	5.	15.	17.
20.	19.	6.	6.	16.	18.
22.	20.	7.	7.	17.	
23.	21 a.	56 Mitte.	20 Mitte.	20.	19.
26.	21 b.	56 Ende.	20 Ende.	19.	21 a. E.
24. 25.	22.	29.	35.	21.	20.
31.	23.	8.	8.	18.	21.
32. 33.	24.	38.	21.	24.	22.
34. 35. 36.	25.	27.	23.	25.	23.
37. 38.	26.	27 Ende 16 Ende.	24.	26.	23 Ende. 7 Ende.
	27.	35.	38.	60.	24.
	28.	33.	37.	49.	

Cracauer Handschr. (Hom. 134).	Naumburger Handschr.	Weichbildrecht in 6 Büchern.	Görlitzer Recht von 1304.	Weichbild-Vulgata.
1.	1. 2.	I. 1.	1.	42.
2.	3.	I. 2.	2 Anf.	43.
3.	4.	I. 3.		—
4. 5.	5. 6. 7. 14.	I. 4. 5. 6. 7.	3. 4. 5. Anf.	44—45. § 2.
6. 9.	8. 9.	I. 8. 9.	6. 7.	46. 45. § 3, 4.
7. 8.	10 Anf. 11.	I. 10. 12.	8 Anf. 10 Anf.	69. 70.
10.	12.	I. 13.	12.	71.
12.	15.	I. 15.	63 (14).	78.
35.	40.	II. 30.	29 (70).	—
36.	41.	II. 31.	30.	81.
38.	42.	II. 32.	(8 Ende.)	82.
39.	43.	II. 33.	31.	—
40.	44.	II. 34.	32.	80. 79. § 2, 3.
41.	45.	II. 35.	33.	83. 84.
42.	46.	II. 36.	71.	85.
32.	16.	I. 16.	48.	—
33.	17.	I. 17.	—	—
14.	20.	I. 20. 21.	20.	56 Anf.
15.	21. 22.	I 22.	16 Anf. 15 Anf.	53.
16.	26.	I. 27.	23.	54.
17.	25.	I. 28.	24.	64.
18.	28.	I. 32.	26 Ende.	—
19.	29.	I. 31.	26 Anf.	56 Ende.
20.	19.	I. 19.	15 Ende.	72. § 3.
23.	30 Ende.	I. 34.	—	74.
21.	30.	I. 23. 33.	64.	90.
22.	34.	I. 38.	65.	65.
24.	35.	I. 39.	52.	72. § 1, 2.
25.	36. 37.	I. 40.	27.	51. § 1—3.
26.	38. 39.	I. 41. II. 29.	27 a. E. 28.	52. 79 § 1.
27.	33.	I. 37.	75.	75.
28. 29.	31. 32.	I. 35. 36.	74.	76. 77.

Recht von 1261.	Breslauer Codex II. Q. 3.	Cell. Handschr.	Danziger Handschr.	Uffenbacher Handschr.	Konrad von Oppeln
	29.	4.	4.	3. § 2.	—
	30.	—	—	—	—
	31.	9.	9.	31.	38.
	32.	10.	10.	32.	39.
	33.	26.	19.	28. § 2.	11.
	34.	25.	33.	38. § 2.	75.
	35.	34.	36.	48.	13.
	36.	52.	39.	52.	45.
	37.	} 53.	40. 41.	53.	} 46.
	38.		42.	} 54.	
	39.	54.	43.		44.
	40.	31.	44.	51.	103.
	41.	44.	45.		41.
	42.	45.	46.	59.	42.
	43.	—	47 Ende.	50 a. E.	43.
	44.	41.	48.	47.	29.
	45.	46.	50.	55.	25.
	46.	47.	51.	56.	26.
	47.	48.	52. 53.	57 b.	55.
	48.	49.	54.	57.	50.
	49.	55.	55.	59 Anf.	40.
	50.	50.	57.		
	51.	60.	65.	73.	32.
	52. § 1.	} 57.	} 66.	71.	} 105. (51.
	52. § 2, 3.			69.	

Cracauer Handschr. (Hom. 134).	Naumburger Handschr.	Weichbildrecht in 6 Büchern.	Görlitzer Recht von 1304.	Weichbild-Vulgata.
—	—	III. 22.	2 Ende.	43.
—	—	III. 23.	—	—
43.	53.	III. 6.	36 Anf.	96.
44.	54.	III. 7.	36 Ende.	—
11.	13.	I. 14.	13.	—
73.	—	III. 19.	72.	—
13.	—	III. 21.	73 (16).	63.
50.	23.	I. 24.	21 (76).	59.
51.	24.	I. 25.	22.	60.
		I. 26.		—
49.	48.	III. 2.	77.	—
111 a. E.	27.	I. 29.	25.	66. 67.
46.	49.	III. 3.	—	61.
47.	51.	III. 5.	(78.) 35.	103. 104.
48.			(78.) 35 Ende	(105)
34.	18.	I. 18.	79.	50. § 1.
30.	47.	III. 1.	34.	55. 57.
31.	—	III 8.	38.	—
59.	—	III. 9.	39. 40.	—
55.	52.	III. 10.	37.	48.
45.	50.	III. 4.	35 Anf.	68.
109.	—	III. 20.	80.	62.
37.	10.	I. 11.	9.	69.
56 Anf	—	III. 15.	18.	—
103.	55.	III. 11. 12.	(17.)	—

Ueber die in der vorstehenden Tabelle verglichenen Rechts-handschriften ist im Einzelnen Folgendes zu bemerken:

I. Das Schöffenrecht der Breslauer Handschrift II. Q. 3. (Homeyer Nr. 90.) [S.]

1) Ein Blick auf die Tabelle lehrt, dass man bei Art. 26 einen Abschnitt machen muss. Die Artikel 1 — 26 entsprechen Artikeln des Magdeburg - Breslauer Rechts von 1261, in welche jedoch ein grösseres Stück (S. 8 — 14) mitten hineingeschoben ist; in den Art. 27 — 52 dagegen fehlt jede Anlehnung an jene Breslauer Aufzeichnung, abgesehen von einer theilweisen Aehn-lichkeit von S. 43 mit dem § 78, einem erst in Breslau dem Magdeburger Weisthum hinzugefügten Zusatz. Dass aber diese Anordnung der ersten 26 Artikel die ursprüngliche ist, lässt sich mit Grund bezweifeln, wenn man die Anordnung der übrigen Weichbildrechtsformen mit in Betracht zieht. Das Naumburger Weichbildrecht enthält diese in S. dazwischen geschobenen Ar-tikel erst hinter den aus dem Recht von 1261 entnommenen Sätzen und zwar schliessen sie sich da an, wo die Excerpte aus dem Recht von 1261 in S. aufhören. Dasselbe Verhältniss ist in dem Görlitzer Recht von 1304 vorhanden. Auch das Weich-bildrecht Conrads von Oppeln, das Cracauer Weichbildrecht, und der Uffenbacher Codex weisen ihnen ihre Stelle weiter hinten an, nachdem die Auszüge aus dem Recht von 1261 Platz ge-funden haben. In dem Weichbildrecht in 6 Büchern stehen die Excerpte aus dem Breslauer Recht von 1261 im ersten Buch; jene dazwischen geschobenen Artikel dagegen im zweiten. Die An-ordnung der Breslauer Handschrift II. Q. 3. findet sich in keiner andern wieder. An und für sich ist es wahrscheinlich, dass der Verfasser des Schöffenrechts die von ihm benutzte Rechtsauf-zeichnung von 1261 hinter einander excerpirt hat und dann die anderweitig entnommenen Capitel hinzugefügt hat. Endlich ist der Grund für die in S. beliebte Anordnung deutlich ersichtlich. Die eingeschalteten Artikel handeln nämlich sämmtlich von Körperverletzungen und haben alle (bis auf einen) die Rubrik *von wunden.* Da nun bereits S. Art. 6 und 7. die Rubrik *von wunden* haben, und ebenso S. 15 die gleiche Ueberschrift führt, so veranlasste ein unwillkührliches Gefühl für Systematik den Schreiber der Breslauer Handschrift oder den seiner Vorlage zu jener Umstellung. Denn die umgekehrte Annahme, dass die Verfasser aller vorstehend aufgeführten Weichbildrecensionen die in S. vorhandene Anordnung in der von ihnen benutzten Quelle vor-

gefunden haben und übereinstimmend jene, die Excerpte aus
dem Recht von 1261 unterbrechenden Capitel an dieser Stelle
ausgemerzt und da, wo diese Excerpte aufhören, hinversetzt
haben sollten, ist bei dem Mangel an Quellenkritik, der allen
mittelalterlichen Compilatoren eigen ist, gradezu unmöglich. Es
dürfte daher nicht zu kühn sein, die ursprüngliche Gestalt des
Schöffenrechts dadurch zu restituiren, dass wir die Artikel 8—14
der Breslauer Handschrift hinter den Artikel 26 derselben stellen.

2) Aus dem Recht von 1261 sind die ersten 38 Artikel ex-
cerpirt; von den folgenden nur noch der Art. 54. Es fehlen je-
doch in S. die Art. 21 und 26. Dies dürfte aber keine Eigen-
thümlichkeit der Rechtsaufzeichnung selbst, sondern ein Fehler
der uns vorliegenden Handschrift sein. Denn Art. 21 findet sich
in sämmtlichen verglichenen Weichbildrechtsformen; Art. 26 in
allen, mit Ausnahme des Görlitzer Rechts. Dazu kommt aber,
dass diese Artikel in dem Naumburger und Uffenbacher Weichbild-
recht, dem Weichbildrecht Conrads von Oppeln und des Cracauer
Codex, sowie in dem Weichbildrecht in 6 Büchern in dem-
jenigen Abschnitt stehen, welcher die in S. enthaltenen Ar-
tikel des Weisthums von 1261 reproduzirt, so dass man ver-
muthen darf, die Compilatoren jener Weichbildrechte haben sie
in dem von ihnen benutzten Schöffenrecht vorgefunden. Dasselbe
gilt von Art. 53. Den deutlichsten Anhalt gewährt das Naum-
burger Weichbildrecht, da dasselbe keine anderen Artikel des
Rechts von 1261 enthält, als die in S. sich findenden. Man darf
daher wol unbedenklich die Artikel 21, 26 und 53 in S. restituiren.

3) Die Artikel des Weisthums von 1261 sind nicht unver-
ändert aufgenommen worden, sondern haben, abgesehen von
kleinen Abweichungen in den Lesarten, mehrere charakteristische
Modificationen erfahren. Dies ist deshalb von grosser Wichtig-
keit, weil wir dadurch ein sicheres Kriterium dafür gewinnen,
ob der Verf. einer Weichbildrechtsform die aus dem Recht
von 1261 entnommenen Artikel unmittelbar aus jenem Weisthum
oder aus dem in S. enthaltenen Schöffenrecht geschöpft hat.
Finden sich in einer Recension des Weichbildrechts die Artikel
des Weisthums von 1261 in derselben Gestalt, wie in S., so ist
dies ein neuer untrüglicher Beweis dafür, dass das in S. ent-
haltene Rechtsbuch die Quelle ist, aus welcher der Compilator
jener Recension geschöpft hat. Diese charakteristischen Modi-
ficationen sind vorzüglich folgende:

a) der Wortlaut des Art. 1 ist umgestaltet worden;

b) der Art. 19 ist mit dem Art 8 verknüpft;

c) der Art. 12 ist an den Artikel 10 angereiht und durch einen grösseren Zusatz vermehrt worden;

d) der Art. 27. ist mit Art. 11 verknüpft;

e) Art. 30. ist vor Art. 16 gestellt;

f) die Art. 14, 15, 28, 29 sind in eigenthümlicher Weise zu einem einheitlichen Capitel verarbeitet. Es steht nämlich zuerst der Anfang von Art. 14, dann folgt Art. 28, dann der Schluss von Art. 14, hierauf der Mittelsatz von Art. 14, daran schliesst sich Art. 15 und endlich Art. 29;

g) der Wortlaut von Art. 25 ist erheblich abgeändert.

Bei der Untersuchung der verschiedenen Schöffen- oder Weichbildrechte werden wir im Einzelnen feststellen, in wiefern diese Modificationen in ihnen wiederkehren.

4) Die von Verwundungen handelnden Art. 8—14 bilden ein zusammenhängendes Stück, welches sich als compacte Einheit in ganz derselben oder doch nur wenig abweichenden Anordnung in den übrigen Weichbildrechtsformen wiederfindet. Ganz genau entsprechen diesen Artikeln im Naumburger Weichbildrecht Art. 40—46; im Danziger Art. 25—31; im Weichbildrecht in 6 Büchern II. 30—36. Im Cracauer Weichbildrecht 35—42 und im Weichbildrecht Konrads von Oppeln Art. 30—37 kehren sie ebenfalls unverändert und in demselben Zusammenhang wieder; nur ist hier S. 51 zwischen ihnen eingestellt. In dem Weichbildrecht bei Wilda bilden sie Art. 44—46 § 1 mit einer geringfügigen Umstellung des Art. 8. Im Görlitzer Recht entsprechen ihnen Art. 29—33, jedoch ist Art. 10 verändert und Art. 14 steht erst als Art. 71. Auch der Cellische Codex giebt Art. 9—14 in demselben Zusammenhange wieder unter Nr. 19—24 und selbst noch in der Weichbildrechtsvulgata findet sich der grösste Theil derselben zusammen in Art. 79—85[*]). Diese Uebereinstimmung kann selbstverständlich auf keinem Zufall beruhen, sondern beweist ebenfalls, dass sämmtliche Weichbildrechts - Compilationen diese Artikel aus derselben Quelle entnommen haben, und dass sie in dieser Quelle in derjenigen Reihenfolge angeordnet gewesen sind, wie in S. Dies ist eine neue Bestätigung dafür, dass das in S. enthaltene Rechtsbuch jene gemeinsame Quelle ist.

---

[*]) Auch das Troppauer Rechtsbuch hat die Mehrzahl derselben bei einander in den Artikeln I. 62—68.

5) Der Art. 30 unserer Handschrift ist in die meisten anderen Formen des Weichbildrechts nicht übergegangen; nur in dem Weichbildrecht in 6 Büchern steht er in veränderter Fassung und ziemlich wörtlich ist er in dem in der Prager Handschrift enthaltenen Troppauer Rechtsbuch I, c. 56 wieder zu finden. Entweder ist derselbe daher der ursprünglichen Gestalt des Schöffenrechts fremd und eine Zuthat des Schreibers der Breslauer Handschrift, oder er ist von so localer Bedeutung, dass sich seine Weglassung den Compilatoren von Weichbildrechten von selbst empfahl.

II. **Die Handschrift des Appellationsgerichts zu Celle. (Homeyer Nr. 121.) . [C]** enthält ein Magdeburger Schöffenrecht, welches dem der Breslauer Handschrift in sofern sehr nahe steht, als sämmtliche Artikel der letzteren, mit Ausnahme des Art. 30 und 43, sich darin wiederfinden. Ausserdem enthält C. alle diejenigen in S. nicht aufgenommenen Artikel des Weisthums von 1261 und der in Breslau hinzugefügten Ergänzung, welche nicht aus dem Sachsenspiegel entlehnt sind. Die dem Sachsenspiegel entnommenen Stellen jenes Weisthums hat der Verfasser des Cellischen Schöffenrechts übergangen; nur der Artikel 64 des Breslau-Magdeburger Rechts hat, trotzdem er aus dem Sachsenspiegel stammt, in dem Schöffenrecht der Cellischen Handschrift am Ende Platz gefunden, an ihn schliessen sich die Anfangsworte von Art. 65 noch an; dann bricht der Schreiber ab, als würde er inne, dass diese Stelle im Sachsenspiegel sich findet. Endlich hat C. noch einen eigenthümlichen Artikel (30), der dem Schlusssatz des Magdeburg-Görlitzer Rechts von 1304 Art. 25 entspricht. Die Anordnung dieses Inhaltes in C. ergiebt sich aus folgender Tabelle:

C.	S.	Recht von 1261.	C.	S.	Recht von 1261.
1. § 1.	—	—	30.	—	— (Görl. 25 Ende.)
§ 2—5.	1.	1—4.	31.	40.	—
2.	3.	6.	32.	—	51.
3.	2.	5.	33.	28.	77 eingesch.
4.	29.	—	34.	35.	—
5.	18.	18.	35.	27.	75 eingesch.
6.	19.	20.	36.	—	76.
7.	20.	22.	37.	—	50.
8.	23.	31.	38.	24.	32. 33.
9.	{ 31. / —	— / 44 Anf.	39.	17 Ende.	17.
10.	32.	—	40.	—	79. 42.
11.	4.	{ 7. 8. 19. 40 Anf.	41.	44.	—
12.	5.	9. 10. 12.	42.	15b.	54.
13.	7.	13.	43.	—	52.
14.	6.	11. 27.	44.	41.	—
15.	8.	—	45.	{ 42. / —	— / 43.
16.	{ 7b. / 26 Ende.	21. / 38.	46.	{ 45. / —	— / { 48. 41. 45b. 44b.
17.	—	39.	47.	46.	—
18.	15a.	53.	48.	47.	—
19.	9.	—	49.	{ 48. / —	— / 49.
20.	10.	—	50.	50.	—
21.	{ 11. / —	— / 45b. 46.	51.	16.	14.15.28.29.
22.	12.	—	52.	36.	—
23.	13.	—	53.	37. 38.	—
24.	14.	—	54.	39.	—
25.	{ 34. / —	— / 47.	55.	49.	—
26.	{ 33. / —	— / 40 Ende.	56.	17Anf. 21a. 21b.	30.16.23.26.
27.	25.26.§1.	34—37.	57.	52.	—
28.	—	78.	58.	—	64.
29.	22.	24. 25.	59.	—	74.
			60.	51.	—

Diejenigen Artikel des Rechts von 1261, welche auch in S. stehen, hat die Cellische Handschrift in derjenigen Form wie S., nicht in der Form des Magdeburger Originalweisthums. Insbesondere lautet der § 1 des Rechts von 1261 in C. 1. wie in S. 1.; die §§ 7, 8, 19 des Rechts von 1261 sind in C. 11 ebenso verbunden wie in S. 4; ferner finden sich die §§ 9, 10, 12 des Rechts von 1261 in C. 12 in derselben Fassung und Erweiterung wie in S. 5; § 27 ist an § 11 angehängt in C. 14 wie in S. 6;

§ 30 ist vor § 16 gestellt in C. 56 wie in S. 17; die eigenthüm-
liche Verarbeitung der §§ 14, 15, 18 und 29 in S. 16 kehrt in
genau derselben Weise in C. 51 wieder; endlich haben die
§§ 24, 25 in C. 29 ganz dieselbe Fassung wie in S. 22.

Zweifellos ist es daher, dass S. und C. in enger Beziehung
zu einander stehen. Indess kann man sich das Verhältniss beider
in zweifacher Art vorstellen. Entweder kann der Cod. Cell. die
ursprüngliche Form des Schöffenrechts enthalten und der Cod. S.
ein Auszug daraus sein, in welchem eine grosse Zahl der im
Recht ven 1261 sich findenden Sätze gestrichen ist; oder S. ent-
hält die ursprüngliche Form, welche im Cod. Cell. erweitert
worden ist, indem die in S. fehlenden Sätze des Weisthums
von 1261 von dem Verfasser von C. nachgetragen worden sind.

Von diesen beiden Annahmen ist aber die letztere bei ge-
nauerer Untersuchung allein möglich. Das Recht von 1261 ist
nämlich in C. in der Art verarbeitet, dass manche Artikel des-
selben in den Text eines Artikels von S. mitten hineingesetzt
oder ihm am Ende ohne irgend ein Merkzeichen zugefügt sind.
So ist z. B. 1261 § 75 in S. 27 und 1261 § 77 in S 28 einge-
schaltet und 1261 § 40 — 49 sind verschiedenen Artikeln von S.
angehängt. Auch die Paragraphen des Rechts von 1261, welche
in C. selbstständige Artikel bilden, sind nicht zusammengestellt,
sondern mit den in S enthaltenen Artikeln durch einander ge-
mischt. Wenn nun der Verf. von C. diese Artikel erst hinzu-
gethan hat, so war eine solche Anordnung derselben für ihn
leicht und durchaus angemessen, indem er die von ihm zur Er-
gänzung von S. verwendeten Artikel des Rechts von 1261 an den
Stellen beifügte, wo sie ihm hin zu passen schienen. Benutzte
dagegen der Schreiber von S. eine Vorlage von der Gestalt C.,
so muss derselbe sie höchst sorgfältig mit dem Recht von 1261
verglichen und alle Stellen, die in beiden übereinstimmen, sorg-
sam angemerkt haben, um sie in seiner Abschrift wegzulassen;
eine kritische Vorarbeit, die man einem mittelalterlichen Ab-
schreiber einer Rechtshandschrift kaum zutrauen darf. Nimmt
man aber selbst an, dass der Verfasser von S. ein solches kri-
tisches Talent besessen habe, wie es seiner Zeit sonst gänzlich
fehlt, so ist es doch wieder höchst räthselhaft, dass er die sonder-
bare Marotte gehabt haben sollte, die ersten 38 Artikel des Rechts
von 1261 genau und vollständig, wie in C., in seine Arbeit
herüber zunehmen, alle folgenden dagegen ebenso consequent
zu übergehen; zumal diese 38 Artikel in C. ja keineswegs

6 *

bei einander stehen, sondern durch andere mehrfach unterbrochen sind.

Dazu kömmt noch ein zweiter Grund. Die Paragraphen des Rechts von 1261 nämlich, welche sich in S. finden, sind daselbst ihrem Wortlaut nach zum Theil erheblich verändert; dieselben Veränderungen kehren, wie bereits bemerkt in C. wieder. Die Paragraphen des Rechts von 1261 dagegen, die in S. nicht stehen, haben in C., von unbedeutenden Varianten abgesehen, ganz dieselbe Fassung wie im Original von 1261. Enthält S. die ältere Form des Schöffenrechts, so ist dies erklärlich, da C. eben Alles, was in S. stand, auch ebenso herübernahm und die Ergänzungen ebenfalls ohne Aenderungen aus dem Recht von 1261 schöpfte. Ist C. dagegen die ältere Form, so ist es unerklärlich, warum diese Veränderungen grade nur in solchen Artikeln sich finden, die C. mit S. gemeinsam hat.

Endlich beweist auch die Vergleichung anderer Schöffenrechts-Formen, dass ihren Verfassern die Recension S., nicht die Recension C. vorgelegen hat. Einige Beispiele mögen genügen. Die beiden Artikel S. 27 und 28 finden sich in der Mehrzahl der in der Tabelle I berücksichtigten Rechtsbücher in derjenigen Gestalt wieder, die S. hat, d. h. ohne die in C. vorgenommene Einschaltung von § 77 und § 75 des Rechts von 1261. Da nun nicht angenommen werden kann, dass so viele verschiedene Schreiber übereinstimmend diese Sätze mitten aus dem Wortlaut zweier Artikel ausgeschieden haben, so müssen diese Artikel in ihren Vorlagen so, wie in C. gelautet haben. Ferner das von den Wunden handelnde Stück S. 8—14 ist in C. insofern unterbrochen, als zwischen S. 8 und S. 9 einige Artikel des Rechts von 1261 eingeschoben sind; dessen ungeachtet findet sich, wie oben dargethan worden ist, in den übrigen Weichbildrechts-Formen dieses Stück in seinem durch S. bezeugten Zusammenhang. Endlich ist zwischen S. 31 und 32 in C. der lange § 44 des Breslauer Rechts von 1261 (ohne den letzten Schlusssatz) eingeschoben, weil es dem Verf. passend schien, an die von der Gewährsleistung für Mängel beim Pferdehandel redende Stelle jenen Paragraphen anzureihen, der den Anfang eines Pferdes und die in diesem Falle begründete Gewährspflicht des Verkäufers betrifft. Dagegen sind ohne diesen Zusatz die Artikel S. 31 und 32 im Görlitzer Recht Art. 36 zusammengefasst und ebenso folgen sie in dem Naumburger, Uffenbacher, Oppelner und Cracauer Weichbildrecht unmittelbar auf einander. Allen diesen

Compilationen liegt also an dieser Stelle nicht C., sondern S. zu Grunde.

Es ergiebt sich demnach das Resultat, dass die Breslauer Handschrift (S.) das Schöffenrecht in ursprünglicherer Gestalt enthält, als die Cellische. Der Inhalt von C. aber bürgt uns dafür, dass wir den Text des Schöffenrechts einerseits in seiner ursprünglichen Vollständigkeit und andererseits ohne Zusätze in S. haben, da abgesehen von den aus dem Recht von 1261 genommenen Erweiterungen und dem in beiden Recensionen verschiedenen Artikel 30, beide Handschriften, genau denselben Inhalt haben.

III. Die Handschrift der Danziger Stadtbiblio⁴ thek XVIII. C. 16*). [D.] enthält dieselbe Form des Schöffenrechts wie C. mit einigen Modificationen. Von allen Artikeln von S. fehlt nur Art. 30; S. 43 findet sich in D., während es in C., vermuthlich wegen seines ähnlichen Inhalts mit § 78 des Rechts von 1261 ausgelassen ist. Ausserdem enthält D. noch einen eigenthümlichen Artikel, welcher sich in dem Naumburger Weichbildrecht Art. 57 wiederfindet. Hinsichtlich der aus dem Weisthum von 1261 nachgetragenen Ergänzungen weicht aber D. von C. in doppelter Beziehung ab; es enthält nämlich auch die aus dem Sachsenspiegel exzerpirten Paragraphen, die in C. fehlen, zum grössten Theil, und es hat die Nachträge aus dem Recht von 1261 vielfach an anderen Stellen wie C. Ueberhaupt ist die Anordnung der Artikel keineswegs mit C. übereinstimmend. Nachfolgende Tabelle wird den Inhalt von D. veranschaulichen.

---

*) Dieselbe ist in dem Verzeichniss von Homeyer nicht aufgeführt; die in derselben enthaltenen Rechtsbücher hat aber Steffenhagen in der Zeitschrift für Rechtsgeschichte Bd. 4. S. 181 (1864) angegeben.

D.	S.	Recht v. 1261.
1.	1.	
2.	3.	
3.	2.	
4.	29.	
5.	18.	
6.	19.	
7.	20.	
8.	23.	
9. {	31. / —	44.
10.	32.	
11. 12.	4.	40 Anf.
13.	5 Anf.	
14.	6 Anf.	
15.	—	39.
16.	6 Ende.	
17.	5 Ende.	
18.	7 a.	
19. {	33. / —	40 Ende.
20. {	17 Anf. / 21 a. 21 b.	
21.	24.	
22.	17 Ende.	
23.	25.	
24 § 1.	26 Anf.	
§ 2. 3.	—	42. 38. 43.
25.	8.	
26.	9.	
27.	10.	
28. {	11. / —	45 Ende.
29.	12.	
30.	13.	
31.	14.	
32.	15 a.	
33.	34. / —	47.
34. {	[Celle 30. Görl. 25 Ende.] / —	78.

D.	S.	Recht v. 1261.
35.	22.	—
36.	35.	
37. {	28.	77 eingesch.
38. {	27.	75 eingesch.
39.	36.	
40—42.	37. 38.	
43.	39.	
44.	40	
45.	41˙	
46. {	42· / —	45 Anf.
47.	43.	
48.	44.	
49.	15 b.	
50.	45.	
51.	46.	
52. 53.	47.	
54. {	48. / —	49. 41.
55.	49.	
56. {	16. / —	48 eingesch.
57.	50.	
58.	[Naumb. 57.]	
59.	—	50.
60.	—	51.
61. {	—	52. / 72. 73. 71. / 44 b.
62.	—	76.
63. {	7 b. / 26 Ende.	
64.	—	79.
65.	51.	
66.	52.	
67	—	64. 65.
68.	—	74.

D. und C. schöpfen beide zweifellos aus derselben Quelle. Es ergiebt sich dies einerseits aus der fast buchstäblichen Uebereinstimmung des Textes und andererseits aus dem Umstande, dass die Nachträge aus dem Recht von 1261 zum überwiegenden Theil in beiden Handschriften an derselben Stelle stehen. Insbesondere ist 1261 § 75 in S. 27, 1261 § 77 in S. 28 geschaltet; 1261 § 44 Anf. an S. 31, § 45 Ende an S. 11, § 47 an S. 34, § 40 Ende an S. 33 angehängt. Dies Alles ist in C. ebenso.

Es ist nun unverkennbar, dass D. in mancher Hinsicht seinem Original näher steht als C. Vor Allem ergiebt sich dies daraus, dass es die Nachträge aus dem Recht von 1261 vollständiger enthält als C. Offenbar hat 'ein Compilator S. in der Art ergänzt, dass er sämmtliche darin fehlende Artikel des Rechts von 1261/83 nachgetragen hat. Für den Schreiber einer Handschrift, welche ausserdem den Sachsenspiegel enthält, lag es nahe, solche Artikel fortzulassen, welche sich in diesem Rechtsbuch wieder. finden, wofern er die Uebereinstimmung bemerkte. Das plötzliche Abbrechen von C. nach den Anfangsworten des § 65 des Rechts von 1261 beweist, dass dies der wirkliche Vorgang war. Für die grössere Ursprünglichkeit von D. spricht ferner, dass S. 43 in D. steht, dagegen in C. fehlt; auch die Anordnung von D. schliesst sich näher, wie die von C., an S. an.

Dessenungeachtet kann aber D. (resp. die in D. enthaltene Recension) nicht die unmittelbare Vorlage von C. sein, denn an ein Paar Stellen hat C. die ursprünglichere Gestalt bewahrt. S. 5 und S. 6 kehren in derselben Form in C. 12 und C. 14 wieder; dagegen ist S. 5 in D. in die zwei Capitel 13 und 17, und S. 6 in die zwei Capitel 14 und 16 auseinander gelegt. S. 16 kehrt in genau entsprechender Form in C. 51 und in fast allen noch zu besprechenden Handschriften wieder, in D. 56 ist dagegen noch § 48 des Rechts von 1261 eingeschoben. Endlich ist 1261 § 39 in D. 15 verkürzt, während C. 17 den ursprünglichen Text hat.

C. und D. stehen daher nicht in dem Verhältniss zu einander, dass eins aus dem andern abzuleiten wäre; beide beruhen aber auf einer und derselben Vorlage, die in C. etwas gekürzt ist, die sonst aber in jeder der beiden Handschriften nur geringe Veränderungen erfahren hat.

IV. Das Weichbildrecht der Uffenbacher Handschrift (Homeyer Nr. 308.) [U.]
welches Wilda im Rheinischen Museum Bd. 7 S. 365 ff. veröffentlicht hat, ist uns ausserdem in mittelhochdeutscher Sprache erhalten in dem Codex des Stadtarchivs zu Danzig W. I. (Homeyer Nr. 143.) Beide Handschriften sind vollkommen übereinstimmend; nur enthält die Danziger Handschrift zwei Artikel

mehr, welche, wie sich aus ihrem Inhalt unzweifelhaft ergiebt, nicht Zusätze des Danziger Codex sind, sondern vielmehr im Uffenbacher Codex weggelassen worden sind, und sie beschliesst das Weichbildrecht mit dem Judeneide, während im Uffenbacher Codex das Formular desselben erst am Ende des ganzen Manuscripts steht. In der nachfolgenden Tabelle, die eine Uebersicht über den Inhalt von U. giebt, sind diese beiden Artikel mit 57 b und 62 b bezeichnet.

Eine dritte Handschrift, welche ganz dieselbe Form des Weichbildrechts, vielleicht mit geringen Abweichungen enthält, ist die Berliner Handschrift (Homeyer 60), welche Wasserschleben Rechtsquellen I. S. 125 fg. beschrieben hat, merkwürdiger Weise ohne ihre Uebereinstimmung mit Uffenbach zu erkennen*).

Auch der Pergamentcodex des Stadtarchivs zu Schweidnitz C. (Homeyer Nr. 609) enthält dieselbe Recension des Weichbildrechts in mittelhochdeutscher Sprache. Die beiden in der Uffenbacher Handschrift fehlenden Artikel fehlen auch in dieser Handschrift; auch steht das Formular des Judeneides nicht am Ende des Weichbildrechts. Ueberdies scheinen noch einige Artikel ausgelassen zu sein, während einige andere, ipsbesondere gegen Ende umgestellt sind. In der folgenden Tabelle ist die Anordnung dieser Handschrift mit angegeben **).

---

*) Die Handschrift stammt aus der Provinz Preussen. Sie ist in mittelhochdeutscher Sprache geschrieben, enthält dieselben beiden Capitel, die der Danziger Codex mehr als U. hat, und das Judeneid - Formular am Ende des Schöffenrechts. Sie hat auch anderweitig denselben Inhalt wie der Danziger Codex, nämlich die Culmische Handfeste und das Sächsische Landrecht. Sie steht daher offenbar mit dem Danziger Codex in engster Beziehung.

**) Die Handschrift ist von Gaupp, Schles. Landr., S. 217 fg. 319 besprochen. Anstatt einer irgend brauchbaren Angabe ihres Inhalts ergeht sich Gaupp aber in einer fruchtlosen Erwägung, wie wol die Handschrift nach Schweidnitz gekommen sein könnte. Durch die gütige Vermittelung des Herrn Staatsarchivars Prof. Dr. Grünhagen verdanke ich der Gefälligkeit des Herrn Stud. jur. Kämmerer in Breslau eine Abschrift der Rubriken und Anfangsworte jedes Capitels, woraus ich den Inhalt des Schöffenrechts festzustellen versuchte.

Schw.	U.	S.	Recht v. 1261.
1.	1.	1.	1.
2.	2. §1.2.		2—4.
3.	§3.	3.	6.
4.	3. §1.	2.	5.
	§2.	20.	—
5.	4.5.	4.	7.8.19.
6.	6.	5 Anf.	9.10.
7.8.	7.8.	6.	11.27.
9.	9.§1.	5.	12.
	§2.	Ende	—
10.	10.	7.	13.
11.	11.	7b.	21.
12.	12.	16 Anf.	14.15.
13.	13. 14.	17.	30. / 16.17.
14.	15.	18.	18.
15.	16.	19.	20.
16.	17.	20.	22
?	18.	23.	31.
17.	19.	23b.	26.
18.	20.	21.	23.
19.	21.	22.	24.25.
20.21.	22.23.	16Ende.	28.29.
22.	24.	24.	32 33
23.	25.	25.	34.36.
24.	26.	26.	37.38.
25.	27.	—	39.
26.	28.§1.	—	40.
	§2.	33.	—
27.	29.	—	41.
28.	30.	—	44 Anf.
29.	31.	31.	—
30.	32.	32.	—
31.	33.	—	42.43.
32.	34.35.	—	45.
33.	36.	—	44Ende.
?	37.	—	46.
34.	38.	34.	47.
35.	39.	—	48.
	40.	—	49.
	41.	—	50.
36.	42.	—	52.
37.	43.	—	51.
38.	44.	9.	—
39.	45.§1.	10.	—
40.	§2.	8.	—

Schw.	U.	S.	Recht v. 1261.
41.	45.§3.4.	11.	—
42.	§5.6.	12.	—
43.	§7.8.	13.	—
44.	46.§1.	14.	—
45.	§2.	15a.	53.
46.	§3.	15b.	54.
47.	47.	44.	—
48.	48.	35.	—
49.	49.	28.	—
		—	77.
50.	50.	—	78.
51.	51.	40.	—
52.	52.	36.	—
53.	53.	37.	—
54.55.	54.	38.39.	—
56.	55.	45.	—
57.	56.	46.	—
58.59.	57.§1—3.	—	55—57.
	§4.	48.	—
—	57b.§1.2.	—	58.59.
61.(?)	§3.	47.	—
60.	58.	—	60.61.
62.	59.	40.42.	—
63.	60.	27.	— / 75.
64.	61.	—	76.
65.	62.	—	62.63.
	62b.	—	64—70.
66.	63.	—	71.
67.	64.	—	72.73.
70.	65.	—	74.
71.	66.	—	79.
73.	67.	—	(G. 88)
74.	68.	—	(G. 89.)*)
69.	69.	52.§2.3.	—
70.	70.	—	(Sep. 1. 69. 49.)
68.	71.	52.§1.	—
78.	72.	—	(G. 17. a. E.)
72.	73.	51.	—
75.	74.		
79.	75.	{ Klageformulare.	
80.	76.		
81-105.	77—92.	M.-B. R. v. 1295.	

*) Bei Wilda ist in Folge e. Druckf. G. 79. ang.

Der Compilator von U. ist offenbar von demselben Gesichts-
punkt ausgegangen wie der von C. und D. Er ergänzt ebenfalls
S. dadurch, dass er die in S. fortgebliebenen Artikel des Rechts
von 1261 nachträgt. Er lässt sich die Mühe nicht verdriessen,
auch diejenigen aufzunehmen, welche sich zugleich im Sachsen-
spiegel finden. Ausserdem fügt er zum Schluss einige Prozess-
formeln und das Magdeburg-Breslauer Recht von 1295 hinzu und
überdies schaltet er in den Artikeln 67, 68, 70, 72 noch vier
anderweitig entnommene Sätze ein. Aber auch abgesehen von
dieser Erweiterung des Materials, erweist sich U. als eine eigen-
thümliche Compilation gegenüber C. und D. Die Reihenfolge der
Artikel ist eine durchaus andere; die aus dem Recht von 1261
nachgeholten Ergänzungen sind in U. fast in derselben Aufein-
anderfolge geblieben, wie in dem Magdeburger Original-Weis-
thum und bilden meistens besondere Artikel, während in C.
und D. sie aus ihrer Ordnung genommen und an Capitel von S.
angehängt worden sind. Die eigenthümliche Verarbeitung der
§§ 14, 15, 28, 29 des Rechts von 1261 zu einem neuen Artikel,
welche im S. 16, C. 51, D. 56 übereinstimmend sich findet, hat U.
nicht, vielmehr reproduzirt es in den Artikeln 12, 22, 23 die ur-
sprüngliche Form des Magdeburger Rechtsbriefes. Ebenso wenig
ist die Verbindung der §§ 9, 10, 12 beibehalten; § 12 ist viel-
mehr zu einem besonderen Artikel gemacht, freilich mit derselben
Erweiterung wie in S. 5, C. 12, D. 17. Andererseits sind die
§§ 42, 43 in U. 33 mit einander verbunden, während C. den § 42
an den § 79 des Rechts von 1261 und den § 43 an S. 42 an-
hängt. C. und D. haben eine eigenthümliche, auf König Karl's
Recht Bezug nehmende Einleitung; in der zur Familie U. gehö-
renden Handschriften fehlt dieselbe.

Die Hervorhebung dieser Unterschiede ist deshalb von Be-
deutung, weil ihnen gegenüber eine Reihe von Stellen stehen,
welche einen besonders engen Zusammenhang von U. und C.
(resp. D.) bekunden. Eine der prägnantesten Uebereinstimmungen
besteht darin, dass § 75 des Rechts von 1261 in S. 27 und der
§ 77 in S. 28 mitten in den Text eingeschaltet sind. Dazu kom-
men noch folgende: S. 2 und 29 sind in U. 3 zu einem Capitel
verbunden; ebenso folgen sie in C. und D. aufeinander·
S. 32 hat in C. 10 (D. 10) einen Zusatz erhalten; ebenso in
U. 32. C. 9 (D. 9) hat § 44 von 1261 an S. 31 angeschlossen;
U. hat dieselben zwei Stellen, nur in umgekehrter Ordnung in
Art. 30, 31 zu einander gestellt. C. 26 (D. 19) verbindet S. 33

und den § 40 von 1261; dieselbe Verbindung, nur ebenfalls in
umgekehrter Reihenfolge, kehrt in U. 28 wieder, und dasselbe
gilt von S. 84 und § 47 von 1261, welche in U. 38 und C. 25
(D. 33) mit einander verknüpft sind. Dass diese Eigenthümlich-
keiten der Textgestaltung von dem Compilator von U. ebenso
wie von dem von C. D. selbstständig in ganz gleicher Weise an-
gebracht worden sein sollten, ist ganz undenkbar. Der Verf.
von U. muss sie vielmehr in seiner Vorlage bereits angetroffen
haben. Er kann daher S. nicht in seiner originellen Gestalt be-
nutzt haben, sondern nachdem die Nachträge aus dem Recht
von 1261 bereits hinzugekommen waren; er muss also eine ganz
ähnliche Sammlung benutzt haben, wie sie uns in C. und D.
vorliegt. Seine Quelle muss jedoch die aus dem Rechte von 1261
nachgetragenen Stellen nicht wie C. und D. in völliger Durch-
einandermischung mit dem Inhalt von S. enthalten haben, son-
dern in grösserer Anlehnung an ihre ursprüngliche Folge, da
der Verf. von U. diese Folge aus C. oder D. nicht hätte resti-
tuiren können.

U. stammt somit nicht direkt von S. ab, sondern durch Ver-
mittelung einer Form des Weichbildrechts, welche zugleich zwi-
schen S. und der gemeinsamen Vorlage von C. und D. steht.

V. Das Schöffenrecht der Gaupp'schen Handschrift v. 1404.
(Homeyer No. 210.) [Gp.]

Das Schöffenrecht bildet das achte Buch einer Rechtssamm-
lung; ihm voraus ging als siebentes Buch das Rechtsbuch von
der Gerichtsverfassung*). Da mir nicht bekannt ist, wo die
Handschrift nach Gaupp's Tode hingekommen ist, so bin ich auf
die Beschreibung angewiesen, welche Gaupp Schles. Landr. S. 236
giebt. Dieselbe ist leider sehr mangelhaft; denn anstatt sich der
Mühe zu unterziehen, für jeden Artikel die Parallelstellen der
anderen Magdeb. Rechtsquellen anzugeben, hat Gaupp sich darauf
beschränkt, das Register mitzutheilen und im Allgemeinen zu
versichern, dass das Schöffenrecht „ziemlich die nämlichen
Stücke enthält, welche in dem 1261 von Magdeburg nach Breslau
gesandten Schöffenrechte zu finden sind, nur gegen das Ende
etwas weniger und ausserdem mit sehr vielen Abweichungen in
den Lesarten und in der Reihenfolge der Artikel". Glücklicher
Weise enthalten die Rubriken des Registers zum grossen Theile
die Anfangsworte der Artikel, so dass man den Inhalt derselben

---

*) Siehe oben Einleitung dazu Note 12.

theils mit Sicherheit feststellen, theils mit Wahrscheinlichkeit errathen kann. Darnach habe ich es versucht, den Inhalt des Schöffenrechts zu ermitteln und habe folgendes Resultat gefunden.

Gp.	Recht von 1261.	S.	U.	Gp.	Recht von 1261.	S.	U.
1.	1.	1.	1.	24.	32. 33.	24.	24.
2.	2.		2.	25.	34. 35. 36.	25.	25.
3.	5 (u. 6?).	2. 3.	3.	26.	37. 38.	26.	26.
4.	7.	4.	4.	27.	39.	—	27.
5.	8. 19.		5.	28.	40.	—	28. § 1.
6.	9.	5 Anf.	6.	29.	41.	—	29.
7.	11.	6.	7.	30.	44.	—	30.
8.	27.		8.	31.	—	31.	31.
9.	12.	5 Ende.	9.	32.	—	32.	32.
10.	13.	7a.	10.	33.	42.	—	33.
11.	21.	7b.	11.	34.	43.	—	
12.	14 (u. 15?).	16 Anf.	12.	35.	45 b.	—	34. 35.
13	30.	17.	13.	36.	47.	—	38. § 1.
14.	16 (u. 17?).		14.	37.	48.	—	39.
15.	18.	18.	15.	38.	50.	—	41.
16.	20.	19.	16.	39.	52.	—	42.
17.	22.	20.	17	40.	—	8 oder 9.	44.
18.	31.	23.	18.	41.	—	10.	45. § 1.
19.	26.	23b.	19.	42.	—	13.	45. §7.8.
20.	23.	21.	20	43.	—	14.	46. § 1.
21.	24. 25.	22.	21.	44.	—	15.	46. § 2.
22.	28.	16 Ende.	22.	45.	—	44.	47.
23.	29.		23.	46.	49.	—	40.

Aus diesem Inhalt ergiebt sich, dass Gp. ein Auszug aus dem durch Nachträge aus dem Rechtsbriefe von 1261 bereits erweiterten S. ist. Die Mehrzahl der Artikel entspricht dem Recht von 1261; dass dieselben aber nicht direkt aus dem Originalweisthum von 1261, sondern aus S. genommen sind, geht unzweifelhaft aus ihrer Anordnung hervor. Die Aufeinanderfolge von § 8 und 19, 11 und 27, 30 und 16; 18, 20, 22 ist in beiden übereinstimmend und die von Gaupp bezeugten „sehr vielen Abweichungen in den Lesarten" bestätigen es. Dazu kommen eine Anzahl von Artikeln, die dem Recht von 1261 ganz fremd sind, dagegen in S. sich finden. Gp. ist also ein Auszug aus S.; da es aber eine Anzahl von Paragraphen des Rechts von 1261 enthält, die in dem ursprünglichen Bestande von S. fehlen, so muss der Verfertiger dieses Auszuges eine durch Nachträge aus jenem Rechtsbriefe bereits erweiterte Recension von S. benutzt haben.

Es kann nun keinem Zweifel unterliegen, dass dies dieselbe Recension war, welche auch U. benutzt hat. Denn die Reihenfolge der Capitel ist vollständig übereinstimmend; nur sind in Gp. mehrere Capitel übergangen, und gewisse Eigenthümlichkeiten, durch welche sich die zur Familie U. gehörigen Handschriften von den übrigen unterscheiden, finden sich in Gp. wieder; so insbesondere, dass die §§ 14, 15, 28, 29 nicht zu einem einzigen Capitel durchgearbeitet, sondern §§ 14, 15 einerseits und §§ 28, 29 andrerseits verbunden sind, dazwischen aber eine Anzahl anderer Capitel steht; ferner dass S. 5 in zwei Theile zerlegt und S. 6 dazwischen geschoben ist.

So wie daher zwischen D. und C. so besteht zwischen U und Gp. eine besonders nahe Verwandtschaft und alle 4 Formen stammen aus einer gemeinsamen Quelle, die ihrerseits wieder aus S. abgeleitet ist. Es ergiebt sich demnach für die bisher erörterten Formen des Schöffenrechts folgende Genealogie

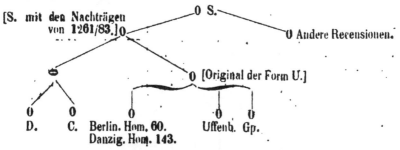

[S. mit den Nachträgen von 1261/83.] 0

0 S.

0 Andere Recensionen.

0 [Original der Form U.]

0   0   0   0   0
D.   C.   Berlin. Hom. 60.   Uffenb. Gp.
              Danzig. Hom. 143.

VI. Das Weichbildrecht Conrad's von Oppeln. [Cr.]

ist uns in zwei von einander nur in unbedeutenden Kleinigkeiten abweichenden Handschriften erhalten, der ehemaligen Heinrichauer ih. Breslau (Homeyer No. 85) und der Cracauer (Homeyer No. 131). Da der Cracauer Codex von Bischoff, Sitzungsberichte der kaiserl. Acad. der Wissenschaften, phil.-hist. Cl., Bd. 48, genau beschrieben worden ist, so habe ich die Zählung desselben beibehalten; der Heinrichauer Codex, den ich in Betreff des Wortlautes des Textes benutzt habe, weicht darin ab, dass er immer mehrere Capitel unter einer Nummer zusammenfasst. Die folgende Uebersicht des Inhalts gewährt mit Hülfe unserer Kenntniss von S. einen deutlichen Blick in die Zusammensetzung dieses Rechtsbuches.

Cr.	S.	Cr.	S.	Cr.	Recht von 1261.	Cr.	
1.	1.	30.	9.	56	64—70.	80—96.	} Magdeb.-Bresl. Recht von 1295.
2.	2.	31.	8.	57	71.		
3.	3.	32.	51.	58.	72. 73.		
4. 5.	4.	33.	10.	59.	55—61		
6.	5 Anf.	34.	11.	60.	62.		*Syst. Schöffenr.*
7. 8.	6.	35.	12.	61.	63.		
9.	5 Ende.	36.	13.	62.	52.	97.	*II. 2. c. 38.*
10.	7.	37.	14.	63.	39.	98.	*II. 2. c. 37.*
11.	33.	38	31.	64.	41.	99.	*II. 2. c. 6.*
12.	7b.	39.	32.	65.	42.	100. 101.	*II. 2. c. 14.*
13.	35.	40.	49.	66.	43.	102.	*II. 2. c. 45.*
14.	16.	41.	41.	67.	44.		
15. 16.	17.	42.	42.	68.	44 End. 45.		
17.	18.	43.	43.	69.	46.	103.	S. 46.
18.	19. 20.	44.	39.	70.	47.	104.	1261. § 76.
19.	21.	45.	36.	71.	48.	105.	S. 52. § 2, 3.
20.	22.	46.	37. 38	72.	49.	106.	Judeneid.
21.	23 23b.	47.	} fehlen.	73.	50.		
22.	24.	48.	}	74.	51.		
23.	25. 26.	49.	}	75.	S. 34.		
24.	27. 28.	50.	48.	76.	77.	107—112.	Rechtsbuch von der Ger.-Verf.
25.	45.	51.	52. § 1.	77.	78.		
26	46.	52.	} Prozess-	78.	79.		
27.	15a.	53.	} For-	79.	(S. 52. § 1.)		
28.	15b.	54.	} meln.				
29.	44.	55.	47.				

Demnach besteht das Rechtsbuch aus folgenden Abschnitten:
1) Die Artikel 1—55 sind aus S. geschöpft; nur sind die Artikel 47—49 und vor dem letzten Artikel drei auch in anderen Rechtshandschriften häufig wiederkehrende Prozessformeln, die sich insbesondere auch in den zur Familie U. gehörenden Codices wiederfinden, eingeschaltet. Die Uebereinstimmung mit S. zeigt sich in längeren Capitelreihen sogar in der Anordnung der einzelnen Capitel. Alle dem Recht von 1261 entstammenden Stellen, welche in S. stehen, hat Conrad von Oppeln mit denjenigen Modificationen recipirt, welche sie in S. erfahren haben.

2) Die Artikel 56—79 enthalten Nachträge aus dem Recht von 1261, nämlich fast sämmtliche in S. nicht excerpirte Capitel, und zwar zum grössten Theile in derselben Reihenfolge wie in dem Original-Weisthum. Jedoch haben sich in Art. 75 und 79 zwei aus S. entnommene Capitel hierher verirrt, die vielleicht in

dem ursprünglichen Entwurf Conrad's auch im ersten Theil gestanden haben mögen.

3) Artikel 80—96 sind eine Copie des Magdeburger Rechtsbriefes von 1295.

4) Art. 97—102 scheinen Exzerpte zu sein, die aus einer älteren in Schlesien verbreiteten Sammlung genommen sind. Es ergiebt sich dies daraus, dass dieselben Artikel in dem etwa 50 Jahre später als das Weichbildrecht Conrad's von Oppeln verfassten Systemat. Schöffenrecht wiederkehren, dessen Verfasser also dieselbe Quelle benutzt haben muss, und besonders daraus, dass Art. 101 eine Wiederholung von Art. 11 und Art. 102 eine theilweise Wiederholung von Artikel 68 ist, wodurch bestätigt wird, dass Conrad von Oppeln hier eine andere Quelle vorgelegen haben muss wie im ersten und zweiten Theil.

5) Dazu sind Art. 103—106 als verbessernde Nachträge hinzugekommen, indem 2 Artikel von S. und 1 Artikel des Weisthums von 1261/83, die in den vorhergehenden Theilen ausgelassen worden waren, nachgeholt und das Ganze durch das Formular des Judeneides abgeschlossen worden ist.

6) Endlich ist in den Art. 107—112 das Rechtsbuch von der Gerichtsverfassung hinzugefügt worden.

Wir sind sonach mit Hülfe von S. in der Lage, den Plan dieses Weichbildrechts vollständig zu durchschauen. Gerade wie der Verfasser der Schöffenrechte C., D. und U. (oder der ihnen gemeinsamen Quelle) ergänzte Conrad von Oppeln S. durch Nachtragung der übrigen Artikel aus dem Weisthum von 1261; während aber in jenen Schöffenrechten diese Nachträge mit dem Inhalt von S. durcheinander geworfen sind, tritt bei Conrad von Oppeln die Benutzung der beiden verschiedenen Quellen auch in der äusseren Anordnung mit grösster Deutlichkeit hervor, so dass hier gar kein Zweifel aufkommen kann, welche der beiden Rechtsaufzeichnungen, ob S. oder das Weichbildrecht Conrad's, das ältere sei. Eine sich von selbst empfehlende Ergänzung war das Recht von 1295, welches man schon frühzeitig mit dem Recht von 1261/83 zusammen schrieb und zusammen versendete, und das deshalb auch Conrad an die Exzerpte aus dem Recht von 1261 anreihte. Eine Eigenthümlichkeit seiner Compilation ist nun aber, dass er zu ihrer Ergänzung noch eine andere Sammlung benutzte, deren Existenz zwar auch in anderen späteren Rechtsquellen sich bemerklich macht, deren ursprüngliche Gestalt aber noch nicht ermittelt ist, und dass er nach ein Paar

Nachträgen zum Schluss noch das Rechtsbuch von der Gerichts-
verfassung beifügte.

VII. Die aus dem Rechtsbuch Conrad's von Oppeln ab-
geleiteten Weichbildrechte.

Die vorstehend besprochene Compilation des Magdeburgischen
Rechts hat in Polen weite Verbreitung gefunden und ist der Aus-
gangspunkt einer selbstständigen Entwicklung geworden. Unter
den Handschriften, welche von Cr.[*] abzuleiten sind, treten nach
dem mir bekannten Material zwei Formen hervor.

1) Da die deutsch geschriebene Rechtsaufzeichnung in Polen
schwer verständlich war, so machte sich das Bedürfniss nach
einer lateinischen Uebersetzung geltend. Eine Anzahl von Hand-
schriften hat uns auch in der That das Weichbildrecht Conrad's
in lateinischer Sprache erhalten. Zu ihnen gehört insbesondere
eine im Jahre 1359 von Nicolaus v. Thessyn geschriebene Hand-
schrift des Domcapitels zu Gnesen (Homeyer No. 249), aus
welcher wir erfahren, dass der Notar Conrad in Sandomir die
Uebersetzung gemacht habe. Eine andere, sehr defecte Hand-
schrift der Ossolinski'schen Bibliothek in Lemberg be-
schreibt Bischoff, Beiträge zur Geschichte des Magdeburger
Rechts. 1865. S. 11, 29. (Sitzungsberichte der phil.-hist. Cl. der
kaiserl. Acad. der Wissensch. Bd. 50.) Am bekanntesten ist die
lateinische Recension dieses Weichbildrechts dadurch geworden,
dass sie Joh. Lasco in seine offizielle Gesetzsammlung, die 1506
unter dem Titel *Commune incliti Polonie Regni privilegium constitutionum*
erschienen ist, aufgenommen hat. In dieser Sammlung steht
Fol. 175 ff. das deutsche Recht in zwei Büchern, von denen das
erste in der Vorrede auf Otto den Rothen, das andere auf den
Kaiser Karl und Constantin zurückgeführt wird; jenes ist das
Weichbildrecht, dieses der Sachsenspiegel. Das bei Lasco ge-
druckte Weichbildrecht unterscheidet sich von Cr. wesentlich
durch eine bedeutende Anzahl von Zusätzen, während die Reihen-
folge der Capitel, abgesehen von einer Versetzung des Art. 67 zwi-
schen Art. 38 u. 39 und des Art. 55 hinter Art. 56, ganz dieselbe ist[**].

Es entsteht nun die Frage, ob diese Zusätze erst von dem
Uebersetzer oder von Abschreibern der lateinischen Uebersetzung
hinzugefügt worden sind oder ob sie bereits in deutschen Hand-
schriften sich vorfanden und woher sie genommen sind.

---

[*] Darunter ist nicht, wie bei Bischoff, gerade der Cracauer Codex
in specie zu verstehen, sondern das in demselben enthaltene Rechtsbuch.

[**] Vergl. die Tabelle bei Bischoff a. a. O. S. 30—32.

In dieser Beziehung gewinnt nun die **Handschrift der Breslauer Centralbibliothek II. Q. 4.** (Homeyer No. 91) eine hervorragende Bedeutung*). Sie enthält das Sächsische Weichbildrecht, Landrecht und Lehnrecht unter der an die Bezeichnung Lasco's erinnernden Gesammtüberschrift *tres libri Meydeburgischen rechtes*. Das Weichbildrecht ist lateinisch und deutsch, und zwar so geschrieben, dass jeder Artikel erst lateinisch und dann deutsch steht. Die Reihenfolge ist ohne alle Abweichung genau dieselbe wie in Cr., auch hat sie weder einen Artikel mehr noch weniger; nur ist die Zahl ihrer Artikel dadurch um 3 grösser, dass die Art. 18, 23, 54 in je zwei getheilt sind. Bei einigen Artikeln hat diese Handschrift jedoch Zusätze, welche in dem lateinischen Texte Lasco's sich ebenfalls wiederfinden; nur sind die Zusätze bei Lasco bedeutend zahlreicher. Die Breslauer Handschrift repräsentirt daher eine Mittelstufe zwischen dem Original-Rechtsbuch Conrad's von Oppeln und dem offiziellen polnischen Weichbildrecht Lasco's, und hat uns vielleicht diejenige Form erhalten, welche der Notar Conrad von Sandomir seiner Uebersetzung zu Grunde gelegt hat**).

Auch die Zusätze der Breslauer Handschrift II. Q. 4. lassen sich aber in den Rechtshandschriften des Mittelalters verfolgen. Sie fl.den sich nämlich sämmtlich bis auf einen in den **Magdeburger Fragen** und wir verdanken es der gründlichen und gelehrten Einleitung **Behrend's** zu seiner Ausgabe dieses Rechtsbuchs, dass wir das Vorkommen derselben Stellen auch in anderen älteren Rechtssammlungen, die in den Magdeburger Fragen benutzt sind, oder mit ihnen gemeinsam aus der gleichen Quelle schöpfen, konstatiren können. Diese Handschriften, welche wir in derselben Weise wie **Behrend** bezeichnen, sind folgende:

Dr. Handschrift der Königlichen Bibliothek zu **Dresden**. Homeyer 172. Behrend 6.

Th. Handschrift des Königl. Gymnasium zu **Thorn**. Behrend 15.

B. Handschrift der Königlichen Bibliothek zu **Berlin**. Homeyer 60. Behrend 1 b.

Da. Handschrift der Stadtbibl. zu **Danzig**. Homeyer 138. Behrend 3.

Rb. Handschrift der Königlichen Bibliothek zu **Königsberg**. Homeyer 361. Behrend 10.

---

*) Vergl. über dieselbe Gaupp, Schles. Landrecht S 129.

**) Darüber könnte eine nähere Untersuchung der Gnesener Handschrift wol Gewissheit verschaffen.

Dazu kommt noch die vierte Sammlung des bei Böhme
Diplom. Beytr. gedruckten sogen. Cod. Bregensis (Homeyer 161)
und der von Bischoff im 38. Bande des Archivs für Kunde
österreich. Geschichtsquellen beschriebene Codex der Cracauer
Universit.-Bibliothek No. 399 (Homeyer 133).

Die nachstehende Tabelle gewährt eine Uebersicht derjenigen
Erweiterungen, welche in der Breslauer Handschrift II. Q. 4 zu
dem Weichbildrechte Conrad's von Oppeln hinzugekommen sind
und ihres Vorkommens in den aufgeführten Handschriften.

Zusatz zu Cr.	Lasco.	Dr.	Th.	Da.	B.	Rb.	Crac. 399.	Böhme.	Magdeb. Fragen.
	Fol.								
Art. 7.	178, 2.	35.	53.	66.	I. 63.	I. 62.	147.	—	II. 2, S. a. E.
14.	178, 3.	32c.	71.	63.	I. 60	I. 62.	—	143. 5	II. 2, 7.
ebendas.	178, 3.	32d.*)	72.	—	—	—	144.	—	—
48.	184, 1.	37.	59.	defect.	II. 94.	II. 92.	151.	144, 1.	I. 7, 13.
66.	188 V, 2.	39.	62.	72.	I. 69.	I. 71.	151.	—	I. 16, 2.
71.	189, 1.	31b.	66.	60.	I. 57.	I. 59.	141.	—	I. 7, 1.
72.	189, 2.	32a.	68.	61.	I. 58.	I 60.	142.	—	I. 9, 1.
88.	191 V, 1.	117.	164.	142.	II. 39.	II. 42.	228.	—	I. 13, 1.
92.	192, 2.	30.	63.	57.	I. 55.	I. 56.	138.	—	I. 1, 16.
93.	192, 3.	39.	61.	71.	I. 68.	I. 70.	153.	144. 4, 5.	I. 16, 1.

*) Gedruckt bei Wasserschleben. Rechtsqu. I. S. 84.

Es ist hiernach ganz zweifellos, dass der Verfasser von II. Q. 4
sämmtliche von ihm hinzugefügte Sätze aus einer und derselben
Sammlung exzerpirt hat, und dass von den Compilatoren der
vorstehend berücksichtigten Rechtsbücher dieselbe Sammlung
benutzt worden ist. Denn es wäre sonst ganz undenkbar, auf
welche Weise gerade dieselben Sätze in jene zahlreichen Hand-
schriften Eingang gefunden haben sollten. Behrend hat nun in
der Einleitung S. XVI. fg. nachgewiesen, dass Dr. Bestandtheile
enthält, welche auf Cracau verweisen; ebenso S. XXI., dass
der Compilator von Th. Cracauer Bestandtheile in seine Samm-
lung mit aufgenommen hat; nicht minder enthalten die drei,
unter einander übereinstimmenden Handschriften Da. B. und Rb.
Cracauer Stücke, welche nicht vollständig mit Dr. und Th. zu-
sammenfallen (Behrend S. XXIX.); und endlich hat er S. X.
auch für die vierte Sammlung des Cod. Bregens. Hinweisungen
auf Cracau dargethan. Alle diese Handschriften führen also
übereinstimmend auf eine ältere, in Polen, namentlich in Cracau,
verbreitete Sammlung Magdeburgischen Rechts zurück. Es

musste daher sehr nahe liegen, das Weichbildrecht Cr. in solchen Abschriften, welche in Polen circulirten oder für polnische Städte bestimmt waren, aus dieser anderen Sammlung zu vermehren, indem man an geeigneten Stellen Capitel aus ihr einschaltete *).

Sonach fällt durch diese Thatsachen ein neues Streiflicht auf die Geschichte des Magdeburger Rechts in Polen, und wir sind auch bei der in Rede stehenden Form des Weichbildrechts in der Lage, es vollständig in die Elemente auflösen zu können, aus welchen es zusammengesetzt ist.

2) Eine andre aus Cr. abgeleitete Form enthält die Handschrift 168 der Cracauer Universitätsbibliothek (Homeyer 134), welche Bischoff **) beschreibt. Das Weichbildrecht Conrad's bis zum Judeneide, also Cr. 1—105, wird mit geringen Modificationen in den Art. 1—103 wiederholt. Die Abweichungen sind unbedeutend. Sie reduciren sich darauf, dass die aus dem Sachsenspiegel entnommenen Art. 56—61 von Cr. ausgelassen sind, indem der Schreiber ausdrücklich dazu bemerkt: *hoc capitulum continetur in jure quod dicitur lantrecht.*; ferner sind Cr. Art. 68 und 79, sei es aus Versehen, sei es mit Absicht, fortgefallen und endlich ist in einigen Artikeln der Text etwas verändert.

Der Schluss des Weichbildrechts ist dagegen durchaus abweichend. Cr. hat, wie oben bemerkt wurde, am Ende in den Artikeln 107—112 das Rechtsbuch von der Gerichtsverfassung Art. 6—15. In der in Rede stehenden Handschrift sind jedoch diese Artikel in Verbindung mit der Weltchronik an den Anfang des Manuscripts gestellt, worauf zunächst noch der Sachsenspiegel folgt. Demgemäss sind diese Artikel am Ende des Weichbildrechts fortgeblieben und der Schreiber hat sie durch andere Artikel in der Art ersetzt, dass dieselbe Capitelanzahl wie in Cr. wiederhergestellt ist.

---

*) Bischoff a. a. O. S. 7, Note 4 hat auf Grund des Textes des Cracauer Codex die Vermuthung ausgesprochen, dass Crac. 138—145 in Einem Schreiben gestanden haben und dass ebenso Crac. 146—154 ursprünglich Ein Weisthum gebildet haben. Die Zusätze der Breslauer Handschrift finden sich nun fast sämmtlich im Crac. Cod. von Art. 138—154. Dadurch erhält die Vermuthung Bischoff's eine Bestätigung und es wird die Annahme nahe gelegt, dass die Erweiterungen des Weichbildrechts Conrad's von Oppeln aus jenen Original-Schöffenbriefen genommen seien.

**) Beiträge z. Gesch des Magd. R. (Sitzungsber. Bd. 50).

Diese hinzugefügten Artikel hat B i s c h o f f a. a. O. S. 24, 25 abgedruckt. Sie enthalten zwar sämmtlich Magdeburg. Rechts-sätze, scheinen aber nicht aus einer einheitlichen Sammlung ent-nommen, sondern vom Schreiber selbstständig compilirt zu sein. Dies wird dadurch bestätigt, dass der Schreiber derselben Hand-schrift auch dem Sachsenspiegel als Cap. 365—390 eine Reihe von selbst formulirten, aber aus älteren Quellen entlehnten Sätzen hinzugefügt hat, welche H o m e y e r in den Extravaganten zum Sachsenspiegel No. 31—56 mitgetheilt hat. Auch d i e s e Extravaganten haben, wie Homeyer a. a. O. S. 236 bemerkt, „eine besondere Beziehung zu städtischem Wesen und stehen namentlich in Verbindung zu den verschiedenen Formen des Magdeburgischen Rechts". Wir können daher im Anschluss an die von Homeyer gewählte Bezeichnung die Art. 104—111 des Cracauer Codex als Extravaganten des Rechtsbuchs Conrad's von Oppeln bezeichnen. — Dass unter denselben Art. 109 einen der drei Artikel von S., welche in Cr. fehlen, nämlich Art. 50 nach-trägt, beruht wol auf einem Zufall, zumal die Fassung wesentlich abweichend ist.

VIII. Das Weichbildrecht der Naumburger Handschrift
(Homeyer No. 501) [N.],

welches M ü h l e r, Deutsche Rechtshandschriften des Stadtarchivs zu Naumburg, Berlin 1838, besprochen und abgedruckt hat, lässt sich ebenfalls mit Hülle von S. auf das Einfachste in seine Be-standtheile zerlegen, die aus folgender Tabelle sich von selbst ergeben.

N.	S.	Recht von 1261.	N.	S.
1. 2.	1.	1—4.	40.	8.
3.	2.	5.	41	9.
4.	3.	6.	42.	10.
5. 6. 7.	4.	7. 8.	43.	11.
8. 9.	5.	9. 10. 12.	44.	12.
10.	6 Anf. 51.	11.	45.	13.
11.	6 Ende.	27.	46.	14.
12.	7 a.	13.	47.	45.
13.	33.		48.	39.
14.	4 Ende.	19.	49.	41.
15'	7 b.	21.	50.	49.
16.	15 a.	53.	51.	42. 43.
17.	15 b.	54.	52.	48.
18.	44.		53.	31.
19.	21 a.	23.	54.	32.
20.	16·	14. 15. 28. 29.	55.	52 § 2, 3.
21. 22.	17·	30. 16·		
23.	36		56—72	aus unbekannter Quelle.
24.	37. 38.			
25.	18.	18.		
26	17 Ende.	17.		
27.	40.			Rechtsbuch von der Gerichtsverf.
28.	19.	20.		
29.	20.	22.		
30.	21 b. 22.	26. 24. 25.	73.	XVII.
31. 32.	28.		74.	XVIII.
33.	27.		75.	—
34.	23.	31.	76.	XXVII. § 1.
35.	24.	32. 33.	77.	XXVII. § 2.
36. 37.	25.	34—36.	78.	X. § 1.
38. 39.	26.	37. 38.		

Mühler hat S. 11 richtig erkannt, dass sich in N. drei Bestandtheile unterscheiden lassen. Wenn er jedoch den ersten von Art. 1—58 rechnet und zu seiner Charakteristik sagt, auf denselben habe das Breslauer Recht von 1261 unmittelbaren Einfluss ausgeübt, dem Inhalt nach seien nur die Art. 1—39, 53, 54, 57 aus dem Recht von 1261 in N. übergegangen; aus welchem Grunde die übrigen weggeblieben sind, lasse sich nicht errathen: so sind alle diese Behauptungen nicht ganz correct. Zunächst ist § 39 des Rechts von 1261 in N. nirgends anzutreffen; ebenso wenig § 57; denn wenngleich N. 52. einen ähnlichen Gegenstand betrifft, wie jener § 57, so ist doch der Wortlaut von N. 52

nicht aus dem Recht von 1261 genommen, sondern stimmt mit
S.₄48. Es sind vielmehr in N. genau dieselben Artikel des
Rechts von 1261 vorhanden, die auch in S. stehen; nicht mehr,
noch weniger. Sodann hat das Recht von 1261 keinen unmittel-
baren Einfluss auf N. gehabt; denn die oben hervorgehobenen
charakteristischen Aenderungen, welche das Recht von 1261
in S. erfahren hat, finden sich in N. wieder, insbesondere dass
§ 19 mit § 8 verknüpft, § 12 hinter § 10, § 27 hinter § 11, § 16
hinter § 30 gestellt ist und dass die §§ 14, 15, 28, 29 durchein-
ander geschoben und zu einem einheitlichen Capitel verarbeitet
sind. N. hat demnach die dem Recht von 1261 entsprechenden
Artikel nicht aus der Originalform jenes Rechts, sondern durch
Vermittelung von S. erhalten, und der Compilator von N. hat
nicht einmal, wie dies in den meisten andern Weichbildrechten
der Fall ist, die in S. sich findenden Exzerpte aus dem Original-
Weisthum ergänzt. Endlich ist der erste Theil von N. nicht bei
Art. 58, sondern bei Art. 55 zu Ende. Der gesammte Inhalt von
N. 1—55 ist aus S. genommen; alles Folgende ist aus anderen
Quellen geschöpft. Nur ist allerdings die Thatsache zu bemerken,
dass die Capitel N. 56—58 auch in manchen anderen Formen
des Weichbildrechts sich finden, während Art. 59—72 N. eigen-
thümlich sind.

Der zweite Theil, von Art. 56—72, ist, wie Mühler S. 14
wahrscheinlich gemacht hat, grösstentheils aus Schöffenurtheilen
entnommen, und der dritte Theil, Art. 73—78, ist aus dem Rechts-
buch von der Gerichtsverfassung in seiner erweiterten Gestalt
exzerpirt.

IX. Das Weichbildrecht in 6 Büchern der Bres-
lauer Handschrift II. F. 6. (Homeyer Nr. 83) [Br.]
verleugnet seine Abstammung aus S. ebenso wenig, wie die bis-
her besprochenen Weichbildrechtsformen. Da das 4. u. 5. Buch
das Rechtsbuch von der Gerichtsverfassung und das 6. die Welt-
chronik enthält, so kommen hier nur die ersten drei Bücher in
Betracht. Es besteht zwischen diesem, in den ersten 3 Büchern
enthaltenen Schöffenrecht und N. eine enge Verwandschaft, welche
bereits Mühler hervorgehoben und durch eine Tabelle veran-
schaulicht hat. Da diese Tabelle jedoch viele Unrichtigkeiten
enthält, die wol zum grossen Theil durch Druckfehler verschuldet
sind, und das Verhältniss von Br. zu S. selbstverständlich nicht
veranschaulicht, so ist eine wiederholte Darlegung des Inhalts
von Br. erforderlich.

Br	N.	S.	Br.	N.'	S.
I. Buch.			41.	38.	26 Anf.
1.	1. 2.	1.	42—54.	Sachsenspiegel.	
2.	3.	2.	II. Buch.		
3.	4.	3.	1—28.	Sachsenspiegel.	
4—7.	5—7. 14.	4.		N.	S.
8. 9.	8. 9.	5.	29.	39.	26 Ende.
10.	} 10.	} 6.	30.	40.	8.
11.		51.	31.	41.	9.
12.	11.	6.	32.	42.	10.
13.	12.	7a.	33.	43.	11.
14.	13.	33.	34.	44.	12.
15.	15.	7b.	35.	45.	13.
16.	16.	15a.	36.	46.	14.
17.	17.	15b.	III. Buch.		
18.	18.	44.	1.	47.	45.
19.	19.	21a.	2.	48.	39.
20. 21.	20.	16.	3.	49.	41.
22.	21. 22.	17 Anf.	4.	50.	49.
23.	30b.	22 Anf.	5.	51.	42. 43.
24.	23.	36.	6.	53.	31.
25.	} 24.	37.	7.	54.	32.
26.		38.	8.	—	46.
27.	26.	17 Ende.	9.	—	47a.
28.	25.	18.	10.	52.	48.
29.	27.	40.	11—13.	(55.)	52 § 2.
30.	—	—	14.	Sachsensp.II.21.§3.	
31.	29.	20.	15.	—	S. 52 § 1.
32.	28.	19.	16—18.	Sachsenspiegel.	
33.	} 30a.	} 22 Ende.		N.	S.
34.		21b.	19.	—	34.
35. 36.	31. 32.	28.	20	—	50.
37.	33.	27.	21.	—	35.
38.	34.	23.	22.	—	29.
39.	35.	24.	23.	—	30.
40.	36. 37.	25.	24—39.	Sachsenspiegel.	

Hieraus ergiebt sich, dass Br. nur aus zwei Quellen geschöpft hat, aus S. und dem Sachsenspiegel. Der Wortlaut des letzteren ist öfters etwas umgestaltet. Während die bisher erörterten Weichbildrechtsformen nur stadtrechtliche Aufzeichnungen zur Ergänzung von S. verwendet haben, vermischt der Verf von Br., wie dies freilich die Magdeburger Schöffen selbst schon 1261 thaten, mit dem stadtmagdebургischen Rechte das sächsische Landrecht. Das aus S. entnommene Material wird durch diese Einschübe mehrfach unterbrochen; findet sich aber abgesehen davon in Br. fast in genau derselben Anordnung wie in N. Diese Uebereinstimmung kann natürlich keine zufällige sein und doch ist ein directes Abstammungsverhältniss der beiden Handschriften von einander nicht vorhanden. Br. ist nicht aus N. abgeleitet, weil Br. die Capitel von S. in absoluter Vollständigkeit enthält, während in N. mehrere derselben fehlen. Ebenso wenig ist N. 1 — 55 aus Br. genommen, weil die Abweichungen unter beiden zu bedeutend sind, als dass eine solche Annahme zulässig erscheinen könnte. Offenbar haben beide Compilatoren aber aus einer gemeinsamen Quelle geschöpft, die ihrem Inhalte nach mit S. vollständig zusammenfällt, in der Anordnung der Capitel aber mit N. oder Br. im Wesentlichen übereinstimmt; und da oben schon aus andern Gründen dargethan wurde, dass in dem Breslauer Codex II. Q. 3. die ursprüngliche Artikelfolge von S. bereits verändert zu sein scheint, so ist es nicht unwahrscheinlich, dass diese gemeinsame Quelle von N. und Br. das Schöffenrecht in ursprünglicher Gestalt enthalten habe.

X. Das Magdeburg-Görlitzer Recht von 1304 [G.] gehört ebenfalls zu den aus S. abzuleitenden Rechtsbüchern. Es bedarf nur einer oberflächlichen Durchsicht dieser Rechtsmittheilung, um inne zu werden, dass sie keine einheitliche Arbeit ist, sondern aus mehreren selbstständigen Theilen combinirt ist. Darauf weist zunächst schon der Umstand hin, dass das Magdeburg-Breslauer Recht v. 1295 im Zusammenhang in den Art. 43—62 steht. Durch dasselbe werden daher die Art. 1—42 als ein erster Theil von den Artikeln 63 ff. abgetrennt. Dies wird sofort dadurch bestätigt, dass gleich Art. 63 einen Artikel aus jenem ersten Theil, nämlich Artikel 14, wiederholt. Diese Wiederholungen kehren mehrfach wieder, indem Art. 70 = 29; 72 = 11; 73 = 16 § 2; 76 = 21; 78 = 35 § 2 ist. Es wäre nun allenfalls denkbar, dass der Verf. von G. aus einer und derselben, einheitlichen, Quelle sein ganzes Rechtsbuch compilirt und bei jenen späteren Stellen vergessen habe, dass er dieselben Capitel bereits früher verwendet hat. Allein diese Annahme wird dadurch widerlegt, dass die Lesarten der sich wiederholenden Artikel keineswegs übereinstimmen, sondern zum Theil recht erhebliche Abweichungen von einander zeigen. Der Compilator von G. hat also von Art. 63. an aus einer andern Quelle geschöpft, wie von Art. 1—42. Gehen wir aber das Magdeb.-Görlitzer Recht weiter durch, so stossen wir bereits im Art. 83 § 1 auf eine Stelle, welche wiederum den Art. 76, also einen dem dritten Theil angehörenden Artikel wiederholt, und es ist dies um so auffallender, als dieselbe Stelle auch schon im ersten Theil als Art. 21 steht, in G. also dreimal vorkommt. Ebenso wiederholt Art. 83 § 2 den Art. 22 § 2. Dadurch wird die Vermuthung erregt, dass schon zwischen Art. 76 und 83 ein vierter Theil beginnen müsse, und dies wird vollkommen bestätigt, wenn wir die Quellen, aus denen G. geschöpft hat, untersuchen. Es beginnt nämlich von Art. 81 an eine lange Reihe von Exzerpten aufs dem Sachsenspiegel, die nur durch einige Sätze des Rechts von 1261 und zwei Capitel des Rechtsbuches von der Gerichtsverfassung unterbrochen wird. Mit dem Art. 122 hören diese Sachsenspiegel-Stellen plötzlich auf; nur der Art. 137 entspricht noch einem Artikel des Sachsenspiegels (I. 63), der schon seit dem Recht von 1261 vielfach in stadtrechtlichen Sammlungen Aufnahme gefunden hatte und den der Compilator von G. daher ebenso wohl aus einer dieser Rechtssammlungen wie aus dem Sachsenspiegel selbst entnommen haben kann. Die übrigen Stellen von Art. 122 an bis zum Schluss lassen sich dagegen in keiner älteren Sammlung nachweisen. Sie sind also entweder eine selbstständige Zuthat, durch welche die Magdeb. Schöffen ihre Rechtsmittheilung nach Görlitz bereicherten, oder sie sind einer bisher noch unbekannten Aufzeichnung des Magdeburger Schöffenrechts entnommen. Das Letztere ist deshalb nicht wahrscheinlich, weil sie auch in den späteren Magdeb. Rechtssammlungen, insbesondere in der Weichbildvulgata sich nicht vorfinden.

Demgemäss zerfällt das Görlitzer Recht von 1304 in 5 Abschnitte, deren Inhalt durch folgende Tabelle veranschaulicht wird.

Görlitz. R.	S.	G.	S.
Einleit.	1 § 1.	35 § 1.	49.
1.	1 § 2—5.	§ 2.	42.
2 § 1.	2.	§ 3.	43.
§ 2.	29.	36.	31 32.
§ 3.	3.	37.	48.
3. 4. 5.	4.	38.	46 § 1.
6. 7.	5.	39. 40.	47 § 2.
8 § 1.	6 § 1.	41.	*(1261. § 56. 55.)*
§ 2.	(10.)	42.	*(1261.§ 64.65.69.66.)*
9.	51.		**II.**
10 § 1.	6 § 2.	43—62.	**Magdeburg-Breslauer**
§ 2.	*(Ssp.II.4.§1.)³)*		**Recht von 1295.**
11.	34.		
12.	7a.		**III.**
13.	33.	63=14.	7b.
14.	7b.	64.	22.
15 § 1.	17 M.	65.	23.
§ 2.	21a.	66.	1261. § 39.
16 § 1.	17 Anf.	67.	1261. § 41.
§ 2.	35.	68.	1261. § 42.
17.	*(1261. § 40.)²)*	69.	1261. § 43.
18	52 § 1.	70=29.	S. 8.
		71.	14.
19.	*(1261. § 72.)³)*	72=11.	34.
20.	16.	73=16. § 2.	35.
21.	36.	74.	28.
22.	37. 38.	75.	27.
23.	17 Ende.	76=21.	36.
24.	18.	77.	39.
25 § 1.	40.	78=35. § 2.	42.
§ 2.	—	79.	44.
26.	20. 19.	80.	50.
27 § 1—3.	25.		
27 § 4.	} 26.		**IV.**
28 § 1.	{	G.	**Sachsenspiegel.**
§ 2.	—	81.	II. 34 § 1. 2.⁴)
29.	8.	82.	II. 35.⁵)
30.	9.	83 § 1.	*wiederholt 76=21.*
31.	11.	§ 2.	*wiederholt 22 § 2.*
32.	12.	84.	I. 12 § 1.
33.	13.	85.	I. 33.
34.	45.	86.	II. 12 § 11. 13. 14.

1) erweitert; vgl. Görlitzer Landrecht 39. § 3a.
2) erweitert.
3) nicht wörtlich; ebenso wenig die zu Art. 41. 42. angegebenen Stellen.
4) erweitert; vgl. Görl. Landr. 35. § 3.
5) ebenfalls; vgl. Görl. Landr. 35. § 6.

G.	Sachsenspiegel.	R. von 1261.	G.	Sachsenspiegel.	R. von 1261.
87.	II. 49.		106.	—	79.
88.	III. 5. § 3—5.		107.	—	51.
89.	III. 6.		108.	I. 6. § 1. 2.	
90.	III. 9. § 1. 2.		109.		
91.	III. 9. § 4.		110.	}	
92.	III. 10. 11.		111.	Rechtsbuch von der	
93.	III. 12 § 1.		112.	Gerichts-Verfassung	
94.	III. 14. § 1.		113.	Art. 16. 17.	
95.	III. 14. § 2.			Ssp. II. 60.	
96.	III. 25. § 1.		114.	II. 64. § 1.	
97.	III. 35.		115.	III. 9. § 5.	
98.	III. 39. § 1. 2.		116.	II. 64. § 2—4.	
99.	III. 39. § 3. 4.		117.	II. 65. § 1. 2.	
100.	III. 40.		118.	III. 7. § 1—3.	
101.	III. 41. § 4.		119.	III. 13.	
102.	III. 88. § 2. 3.		120.	III. 15. § 1.	
103 § 1.	—	45 E.	121.	III. 27.	
§ 2.	—	44 E.			
104.	—	46.		V.	
105.	I. 62. § 10. 8. 9. 11.	62. 63.		122—140 aus unbekannter Quelle.	

Der erste Abschnitt ist fast ganz aus S. geschöpft. Der Text ist jedoch mehrfach verändert; in den Artikeln 8, 10, 25 u. 28 sind Zusätze hinzugefügt worden und die Artikel 17, 19, 41, 42 sind freie Bearbeitungen einiger Paragraphen des Rechts von 1261, um welche das aus S. entnommene Material vermehrt worden ist.

In dem zweiten Theil ist der Art. 8 des Rechts von 1295 übergangen, weil er sich inhaltlich bereits im Art. 25 findet.

Der dritte Theil ist wieder aus S. entnommen und zwar aus einer durch die Nachträge aus dem Recht von 1261 bereits erweiterten Recension, wie die Art. 66—69 beweisen. Der Text steht dem ursprünglichen Wortlaut von S. in viel höherem Grade nahe als der erste Theil von G. Würde der Verf. von G. nun diesen dritten Theil aus einer umfangreichen Sammlung genommen haben, die er in freier Weise verarbeitete, indem er das, was er für mittheilungswürdig hielt, aus einer grösseren Masse ausschied, so würde er doch wol sicherlich grade diejenigen Artikel vor allen andern weggelassen haben, die sich in dem ersten Theil seiner Compilation bereits vorfinden. Aus den zahlreichen Wiederholungen dagegen folgt, dass er eine ältere Sammlung ohne nähere Prüfung ihres Inhalts einfach abgeschrieben und an die beiden ersten Bestandtheile angereiht hat. Man hat ver-

muthlich aus S. öfters Auszüge angefertigt und selbstständig ab-
geschrieben. Wir haben schon oben in Gp. einen solchen Aus-
zug kennen gelernt, der aus einer, die Nachträge aus dem Recht
von 1261 bereits enthaltenden, Recension von S. angefertigt
worden ist. Eine andere derartige kleinere Sammlung, die sich
ebenfalls als ein Exzerpt aus dem bereits erweiterten S. ausweist,
hat der Compilator von G. als dritten Theil seinem Rechtsbuch
eingefügt.

Der vierte und fünfte Theil haben keine Beziehung zu S.

Wir können demnach auch G., dessen Character und Combi-
nation bisher räthselhaft war, in seine, sich deutlich von ein-
ander unterscheidenden Elemente auflösen.

XI. Die Weichbildrechts-Vulgata. Endlich müssen
wir noch die Bestandtheile der gewöhnlichen Form des Weich-
bildrechts, die diesen Namen in specie führt, etwas näher
betrachten.

Es springt sofort in die Augen, dass dieses Rechtsbuch aus
zwei nur lose zusammenhängenden Theilen besteht, dem stark
erweiterten Rechtsbuch von der Gerichtsverfassung (Art. 1—41)
und einem Magdeburger Schöffenrecht (Art. 42 bis zum Schlusse).
Nur das letztere kömmt hier in Betracht.

Auch unter den Handschriften der Vulgatform herrscht
keineswegs Uebereinstimmung; viele von ihnen enthalten Capitel,
welche in anderen fehlen und lassen andererseits Capitel aus,
welche sich anderweitig finden. Wenn man sämmtliche Hand-
schriften der Vulgatform, die bekanntlich sehr zahlreich sind,
oder wenigstens eine bedeutende Anzahl derselben unter einander
vergleichen würde, so könnte man mit Sicherheit diese Zuthaten
einzelner Schreiber ausscheiden und die Urform der Weichbild-
vulgata feststellen. Es fehlt aber nicht nur an einer solchen
Vorarbeit, sondern es sind auch nicht einmal Handschriften der
Vulgatform in grösserer Zahl mit der erforderlichen Genauigkeit
beschrieben, so dass man sich die in ihnen vorhandenen Artikel
vergegenwärtigen könnte. Wir sind vielmehr fast ausschliesslich
auf zwei Recensionen angewiesen. Die eine ist die der verbreiteten
Druckausgaben von Zobel, Ludovici und von Daniels-
Gruben, die unter einander im Wesentlichen übereinstimmen.
Die andere ist die der Berliner Handschrift von 1369
(Homeyer Nr. :4), welche v. Daniels, *Dat buk wichbelde recht*,
Berlin 1853, abgedruckt hat und der er eine Inhaltsangabe der
Berliner Handschrift von 1382 (Homeyer Nr. 34) beigefügt hat.

Dazu kömmt noch allenfalls die aus sehr später Zeit stammende und stark erweiterte Recension des **Heidelberger Codex von 1504** (Homeyer Nr. 324), welche v. Thüngen 1837 bekannt gemacht hat. Selbst dieses äusserst dürftige Material genügt aber, um wenigstens diejenigen Artikel, welche jede dieser Formen vor den andern mehr hat, als Zuthaten auszuscheiden, und es zeigt sich, dass es vorzugsweise solche Artikel sind, welche sich in den im Uebrigen benutzten Quellen nicht nachweisen lassen.

Eine Untersuchung dieser Quellen lehrt, dass von Art. 42—108 der grösste Theil der Vulgata in S. resp. den aus S. abgeleiteten Schöffenrechten sich findet, dass die Art. 109—125 zum grössten Theil aus dem Sachsenspiegel entlehnt sind, und dass endlich Art. 126—136, wenn auch nicht dem Inhalt, so doch der Fassung nach, grösstentheils selbstständig sind. Es zeigt daher dieses Schöffenrecht hinsichtlich seiner Combination eine grosse Aehnlichkeit mit dem Magdeburg-Görlitzer Recht; nur ist das Recht von 1295 in die Weichbildrechts-Vulgata nicht aufgenommen worden. Der Compilator hat zunächst eine der älteren Formen des Schöffenrechts zu Grunde gelegt, dieselbe durch Exzerpte aus dem Sachsenspiegel erweitert, endlich einige selbstständig formulirte oder aus andern, zerstreuten Quellen gesammelte Artikel hinzugefügt und das Ganze in üblicher Weise durch das Formular des Judeneides abgeschlossen. Die folgende Tabelle giebt eine Uebersicht dieser Bestandtheile und ihrer Quellen. Hinsichtlich der Capitelzählung ist die Ausgabe von v. Daniels und v. Gruben zu Grunde gelegt, die in der Berliner Handschrift von 1369 fehlenden Artikel sind mit einem Sternchen, die im Heidelberger Codex fehlenden mit einem Kreuz bezeichnet.

I. Theil.

Vulg.	S.	Andere Quellen.
42.	1.	
43.	2. 29.	
44. § 1—45. § 2.	4.	
45. § 3, 4.	5 Ende.	
46.	5 Anf.	
47.†) § 1.	—	N. 9. Schlussworte.
§ 2.	—	
48.	48.	
49.*†)	—	*(N. 57.)*
50. § 1.	44.	
50. § 2, 3.†)	—	
51.	25.	
52.	26. § 1.	
53.	17. § 1.	
54.	§ 3.	
55.	45. § 1.	
56.	16. 20.	
57.†)	45. § 2.	
58.	1261. § 41.	
59.	S. 36.	
60.	37.	
61.	41.	
62.	50.	
63.	35.	
64.	18.	
65.	23.	
66. 67.†)	40.	
68.	49.	
69. 70.	6.	
71.	(7 a.)	
72.†) § 1, 2.	24.	
§ 3.	21.	
73.†)	—	*Görlitz 86 sehr abweichend.*
74.	23 b.	
75.	27.	
76. 77.	28.	
78.	7 b.	
79. § 1.	26. § 2.	
§ 2, 3.	12 Ende.	
80.	12 Anf.	
81.	9.	
82.	10.	
83	13 Anf.	
84.	{ 13 Ende u. 14 Ende.	

I. Theil.			II. Theil.	
Vulg.	S.	Andere Quellen.	Vulg.	Sachsenspiegel.
85.	(14.)		109.	II. 25. § 1. 45.
86.	1261.§39.		110.	II. 4.
87.*†)	1261.§40.		111.	III. 35.
88.	1261.§42.		112. § 1, 2.	II. 35.
89.	—	(Ssp. II. 35 erweitert.)	§ 3.	(S. 52. § 1.)
90.	S. 22.		113.	{ II. 15. § 1, 2.
91.*†)	—	Görl. 133.		{ 16. § 1.
92.	—	—	114.	III. 9. § 1.
93.*)	—	{ Ssp. III. 38. § 2 und { III. 3. § 1.	115.	III. 9. § 3—5.
			116.	III. 10.
94.	1261.§43.	—	117. 118.	—
95.*†)	—		119.*†)	
96.	S. 31.		120.	II. 62.
97.	—		121.	II. 51.
98.†)	—	Görl. 62.	122.*†)	
99.*†)	—	—	123.†)	II. 49.
100. § 1.	—	—	124.*†)	II. 50.
§ 2.	1261.§51.	Sachsensp III. 41.§4.	125.	II. 52. 51. § 3.
101.	—	—		
102.*)	—	—	III. Theil.	
103. 104.	S. 42.			
105.†)	S. 43.		126—135.	—
106. 107.*†)	—	N. 56.	136.	Judeneid.
108.†)	—	—		

Obwohl die Artikel des ersten Theils sich mit nur wenigen Ausnahmen in S. nachweisen lassen, so ist doch die ursprüngliche Gestalt von S. von dem Compilator nicht benutzt worden. Das Vorkommen von Paragraphen des Rechts von 1261, welche in S. fehlen, beweist zunächst, dass der Compilator eine durch Nachträge aus dem Recht von 1261 erweiterte Recension verwendet hat. Sodann aber ist die Textgestaltung im Einzelnen so abweichend, dass der Compilator entweder seine Vorlage mit einiger Freiheit verarbeitet, oder eine bereits modifizirte Recension von S. zu Grunde gelegt hat. Die Anklänge einzelner Artikel an N. und G. gestatten nicht, über die Beschaffenheit dieser Vorlage etwas Näheres zu ermitteln. Eine Aufhellung der Geschichte der Weichbildrechts-Vulgata ist nur von einer sorgfältigen Untersuchung der hierher gehörenden Handschriften zu hoffen, welche nicht den Zweck der gegenwärtigen Erörterung bildet.

Für eine Anzahl von Formen des Magdeburger Schöffen- oder
Weichbildrechts ist es sonach geglückt, sie in ihre Elemente auf-
zulösen und die Art und Weise darzulegen, wie sie aus diesen
Elementen combinirt sind. Es giebt ohne Zweifel noch manche
Handschrift, welche sich den im Vorstehenden behandelten For-
men anschliesst und welche zur Vervollständigung der Geschichte
des Magdeburger Rechts dienen könnte. Es war zum Theil von
zufälligen Umständen abhängig, welche Handschriften ich berück-
sichtigen konnte, welche mir unbekannt oder unzugänglich geblie-
ben sind. Wenigstens dürfte aber ein Anfang gemacht sein, einiges
Licht in die Geschichte des Weichbildrechts zu bringen und die
Gesichtspunkte festzustellen, von denen bei Beschreibungen von
Weichbildrechts-Handschriften künftig auszugehen ist. Vielleicht
glückt es einst, eine bessere und correctere Handschrift der
ältesten Gestalt des Magdeburger Schöffenrechts aufzufinden als
der Breslauer Codex II. Q. 3. Vorläufig blieb nichts übrig, als
ihn der Textausgabe zu Grunde zu legen und seine Fehler und
Lücken aus den anderen, aus S. abzuleitenden Handschriften, zu
verbessern und zu ergänzen*).

---

*) Für diese Handschriften sind dieselben Bezeichnungen gebraucht,
die in dieser Einleitung angegeben sind, nur ist das Weichbildrecht
Conrad's von Oppeln bei den Varianten nicht mit Cr., sondern mit H.
bezeichnet, da die Lesarten desselben nach dem Heinrichauer Codex
(Homeyer 85) gegeben sind.

Der groze kuning Otto was der erste kunic, der Megedeburc stiftete; her vant ouch das silber erzt in me lande zu Sachsen. Her richtede ouch erst notnunftige clage. Na diseme keiser Otten deme grosen was der erste keyser kunic Otte der rote sin sun, der was daran nun jar; bi sinen ziten begunde man den alden tum alir erst zu buwende; her gab den tvmheren kanonikenrecht vnde den statluiten wichbilde recht nach ir willekur vnde nach der witzigisten rate.

Vgl. Weltchronik bei v. Daniels und v. Gruben, Sp. 35, Z. 13 und Sp. 37, Z. 13. *Diz Einleitung fehlt in den zur Familie U. gehörenden Handschriften;* Cr. u. H. haben: keiser Otte der rote der stifte den thum zen meydeburc vnd gap den steteren wichbilde recht nach irer willekure vnde nach der wizzegisten rate. Br.: De grote koning Otto buwede dy stad tho Magdeburg. Sin sone de rode könig Otto gaf eme wicbelde recht na orme wilköre vnd na der wittegesten rade. N.: Der groze kuning Otte buwete di stat zu megdeburg. Sin son der rote kunig Otte gab in wichbilde recht aller erst vnd besazte die stadt vnd sazte da schepfen vnd ratmanne nach irre willecore mit der clugesten rate vnd gab in sin privilegium darvf vnd bestetigete in das also is recht was mit sime hanciken vnd brieue. C.D.: Kunig Karl satzte erst das recht zu Sassen in dem lande vnde bestetigete das mit der vursten rate. Kunig Otte saz den hof zu Megdeburg vnd sazte erst wicbilde recht mit der guten knechte willekure von dem lande zu sassen vnde mit der witzegisten rate vnde gab den steteren zu Megdeburch recht nach ir willekure vnde nach der witzegisten rate. G.: Bi des grozen koning Otten cieten wart Megdeburc gestift alrest. Bie sinen cieten buwete man daz kloster zu Berge. Sin son, der rote koning Otto, der gab den steteren wigbilde recht alrest nach irre willecvre vnd nach der witzegisten rate. Bie sinen cieten was ein bischof zu Megedeburg Adelbrecht genant, der entphinc sin pallium von deme pabeste Johanne vnde was an deme bizhtvm drieczen jar vnd sieben manden. (*Vrgl.* Weltchronik a. a. O. Sp. 37, Z. 32 fg.)

I. Wi man Meideburc besaczte.

§ 1. Do *a*) wurden si zu rate das si kuren scheppen und ratman; scheppen zu langer zit, di ratman zu einem iare, di svuren do vnde sveren noch alle iar svenne si nuwe *b*) kisen *c*) der stat recht vnd ere vnd vrumen czu bewaren, so si beste künnen vnde mugen mit der wiczigisten *d*) rate *e*). (Magdeb.-Bresl. R. v. 1261. § 1.)

§ 2 = Magdeb.-Bresl. Recht von 1261 § 3.

§ 3 = Magdeb.-Bresl. Recht von 1261 § 4.

§ 4 = Magdeb.-Bresl. Recht von 1261 § 2.

II. Von hoken recht.

Di da hoken heyzen vorbuzent si *a*) oder missetun si etzwas an meine — koufe *b*) das *c*) si der stat vnd der ratmanne gelubde brechen, spricht man in das czu, si wettent hut vnd har oder dry schillinge; das stet abir an den ratmannen, welch si *d*) nemen wollen ader lozen *e*).

III. Von unrechtem masse.

Magdeb.-Bresl. Recht von 1261 § 6.

IV. Von des burgreven ding.

§ 1. Ir *a*) hogeste richter *b*) ist der burgreve zu Megedeburg *c*), der sitzet dri voget ding *d*) imme iare; ein ding in sante Agethen tage, daz ander in sante Johannis, des lichten, tage, das dritte in dem achten tage sante Martenes. Komen dise tage an heilige tage oder an bundene zit *e*),

---

I. C. 1. D. N. 1. 2. Br. I, 1. Cr. H. 1. U. 1. 2. G. 1.]   *a*) CD. *fügen hinzu:* Do aber di stat besalzt wart zu M. vnde vzgegeben wart zu wicbilde recht vnde di hantvestene dar uf gegeben wart, do.   *b*) nuwe] NHG. si.   *c*) kisen] SCD. *fügen zu* mit der wiczigisten rate.   *d*) U. *fügt zu* luede   *e*) N. *fügt zu* Di ratmanne legen ire burdinge uz swenue si wollen zu der stat eren vnd vromen vnd kundigen das mit der wisesten rate.

II. Magdeb.-Bresl. § 5. C. 3. D 3. N. 3. Br I, 2. Cr. 2. U. 3. G. 2 Anf.] *a*) vorbuzent si] H. G ab si sich an ichte vorbozen; G *fügt noch zu* oder vorwirken.   *b*) an meinekoufe] G. H an der kure.   *c*) Die da hoken — das] C. ob die markethoken sich an ichte verwirken oder missetun si etwaz an der kure, so; N. swenne di hoken sich an ichte vorboren eder missetun si etteswas an meinkore.   *d*) CH. *fügen zu* erst.   *e*) ader lozen] *fehlt* CDNUGH.

III. C. 2. D. 2. N. 4. Br I, 3. Cr. U. 3. G. 2]

IV. Magd.-Bresl. § 7. 8. 19.   C. 11.   D. 11. 12.   N. 5. 6. 7. 14. Br. I, 4—7.   Cr. 4. 5.   U. 4. 5.   G. 3. 4. 5 Anf.]

§ 1. *a*) Jr.] G. Vnse.   *b*) CNGH. *fügen zu* der da (GC. hie; H. do zu Magd.) gerichte sitzet.   *c*) zu Megd. *fehlt* NH.   *d*) voget ding] M—Br. C. G. botding; N. gebot ding.   *e*) Komen — zit] C. kumen dise dingetage in vireltage oder in gebundene tage.

so verluset her sin ding, oder ne kumet her nicht: vnd were der schult-
heize dar nicht, so wirt ime des dinges ouch nicht, wanne her *f)* sal dem
burcgreven das erste vrteil vinden. Ne kumpt ouch der schultheise czu
dem dinge *g)* nicht, her wetdet dem burcgrefen *h)* czen phunt, es en
beneme ime ehaft not *i)*, das her *k)* nicht komen muge *l)*.

§ 2. Swaz so ungerichtes geschet vierzen nacht vor sime dinge, daz
richtet die burcgreve vnde anders nieman. *Not vnde lage vnde heimsuche,*
daz richtet der burcgreve vnde anderes nieman a). Ist iz, daz die burcgreve
dar nicht wesen ne mach, die burgere kisen einen richter in sine stat
umme eine hanthafte tat Des burgreven gewette sin dry phunt. Des
scultheizen gewette sint achte schillinge. Suenne der burcgreve uf steht
vnd gedinget hat, zo ist sin degedinc uze vnd leget alzu hant aldar des
schultheizen ding uz von deme nesten tage vber virzen nacht *b)*.

§ 3. Des burcgreven gewette *vnde weregelt a)* das gewnnnen wirt
in geheitem dinge, das sal man gelden *b)* vber sechs wochen.

V. Von des schultheissen dinge.

§ 1. = Magdeb.-Breslauer Recht von 1261 § 9.

§ 2. Des schultheizen ding ne mach dem manne nieman kundegen,
wan der schultheise selben oder der vronebote, nichein sin knecht. Enist
der schultheize da nicht zu hus, geschit ein vngerichte, die burgere setzen
einen richtere umme eine hanthafte tat. Der schultheise sal belent sin
vnd is sal sin recht legen sin; her sal ouch den ban haben von dem
heren des landes; *her sal ouch vri wesen vnde echt geboren vnde van dem*
lande, da das gerichte binnen ligget a).

§ 3. Dem burcgreven noch deme schultheizen enist nehein schepphe
oder burgere pflichtic vrteil zu vindene buzen dinge, iz ne were vmbe eine
hanthafte tat. Der burcgreve vnd der schultheize muzen wol richten alle
tage vmbe gelt ane gezuc. Is en sei danne, das ein burger einen
gast beklage *a)* oder der gast den burger *b)* mit geczuge, so mac

---

f) her] CNGH. der schultheize.   *g)* czu d dinge] H. zu d. burggrefen.
h) dem burcgr.] *fehlt in H.*   *i)* CGH. *fügen zu* die man bewisen moge
also recht ist.   *k)* C. *fügt zu* zu dinge.   *l)* das her n. k. muge] *fehlt in*
HG.   *Dafür hat* N. di eafte not schal he bewise alse recht is.

§ 2. *a)* Not — nieman] *fehlt in* S.; *steht aber in* CDNBrH.   *Vgl.*
Magdeb.-Bresl. v. 1261 § 40 a. Anf.   *b)* NBr. *setzen hinzu:* Geschet
eine not eder ein ungerichte, das da mit der hanthaften tat vor deme
borcgreven mit clagen begriffen wirt, das in mac man vor deme schult-
heizen nicht geeude ane des borcgreven willen.

§ 3. *a)* vnde wergelt] *fehlt in* S.   *b)* gelden] G. leisten.

V. § 1. 2. Magd.-Bresl. § 9. 10. C. 12. D. 13. N. 8. Br. I, 8. Cr. 6.
U. 6. G. 6.]   *a)* her sal ouch vri wesen — ligget] *fehlt in* SHG.; *steht*
jedoch in C. *und mit kleinen Abweichungen in* M.—Br.UNBr.

§ 3. Magd.-Bresl. § 12. C. 12. D. 17. N. 9. Br. I, 9. Cr. 9. U. 9. G. 7.]
a) U. *fügt zu* vmb schoult.   *b)* H *fügt zu* beclage vmb schult.

her is wol richten c). Der gast mus aber sweren d), das her ein
wilde gast si vnd also verre gesessen, das her des dinges eines
tages nicht gesuchen muge e). Swelch irme denne sin gelt irteilt
wirt, der sal is gelden vber twerde nacht f).

VI. Von wunden.

§ 1. = Magdeb.-Bresl. R. von 1261 § 11.

§ 2. = Magdeb.-Bresl. R. von 1261 § 27.

VIIa. Von wunden.

Magdeb.-Bresl. R. von 1261 § 13, *mit dem Zusatze am Schluss:*
ob her in recht vor geladet vnd bechlaget hat.

VIIb. Von wunden.

Magdeb.-Bresl. R. von 1261 § 21.

VIII. Von wunden.

Wunden sich czwene vnder einander gliche vnd chlagen
gliche, swelher dem andern den kamp angewinnet, is get im a)
an di hant, ob di wunden beide kamperwirdic sin. Stirbet aber
der eine, des b) kamp gewunnen c) wirt, is get dem andern an
den hals.

IX. Von wunden.

Ob sich zwene wunden vnder ein ander gliche, der eine ge
czu dem richter in sin hus vnd chlage, der ander ge a) in di
vire bencke vnd chlage mit gerufte den scheppen b) oder den
dinge luten c) sin wunden d) vnd besende sinen richter mit sinen
boten e) vnd bewise im sine wunden. Her beheltet di erste
chlage, ob her des f) geczuc hat, an den scheppen oder an

---

c) H. *fügt zu* alzuhaut. d) U. *fügt zu* off mans in neit verwessen wil.
e) Der gast — muge] *fehlt in* H.; NG. *fügen hinzu* da bedarf man czwier
schepfen zu. f) N. *fügt zu* Is in sal ouch nich ein schepfe nach einander
driens (vrteil) vinde.

VI. § 1. C 14. D. 14. N. 10 Anf. Br. I, 10. Cr. 7 Anf U. 7. G. 8 Anf.]

§ 2. C. 14. D. 16. N. 11. Br. I, 12. Cr. 8. U. 8. G. 10 Anf.]

VIIa. C. 13. D. 18. N. 12. Br. I, 13. Cr. 10. U. 10. G. 12.|

VIIb. C. 16 Anf. D. 63 Anf. N. 15 Br. I. 15. Cr. 12. U. 11. G. 14. 63.|

VIII. C 15. D. 25. N. 40. Br. II, 30. Cr. 31. U. 45 § 2. G 29 u 70.]
a) im] C. ienem; H. dem andern. b) des] CNG 70. e der c) gewunnen]
G. 29. gelobet.

IX. C. 19. D. 26. N. 11. Br. II, 31. Cr. 30. U. 44. G. 30.] a) ge]
CNHG. kume. b) G. *fü,t zu* oder deme vroneboten c) N. *fügt zu* vnd
wise. d) sin wunden] *fehlt in* G. e) N. *fügt zu* eder ge selbe zu dem
richtere vnd clage. f) des] *so* CDNHG.; S. sin.

den dingeluten *g*), das her binnen den vier bencken ge-
chlaget hat *h*).

X. Von wunden.

Wunden sich czwene vnder einander, der eine mit einem
swerte, der andere mit einem messer, ob die wunden kampwirdic
sin *a*), dem mit dem swerte geht is an di hant, dem mit dem
messer get is an den hals, wende das messer ein duplich mort ist *b*).

XI. Von vernachteter sach.

Ob ein man gewundet wirt *a*) vnd sin sache vornachtet, man
sal ime tedingen czume nechsten dinge. *Wirt ein man gewundet
vnde die wunde nicht campfwirdic ist, vnde kumet her vor gerichte vnde
claget, man sal im tedingen zum nehesten dinge b*). Ist aber di wunde
kampwerdic, so sal man im czu hant einen richter seczen *c*) ume
ein hanthafte tat.

XII. Von wunden.

Werden czwene man gewundet vnd komen beide vor ge-
richte vnd chlagen, der eine uf den andern, der die erste vor-
chlage geczugen mac, der gewinnet dem andern den kamp an,
ob her en zu rechte gegruzet hat a) vnd ob die wunden kampwerdic
sint *b*). Wirt aber ein kamp gevristet czu tage vnd mietet *c*) der
man einen kempen uf den andern *d*) vnd mac iener daz be-
czugen *e*), daz der kempe ein merte *f*) man sy, her weigert im
kampes mit rechte.

XIII. Von wunden.

Wundet ein man den andern vnd wirt her vorburget czu
dem dinge vnd wirct yme der richter einen vride *a*) vnd slecht

---

g) an den sch. — dingel.] *fehlt in* GH.   *h*) N. *fügt zu* vnd sine wunden
mit gerufte bewiset habe

X. C. 20. D. 27. N. 42. Br. II. 32. Cr. **33**. U. 45 § 1.]   *a*) N. *fügt
zu* vnd komen vor gerichte vnd clagen vnd wirt in ein kampf gelobet.
b) wende — mort ist *fehlt in* N.

XI. C. 21. D. 28. N. 43. Br. II, 33. Cr. 34. H. 45 § 3. 4. G. 31.]
a) gewundet wirt] H. den andern wundet.   *b*) Wirt ein man — dinge]
fehlt in S. G.; *steht aber in den übrigen Recensionen.*   *c*) einen richter
setzen] C. ze hant richten.

XII. C. 22. D. 29. N. 44. Br. II, 34. Cr. 35. U. 45 § 5. 6. G. 32]
a) ob — gegruzet hat] *fehlt in* S.   *b*) vnd ob die wunden — sint] *fehlt in* U.
c) mietet] G. gewinnet *d*) uf den andern] G. uffe einen vmbescholdenen
man an sinem rechte.   *e*) G. *fügt zu* selbsiebende.   *f*) merte] U. gemiedet.

XIII. C. 23. D. 30. N. 45. Br. II, 35. Cr. 36. U. 45 § 7. 8. G. 33.]
a) vnd wirct — vride] *fehlt in* G.

her in darnach tot vnde wirt her vorburget *b*) ume die schult *c*),
her ist ime doch neher czu engen selbe sibende des totslages,
denne is iener uf in geczuge muge *d*). Kumet her aber vor czu
dem gedinge vnd wirckit im der richter *e*) einen hantvride und
wirt der gelobet vor dem richter vnd vor den scheppen *f*) vnd
slecht her in darnach tot, daz mac man bas uf in geczugen mit
dem richter vnd mit den scheppen *g*), denne is iener enger mac *h*).

XIV. Von wunden.

Wunden sich czwene vnder einander vnd komen beide vor
gerichte vnd chlagen vnd di chlage wirt gevristet czu dem dinge;
der erste, der *a*) gechlaget hat, der sterbe von der wunden vnd
werde also tot vorbracht czu dem gedinge, vnd der ander, der
gewundet sy, kome ouch czu dem gedinge *b*), vnd des toten mac
spreche den gewundeten man an mit geczuge *c*), das her sinen
nechsten getelinc geslagen *d*) habe *e*), vnde bite dorvmme gerichtes
sunder kamp *f*). So bite iener einer gewere czu rechte vnd
brenge sine vnschult mit sime geczuge *g*) czu engende des tot-
slages. Geczuget her is als recht ist, her ist neher im czu
engene *h*), danne is iener uf in geczugen *i*) mac; wande si bede
der chlage vor gerichte begunt haben *k*). Sin geczuc sal aber
also gen, das der vrhabe des toten were vnd sin nicht. Vnd mac
her siner czuge czuhant nicht gehaben, her gewinnet sin tac dry

---

b) N. *fügt zu* wan zu deme dinge   *c*) schult] G. **clage.**   *d*) N. *fügt zu*
he in gruze in denne kemplichen an.   *e*) CHU *fügen zu* in gehegtem
dinge.   *f*) H. *fügt zu* vmb di erste wunde   *g*) mit dem r. vnd d. sch.]
fehlt in H.; N. *fügt zu* das da ein recht hantvrede gelobet worde.
h) kumet — mac.] *Statt des Schlusssatzes hat* G.: Biut sich abir ein des
toten mac kecgen im zv kamphe wart, her muz antworten vmme sinen
hals. Hette abir der richter in gehegetem dinge einen hantvride gelobet
vnde sluge her in binnen deme burgezoge tot, daz mac man baz uffe en
gezvgen, denne hes vnschuldig muge werden.

XIV. C 24 D. 31. N. 46. Br. II, 36. Cr. 37. U. 46 § 1. G. 71.]
a) der erste der] G. der allererst.   *b*) vnd der ander — gedinge] *fehlt in* G.
c) mit geczuge] *fehlt in* N.   *d*) geslagen] NH gemordet.   *e*) N. *fügt zu*
des habe he vil gute gezuge.   *f*) sunder kamp] *fehlt in* N. dafür *fügt* N.
zu get die clage also, *g*) N. *fügt zu* als recht is selbsebinde.   *h*) N. *fügt*
zu mit gezuge des totslages.   *i*) geczugen] G gesagen.   *k*) So bite —
haben] H. yenir mag im doch bas entgehen des todslages selbsibende
wenne es yenir uf in geczewgen moge. Sprechet in aber yener kemph-
lichen an, er mus mit im fechten vmb seinen hals. Entgehet er aber mit
geczuge, so sal etc. *Aehnlich* N.

vierczehn nacht *l*). Sprichet in aber ein des toten mage an mit kampe, her mus antwurten vme sinen hals *m*).

XVa. Von wunden.

Magdeb.-Bresl. R. von 1261 § 53.

XVb. Von wunden.

Magdeb.-Bresl. R. von 1261 § 54.

XVI. Von lipgeczug.

Ob ein man ein wip nimet *a*) stirbet der man, daz wip hat an sime gute nicht, her enhabiz ir gegeben in gehegtem dinge oder zu morgengabe, di gabe zu irme libe *b*). Chein wip mac morgengabe noch libgedinge *c*) zu eigene behalden *d*), stirbet aber si, is get wider an des mannes erben *e*). — En hat ir *f*) der man *g*) kein gut gegeben, 'si besitzet an deme gute vnd di kinder sulen ir geben ire notdurft *h*), diewile sie ane man wesen wil. Hat der man schaf, di nimet daz wip zu der rade. — Wolde man der vrowen *i*) morgengabe *k*) brechen, sie beheldit si mit mannen vnd mit wiben, selbesibende di da kegenwerte waren. — Hat der man odir *l*) daz wip kindere, swaz so der usgeradet *m*) sin, stirbet der man *n*), di kindere die in der gewere *o*) sin, die nemen daz gut; die us geradet sin nicht; das erbe mugen si nicht vorkoufen ane erben gelob. — Di kindere di in dem erbe sin bestorben *p*), stirbet der eines, daz *q*) teilen sie geliche, beide di binnen vnde buzen sint *r*).

---

l) Vnd mac — nacht] *fehlt in* NG.; U *fügt zu* Darunder mach hie kiesen vierzein nacht, so wilche hie wil. *m*) Sprichet — hals] *fehlt* UHN.

XVa. C. 18. D. 32. N. 16. Br. I. 16. Cr. 27. U. 46. G. 48.]

XVb. C. 42. D. 49. N. 17 Br. I, 17. Cr. 28. U. 46]

XVI. Magdeb.-Bresl. § 14. 28. 15. 29. C. 51. D. 56. N. 20. Br. I, 20. 21. Cr. 14. U. 12. 23. G. 20.] *a*) G. *fügt zu* vnd b) in gehegtem d. — libe] GH. zu morgeng. oder in gehegt. dinge zu irme libe; N. zu morgeng. eder zu irme libe in geh. d.; CD. in geh. ding. od. zu morgengabe zu irme libe. Magd.-Bresl. u. U. *haben* in gehegt. dinge od zu libgedinge zu irem libe. *c*) chein — libgedinge] Magd.-Br. und U. nichein wip ne mach ir libgedinge. *d* M.-Br u. U. *fügen zu* noch vorkoufen. *e*) G. *fügt hier zu* Morgengabe behelt daz wip uffe den heiligen mit mannen vnd mit wiben die dar kegenwardig waren selbe siebende. *Dafür fehlt in* G. *der mit* Wolde man *beginnende Satz. f*) ir] G. abir. *g*) G. *fügt zu* der vrowen. *h*) notd.] M.-Br lipnare. *i*) der vrowen] *fehlt in* N. *k*) morgeng.] M.-Br. ir libgedinge. *l*) der man adir] *fehlt* G. *m*) usgeradet] M.-Br. uz gesunderet. *n*) man] G. dichein. *o*. in der gewere] G. in deme erbe besturben; M.-Br. in deme gute. *p*) Di kindere — bestorben] M.-Br. swar kint an einem erbe besturben sint. *q*) daz] M.-Br. daz gut; H das sein teil was, das. *r*) beide — sint] GH. *haben nur* buzen vnde binnen; *in* S. *fehlt* sint.

XVII. Von der vrone.

§ 1. = Magdeb.-Bresl. R. von 1261 § 30.

§ 2. = Magdeb.-Bresl. R. von 1261 § 16.

§ 3. = Magdeb.-Bresl. Recht v. 1261 § 17.

XVIII. Von gabe in suchbetten.

Magdeb.-Bresl. R. von 1261 § 18.

XIX. Von sippeczal.

Magdeb.-Bresl. R. von 1261 § 20.

XX. Von phaffen rade.

Magdeb.-Bresl. Recht von 1261 § 22; *jedoch lautet der Anfang:* Swer binnen geweren ist, blibet her phaffe, her nimet u. s. w.

XXIa. Von gabe.

Magdeb.-Bresl. Recht von 1261 § 23.

XXIb. Von dem geczuge.

Magdeb.-Bresl. Recht von 1261 § 26.

XXII. Von schult.

§ 1. = Magdeb.-Bresl. R. von 1261 § 24.

§ 2. Wirt ein man beclaget vmme schult vnd bekennet her des *a*), so sol her binnen vierczehen nachten gelden Engilt her nicht, so hat der richter sin gewetde gewunnen; so sal er ym gebieten zu geldene aber acht tage vnd denne obir drey tage, so gebewtit er ym obir die andere nacht *b*). Bricht er das, als dicke hat der richter seyn gewette gewunnen *c*). Gibet *d*) her des gewetdes nicht noch der schult, her vronet sine gewere. Da twinget her in mite, das her gelt *e*) schult vnd *f*) gewetde *g*). En hat her der gewere nicht, her tu in czu mitebanne *h*); so mac *i*) man in wol uf halden, wo man in ankumet vor das gelt *k*) vnde vor *l*)

XVII. C. 56 Anf. 39. D 20 Anf. 22. N. 21. 22. 26. Br. I. 22. 27. Cr. 15. 16. U. 13. 14. G. 16 Anf. 15 Anf. 23.]

XVIII. C. 5. D. 5. N 25. Br. I, 28. Cr. 17. U. 15. G. 24.]

XIX. C. 6. D. 6. N 28. Br. I, 32. Cr. 18 Anf. U. 16. G. 26 Ende]

XX. C. 7. D. 7. N. 29. Br. I, 31. Cr. 18 Ende U. 17. G. 26 Anf]

XXIa. C. 56 Mitte D. 20. Mitte. N. 19. Br. I, 19. Cr. 19 U. 20. G. 15 Ende.]

XXIb. C. 56 Ende. D. 20 Ende. N. 30 Ende. Br. I. 31. Cr. 21 Ende. U. 19.]

XXII. C. 29. D. 35. N. 30 Anf. Br. I, 23. 33. Cr. 20. U. 21. G. 64.] *a*) des] G. der schult. *b*) die and. nacht] G. den anderen tac. *c*) gewunen] *fehlt in G. In 8. ist der Satz von gewunnen — gewunnen aus Versehen des Schreibers ausgelassen.* *d*) Gibet] G. Hat. *e*) gelt] NC. gelde di. *f*) HCN. *fügen zu* daz. *g*) da twinget — gew.] *fehlt in* G. *h*) miteb.] N. banne. *i*) mac] CNG. muz. *k*) das gelt] N. di schult. *l*) NCH. *fügen zu* daz.

gewetde.   Swer in boben das helt, der wetdet dem richter *m*).   (Magd.-
Bresl. R. von 1261 § 25.)

XXIII.   Ob ein man betevart vert.

Magdeb.-Bresl. Recht von 1261 § 31.

XXIV.   Von der scheppen recht.

Magdeb -Bresl. R. v. 1261 § 32, 33.

XXV.   Von der sune.

§. 1. Magdeb.-Bresl. Recht von 1261 § 34, 35.   *Der Anfang
lautet:* Swor eine sune geschiet vor gerichte oder ein orvede, di
geczuget u. s. w.

§ 2. Magdeb.-Bresl. Recht v. 1261 § 36.

XXVI.   Von der rechten gewere.

§ 1. Magdeb.-Bresl. Recht v, 1261 § 37.

§ 2. Magdeb.-Bresl. Recht v. 1261 § 38.

XXVII.   Das der vater den sun usczich.

Ein man mac sinen sun dries*a*) us czihen, der in*b*) sinem
brot ist vmme allerhande vntat*c*) uf den heiligen selbsibende*d*).
Ist aber beide vater vnd sun beclaget, so en mac her den sun
nicht usczihen, her en habe sich selber aller erst us genommen
des vngerichtes*e*).

XXVIII.   Von vordientem lone.

§ 1. Ein man mac sine vordinet lone behalden vunf schil-
linge uf den heiligen*a*).   Wil der herre aber das volbrengen uf
den heiligen, das her ime vorgolden habe, selbedritte, her ist neher
ime czu engen *dan iencr su behaldene b*).

---

m) G. *fügt su* Jo welches tages also man im gebutet, so sol her im
daz ding kundegen lazen ober viercen nacht, ubir achte tage, ubir drie
tage, ubir den anderen tac.

XXIII. C. 8. D. 8. N. 34. Br. I. 38. Cr. 21. U. 18. G. 65.]

XXIV. C. 38. D 21 N. 35. Br. I. 39. Cr 22. U 24. G. 52.]

XXV. C. 27. D. 23. N. 36. 37. Br. I. 40. Cr. 23. U. 25. G. 27.]

XXVI. C. 27 Ende. 16 Ende. D. 24. N. 38, 39. Br I. 41. II. 29.
Cr. 23 Ende. 7 Ende U. 26. G. 27 Ende. 28.]

XXVII. C. 35. D. 38. N. 33. Br I. 37. G. 24 Anf. U. 60. G. 75.]
a) dries] H. dreistunt.   *b*) in] CG. binnen.   *c*) \vmme allerh vntat] *fehlt
in C. d*) slbsib.] *fehlt in* G., H. *fügt su* nach wicbilde recht, CDU. *schalten
hier* § 75 *des Rechtes von 1261 ein.   e*) Ist aber — vngerichtes] *fehlt in*
NBr. H.

XXVIII. C. 33. D. 37. N. 32, 31. Br. I, 36, 35. Cr. 24 Ende. U. 49.
G. 74.]

§ 1. *a*) N. *fügt zu* da nichein bewisunge ane ist; CDU. *schalten hier*
§ 77 *des Rechts von 1261 ein.   b*) dan — behaldene] *fehlt in* S.

§ 2. Wil ein man den andern schuldigen vmme win *ader a)*
umme anderen tranc, des enget her ime als vmme ander gelt*b*).

XXIX. Von valschem koufe.

Ob die hocken oder ander lute, swer si sin*a*), sich an ichte
verburen an valschem spisekoufe, so das si der stad vnd der
ratmanne gelubde brechen ame*b*) kure*c*), so das si hut vnd hare
mit phennigen losen oder vorburen*d*), di sint rechtelose*e*) vnd en
mugen keinen spisekouf mer vorkoufen ane der burger vnd*f*) der
ratman gelob vnd mvgen*g*) kein innunge me haben noch ge-
winnen ane der ratmanne gelobe noch*h*) an iren willen, ob si
innunge haben.

XXX. Von des vronenboten recht.

Nimet ein man en wituben binnen wichbilede, der sol dem
vroneboten*a*) geben vunf schillinge vnd ein helbelinc. Ist aber
das wip ein hubisch wip gewesen, das si keinen elichen*b*) man
hat gehabet, di en dorf nicht geben, wenne si vri gevaget*s*) ist*d*).

XXXI. Von pferdes gewere.

Verkouft ein man*a*) ein phert, her sal ienen*b*) geweren an
dem pferde*c*), das is nicht stetic si noch starenblint*d*) noch vn-
rechtes anvanges*e*).

XXXII. Von der dieb recht.

Wirt ein dieb begriffen mit dube, die minner denne drier
schillinge wert ist bi tages licht vnd vmbesprochen*a*) ist*b*) an

---

§ 2. *a*) ader] S vnd, N. *fügt zu* eder imme ander gelt eder. *b*) H. *fügt
zu* do yener keyne were an bewysen oder geczeugen mag; N. *fügt
zu* ab he von ime kumet

XXIX. C. 4. D. 4 Br. III, 22. U. 3. § 2. G. 2.] *a*) oder ander lute
swer si sin] *fehlt in* U., *dafür wird am Ende der Satz nochmals in Betreff
der* ander lute, di innunge haeven an spise kouffe *wiederholt.* *b*] ame] C. an der.
c) kure] U. meinkouffe. *d*) oder vorburen] *fehlt in* U. *e*) U. *fügt zu* inde
erloes. *f*) der burger vnd] *fehlt in* G. *g*) C. *fügt zu* san. *h*) noch] C. vnd.

XXX. Br III, 23. Troppauer Rechtsb. I, 56.] *a*) vroneboten] Tr. büttele.
b) elichen *fehlt in* Tr. *c*) gevaget] Tr. gesait. *d*) Ist aber — ist.] *Statt
dieses Satzes hat* Br. Heft aver dat wif nenen man gehat in echtschap, so
dorf sye eme nicht geven.

XXXI. C. 9. D. 9. N. 53. Br. III, 6. Cr. 38. U. 31. G. 36 Aufang.]
a) N. *fügt zu* dem andern. *b*) ienen] U. den anderen zu rechte. *c*) an
dem ph.] *fehlt in* NG. *d*) nicht stetic — starenblint] G. nicht si houbet
sich noch hertslegic. *e*) noch vnr. anvanges] H. vnd sal in geweren des
pferdes in rechtem anefange.

XXXII. C. 10. D. 10. N. 52. Br. III, 7. Cr. 30. U. 32. G. 36 Ende.]
a) vmbespr.] C. vnbescholden. *b*) vnd vmb. ist] *fehlt in* NG.!

sime rechte, is get ime czu hute vnd czu hare. Ist aber die schult hoher denne dry schillinge c), her schult des galgen. Der d) phenninge sullen aber drey schillinge einen halben virdunc wegen e). *Wirt aber ein dieb bi slafender died begriffen mit ses pfenningen f), her verschult den galgen g).*

XXXIII. Von heimsuchen.

Tut ein man dem andern heimesuche nachtes oder tages mit vnrechter gewalt a) vnverchlaget vnd b) veit in iener in der hanthaften tat c) vnd brenget in d) vor gerichte mit gerufte vnde hat her sine schreimann selbsibende siner nachgeburen e) vnd mac her di tat f) bewisen als recht ist, is get ime an den hals g). Ist dar aber kein hanthafte tat bewiset, so ist her h) neher ime czu engende mit sime geczuge i), denne her is in verczugen mac.

XXXIV. Von der vestunge.

Zcuhet sich ein man vs der vestunge vnd wirt her ledic getegedinget, der richter hat doch sin wetde daran. Zcuhet sich aber ein man us der vestunge a) vnd wil is im der richter nicht bekennen, her mac in wol ab seczen mit eime dingmanne b); wil in aber der richter c) darnach besweren, her mac in an nichte hoher besweren, wenne czu sime gewetde, ob her is d) geczuc hat, das her sich us der vestunge gesworen hat.

---

c) denne dry sch.] *fehlt in* G. d) Der] CN. Dirre. e) wegen] H gelden. *In* G. *fehlt der* phenninge — wegen. f) mit ses pfenn.] U. mit dufde di seis wert is; HG. *fügen zu* werdes gudes. g) Wirt aber — galgen] *fehlt in* S., *steht aber in allen übrigen Texten.*

XXXIII. C. 26. D. 19. N. 13. Br. I, 14. Cr. 11. U. 28 § 2. G. 13.] a) mit vnrechter gewalt] *fehlt* NU. b) vnverchlaget vnd] *fehlt in* CU, *steht aber in* D. c) veit — tat] NG. eder notiget ein man wip eder mait vnd wirt der man gevangen in der vrischen tat. d) U. *fügt zu* gevangen. e siner nachgeb.] *fehlt* G. f) tat] NG. not; H. tat oder not. g) NG. *fügen zu:* Vornachtet aber die sache, so richtet iz der borcgreve vnd anders niman. h) her] NCU jener. i) mit sime geczuge] CDNHG. selbesibende.

XXXIV. C. 25. D. 33. Br. III, 19. Cr. 75 U. 38 § 2. G. 11. und 72.] G. 11 *stellt die Sätze um und ist auch im Wortlaut abweichend.* a) Zcuhet sich aber — vestunge] *fehlt in* H. b) HU *fügen zu* want hie vngevangen vur gerichte komen is inde vnbeschriet. c) *In* G. 72 *ist der Satz hinter* wil is im der richter *bis* wil im aber der richter *ausgelassen, wol aus Versehen.* d) is] CH. des.

XXXV. Ob ein man gut beseczet.

Beseczt ein man koufschacz oder ander *a)* varende habe vmme schult von gerichtes halben vnd butet das uf czu dryn dingen alse recht ist vnd wirt hes geweldiget *b)* czu dem virdem dinge vnd gibet her *c)* sine vridebusse *d)* doruf vor dem richter vnd vor den scheppen *e)* vnd kumt iener darnach, sin gute zu verstande *f)*, diser erste ist neher sine wetteschaft czu behalden mit dem richter vnd mit der scheppen geczuge, wenne is us von den weren komen ist, denne iener czu behalden *g)*.

XXXVI. Ob ein man sin gut vergibet.

Gibet ein *a)* man sinem wibe ader *b)* sinen kinden sin gute *c)* in gehegetem dinge oder der vrowen czu irme libe mit erben gelobe *d)* vnde gibet her darnach an dem gute iemanne icht, iener dem die erste gabe geben ist, mac is wol widerreden mit rechte ob er wil, vnd ob her is geczuc hat an dem richter vnd an den scheppen, das ime di erste gabe gegeben ist vor dem richter vnd vor den scheppen mit erben gelobe *e)*, *vnd da ein recht vrede ober geworcht worde. Is in were denne mit siner willecore geschen, das di leste gabe gegeben worde eder ane sine wederrede vnd iene daruf vorderte bi der iare zale, so in mac he is nicht vntrede, ab is iene gezuk hat na rechte f)*.

XXXVII. Von czinse gute.

§ 1. Gibet ein man sinem wibe sin gebw *a)*, das uf czinsgute stat vor sime hoveherren vnd vor sinen nakeburen bi sinen ge-

XXXV C. 34. D. 36. Br III, 21, Cr. 13. U. 48. G. 16 u. 73.] *a)* ander] *fehlt* C. G. 16. *b)* wirt es geweld.] G. 16 wirt iz im erteilt. *c)* G. 73 *fügt zu* ime. *d)* vriedeb.] G. 16 wizzenschaft. *e)* vor d r. vnd v. d. sch.] *fehlt* G 16. *f)* verstande] G.16 ciende. *g)* diser erste — behalden] G. 16 iener deme daz gut erteilet is, der ist nahr daz gut mit gezvge zu behaldene denne jenir.

XXXVI. C. 52. D. 39. N. 23. Br. I, 24. Cr. 45. U. 52 G. 21, 76, 83 § 1 verkürzt.] *a)* ein] CG 21. der. *b)* ader] CG 76. vnd; G. 21 *fehlt* sinem wibe ader. *c)* G. 21 *fügt zu* bi sinem libe. *d)* G. 21 fügt zu in geh. dinge; CDUG 76. *fügen zu* vnd wirt da ein recht vride uber geworcht oder wen her ez joch gibit bi sinem gesunden libe mit erben gelobe. *In* N. *lautet der Anfang:* Gibet ein man sin gut sinen kindern bi sime libe, di ime ebenburdic sin eder sime wibe zu irme libe in geh. dinge vor richter vnd vor schepfen. *e)* vor dem richter — gelobe] *fehlt* G. 76. *f)* vnd da — na rechte] *fehlt in* S., *steht aber in* N. G. 21, G. 76 *u. a. Hds.*

XXXVII. C. 53 Anf. D. 40, 41. N. 24 Anf. Br. I, 25. Cr. 46 Anfang. U, 53. G. 22 Anf.]

§ 1. *a)* G. *fügt zu* bi sineme libe.

sunden libe*b*) vnd wiset her si dorin*c*), stirbet der man ane kint,
vnd wil sin erbe uf das gebw sprechen nach des mannes tode,
her en hat nicht doran, ob di vrouwe des geczuc hat, das is ir
gegeben si.

§ 2. Ist is aber eigen, do das gebw uf stet*a*), so brichet is
der erbe der vrouwen*b*), wenne is en mac nimant sin eigen
geben sinem wibe*c*), wenne in gehegetem dinge vor dem richter
vnd vor den scheppen, oder sin erbe sprichet doruf*d*).

§ 3*a*). Ist is aber erbe cinsgut*b*), so en mac her is sinem
wibe nicht gegeben, her en tu is denne mit des herren willen,
der das gut bestat*c*).

XXXVIII. Von varender hab.

§ I. Hat aber ein man koufsch*a*cz oder varende habe, das
her mit dem gute gekouft habe*a*), das in angeerbet*b*) si von sinem
vater*c*), das en mac her sinem wibe*d*) nicht gegeben, wenne in
gehegetem dinge vor dem richter vnd vor den scheppen*e*).

§ 2. Hat aber ein man gute ererbeit, sint dem male das her
sin wip nam vnd leget her das an koufschacz oder an varende*a*)
habe*b*), das mac her gebin bi sinem gesundem libe, swenne her
wil*c*), an iemandes widerrede.

XXXIX. Von der wituben recht.

Hat*a*) aber ein man eine witube, di kinder hat vnd en hat
her kein gut noch si kein gut vnd hat der man einen sun by

---

b) bi sinen ges. libe] *fehlt* G.   *c*) G. *fügt zu* als recht ist.

§ 2. *a*) Ist is aber — stet] N. Is aber di erde mit gebuwe sin eigen.
b) NG. *fügen zu* is en si de vrowen gegeben in geh. dinge; G. *setzt noch
zu* vor dem r. vnd vor den sch. *c*) N. *fügt zu* daz iz ir helfende si.
d) oder — doruf] *fehlt in* N.

§ 3. *a*) *Der Paragraph fehlt in* N. *b*) G. *fügt zu* vnd en iz sine wibe
nicht geliegen. *c*) der das g. bestat] U. dem dat guet besteit, G. von dem
hez entpfangen hat.

XXXVIII. C 53. D. 42 N. 24 Ende. Br. I, 26. Cr. 46 Ende. U. 54 Anf
G. 22 Ende. S3 Ende verkürzt.]

§ I. *a*) das her - gekouft habe] *fehlt in* C. *b*) angeerbet] G. 22 an-
gesturben. *c*) v. sin vat] G. 22 von sinem rechten erben. *d*) G. 22 *f. zu*
noch sinen kinderen *c*) N. *fügt zu* mit erben gelove.

§ 2. *a*). vnd leget — varende] N. *hat statt dieser Worte* das in nicht
angeerbet si von sime vatere. *b*) sint dem male — habe] *fehlt in* G. 22.
c) N. *fügt zu* is si wenik ader vil

XXXIX. C. 54. D. 43. N. 48. Br. III, 2. C. 44. U. 54 Ende. G. 77.]
a) Hat] N. Nimt.

sime ersten wibe vnd irerbeiten si gut vnd legen si is an eigen
vnd *b*) an varende habe oder an koufschacz vnd stirbet der man
darnach vnd di vrouwe *c*); des mannes sun ist neher dem erbe
czu nemen danne der vrouwen kinder sin *d*) oder ir tochtir kin-
der oder ir sustir kindere, ob der sun dem vater ebenburtic ist *e*).

XL. Von schulde.

Beclaget ein man den andern vmme schult, die her ime
schuldic si vor sinen vater, her sal in is inneren alse recht ist.
Wil aber iener sweren, das her sinem vater gegolden *a*) habe *b*),
das mus her tun selbsibende *c*) nach toter hant.

XLI. Von erbeczinsgute.

Hat ein man erbeczinsgut von einem goteshus vnd bekennet
is ime der herre nicht oder der covent, der man mus *is a*) be-
halden selbe sibende siner erbe genossen. Der sal ieglich sunder-
lich sweren, das is sine rechte *b*) cinsgut si. Wil aber der herre
den siben ires gutes nicht bekennen, so mus *c*) ir ieglich behalden
sin gut d) selbe siben siner erbe genossen.

XLII. Von eigenes geczug.

§ 1. Sal aber ein man geczugen uf eines mannes eigen selb
sibende oder selbedritte *a*), das mus her tun *b*) mit besessen luten,
di da dinge phlichtic sin in dem gerichte *c*).

§ 2. Sal aber ein man vergoldene schult volbrengen uf eines
mannes eigen, das sullen sin besessen lute, die *a*) dar dinc-
phlichtic sin *b*), ob is vor gerichte geschehen ist *c*).

---

b) an eigen vnd] *fehlt in* C. *c*) vnd di vrouwe] G. vnde en hat
der vrowen nicht gegeben bi sime libe. *d*) N. *fügt zu* ab di vrowe
vnbegabet is an deme gute. Des mannes ebenburtige swertmac ist nar
deme erbe, denn der vrowen. *c*) N. *fügt zu* Der vrowen naste sippine nimt
aber ire gerade.

XL. C 31. D. 44. N 27. Br. I, 29. Cr. 103. U. 51. G. 25 Anf.] *a*) ge-
gold | C. vergolden. *b*) Wil aber iener — habe] N. en innert he is
nicht alse recht is, he vntget ime mit siner vnschult, ap he in ana geczuk
ane spricht. Beclaget he in aber mit gezuge vnde spricht iene, he habe
im vergolden. Aehnlich G. *c*) N. *fügt zu* ap di sache gewant is.

XLI. C. 44. D. 45. N. 49. Br. III, 3. Cr. 41.] *a*) is] S. ine, N. sin
erbe cinsgut. *b*) CN. *fügen zu* erbe. *c*) so mus [N. he twinget si damit
daz. *d*) sin gut] *fehlt in* S., C. iz.

XLII. C. 45. D. 46. N. 51. Br. III, 5. Cr. 42. U. 59. G. 78 u. 35 Ende.]
§ 1. *a*) selbs. ad. selbdr.] G. 35 buzen dinge. *b*) tun] G. 35 gezugen.
c) di da — gerichte] G. 35 die dar ime gerichte wonehaftic sint.

§ 2. *a*) di — geschehen ist] *fehlt in* N. *b*) CG. 78 *fügt zu* in dem
gerichte. *c*) ob is — ist] *fehlt in* C., *anstatt des* § 2 *hat* G. 35 Ist iz aber

XLIII. Von vergoldener schulde.

Beclaget aber ein man den andern vmme schult vnde claget a) iener, her habe im vergolden, das mus her volbrengen selbdritte mit so getanen luten, di vnvorworfen sin an irme rechte b).

XLIV. Von clage.

Ob zweier manne clage ufgehalden wirt an gehegetdem dinge vor dem richter vnd vor den scheppen a) mit des richters willen vnd mit der sachweldigen beider willekure, das man is vorminnen b) sulle ane gerichte c) vnd nicht me die clage czu vorderende d) vnd sich e) di herren vnderwinden czu vorminnende f); wil der sachweldigen ieniger darnach sine clage vernuwen vor gerichte g), vmme di clage, ob her *des geczuc h*) hat an deme richter vnd an den scheppen, das man is vorminnen sulde ane gerichte i), her sal ime nicht antwurten k).

XLV. Von der gabe.

Di gabe di der vrouwen oder dem manne gegeben werden vor gerichte in gehegetdem dinge, da mac der man mit sinem teil a) das her enphangen hat, tun was her wil an iemannes widersprache. Dasselbe mac das wip b) mit irme teil tun, das si enphangen hat czu glicher wis. Stirbet die vrouwe an erben, so das si keinen erben c) hat bi irme manne, so erbit ir d) teil uf iren nechsten mage, her si wip oder man, der ir ebenburtic ist. Dasselbe tut der man dem synen e), der im ebenburtic ist f).

---

vor gerichte geshen, so muz hez gezugen mit deme richtere vnde mit den schepphen.

XLIII. D. 47. N. 51 Ende Br. III, 5. Cr. 43. U. 50 a. E. G. 78 und 35 Ende.] a) D. saget. b) *Der Artikel lautet in* NHG. 35: Sal aber ein man vorguldene schult volbrenge umme gelt, das mugen wesen allerhande lute, di man rechtlos nicht scelde mac.

XLIV. C. 41. D 43. N. 18 Br. I, 18. Cr. 20. U. 47. G. 79.] a) vor d. r. vnd vor d. sch.] N. vor gerichte. b) vorminnen] H. vorebenen. c) N *fügt zu* vnd wirt di sache gelazen an rat an ire vrunt an beidenthalben mit irre willekore sich zu ebene d) G. *fügt zu* vor gerichte e) C. *fügt zu* des. f) vnd sich — vorminnende] *fehlt in* N. g) CNG *fügen zu* vmme di schult, iener ne hat im nicht zu antwortene. h) des geczuc] S. si gesucht. i) ane gerichte] *fehlt in* CN. k) her sal — antwurten] *fehlt in* CNG.

XLV. C. 46. D. 50. N. 47. Br. III. 1. Cr. 25. U. 55. G. 34.] a) der man m. s. teil] NHG. di vrowe mit irem teil. b) das wip] NHG. der man c) hat] NCHU. gewinnet; G. vindet. d) so erbet ir] CNHG. si erbet iren. e) dem synen] CHG. syn teil dem. f) der im ebenb. ist] HG. zu glicher wis. *Der Satz von* Dasselbe *bis* ist *fehlt in* N. *und ist in* S. *ein Marginalzusatz.*

Darczu al das golt vnde silber vngeworcht g) vnd korn vnd
vleische vnd win vnd bier vnd alle gewant, das nach dem dri-
sigsten vber loufet oder h) blibet, das koret alles czu des mannes
erbe vnd nicht czu der vrouwen; sunder di musteile, di nimt di
vrouwe halp vnd des mannes erbe halp i).

XLVI. Von dem erbe.

§ 1. Dis ist, daz czu dem erbe gehort: All golt vnd silber
vngeworcht, al silberin gevesse a), gewant linein vnd wullyn, das
czu vrowen cleider nicht gesniten ist, vnd phanne, die stille stan,
vnd buten b), alle kessil sunder einen waschkessel, der horet czu
der rade; all eigen, das vnbegabet ist vnd alle harnasch vnd ein
swert, alle ereyn gropen c), morsere vnd ein gurteil, bratzen vnd
des mannes vingerlyn d), alle slechtige kasten, stule, sidelyn,
tysche, hantvas e), becken f) twelen, kornkasten g) melkasten, alle
swin, di man ime hove czuget horen czu dem erbe.

§ 2. h) Alle mastswin gehoren zu der musteile, da man
musteile gibet vnd alle gehovete spise di binnen des mannes
geweren ist vnd alle kuphen di ledic sin. Di musteile nimet
das i) wip vnd nicht k) ir naste spinne.

XLVII. Von der rade.

§ 1. Swenne der man stirbet, so nimet das wip di rade.
Da horet czu alle geworcht golt vnd silber, das gancz ist vnd a)
czu vrouwen czirde horet vnd alle vingerlin, bogen b) vurspanuschel,
czapel vnd gurtel von siden geworcht, di vrouen phlegen czu
tragen; vnd alle schafe, di us dem hove gen c), vnd gense vnd
enten; vnd kasten mit ufgehabenden liden, bette, phule, kussen,
lilachen d) dekelachen e) rukelachen, vmmehengen, depte, stullaken,
tischlaken, twelyn vnd alle wipplich cleyder, lynyn garn, vlachs,

---

g) vngew.] *fehlt in* G.   h) loufet oder] *fehlt in* CNHG.   i) sunder — halp]
fehlt in G.

XLVI. C. 47. D. 51. Br. III, 8. Cr. 26. U. 56. G. 38.]   a) al silb.
gev.] *fehlt in* G.   b) CDHUG. *fügen zu* vnd seivaz.   c) gropen] U. doppe;
G. topphe.   d) HU. *fügen zu* hoeret zo dem erfve.   e) U. *filgt zu* zwe.
f) U. *filgt zu* ene.   g) tw. u. kornk.] *fehlt in* G.   h) § 2 *fehlt in* G
i) das] CHU. des mannes.   k) nicht] *fehlt in* S., *steht aber in* CHU., *vgl.*
auch XLVII. §. 2. a E.

XLVII. C. 48. D. 52. 53. Br. III. P. Cr. 55. U. 57 b. G. 39. 40. Vgl.
Sachsensp. I. 24. Magdeb.-Bresl. R. v 1261 § 58.]

§ 1.   a) gancz ist vnd] *fehlt in* G.   b) bogen] C. bonge.   c filgt zu
di gehorent zu der rade.   d) C. *filgt zu* vnde kulten, badelachene, vor-
henge, sperrelachene e) dekel achen] *fehlt in* C.

lin, phannen di man usmitet f), vnd alle vas di man welczen mac, vnd tröge vnd schufen, legelin bekene, luchter vnd alle bucher, di vrouwen phlegen czu lesen, laden vnd soumschrein vnd noch mannicher hande dinc, alleine nenne ich si sunderlich nicht g).

§ 2. Swenne dem manne das wip stirbet, so nimet ir neste spinne di rade; di sal dem manne berichten sin bette als is stunt a), mit einem bette vnd kussen vnd lilachen vnd kolten vnd stulaken; sine bank mit einem phule, der tegeliches doruf lac, sinen tisch als her stunt. Das wip nimet kein musteile.

XLVIII. Von vormunden.

Swenne der man stirbet der kinder hat a), di czu iren iaren nicht kumen sin, ir nechste ebinburtige swert mac sal ir vormunde sin bis si czu iren iaren komen vnd ist der czu sinen iaren nicht komen b), so sal sin helfer sin sin nechste c) ebenburtige swertmac also *lange d)*, bis si ir rechte vormunde vorstan muge vnd sal in des gutes von iare czu iare bereiten, war her is hin getan habe in iren nucz e).

XLIX. Von erbegute.

Beclaget ein man den anderen vmme sin a) gut, das is sin recht erbe b) si vnd das is in angeerbet si von sinem vater c) vnd das is ime iener mit vnrechte vorhalde vnd kumet iener danne vor, uf den die clage get vnd saget, her habe des gutes rechten d) geweren vnd habe di gewere an dem gute gehabet iar vnd tac ane rechte e) widersprache vnd ist min f) recht czinsgut, her

---

f) C. *fügt zu* di horen zu der rade. g) *In* G. *ist der Paragraph vielfach verkürzt und in der Aufeinanderfolge der Worte verändert.*

§ 2. a) *Das Folgende lautet in* G.: do sin wib lebete vnd sinen stul mit eime kussene vnd sine bang mit eime phole.

XLVIII. C. 49. D. 54. N. 52. Br. III. 10. Cr. 50. U. 57. G. 37.] a) Swenne — hat] N. stirbet ein man, di kindere. b) vnd ist der — komen] G. vnd en mag her sie nicht vorstehen an irme gute. c) nechste] *fehlt in* N. d) lange] *fehlt in* S.; *steht aber in* CDNHUG. e) war her is — nucz] *fehlt in* NUG.; N. *fügt dafür zu:* vor iren vormunden also lange wanne si ir rechte vormunde vorsten muge eder si selber zu iren iaren kumen; G. *hat:* wa si ez in vmbedorft vortan haben, also lange wanne si ir rechten vormunden vorstahen mugen an irme gute.

XLIX. C. 55. D. 55. N. 50. Br. III, 4. Cr. 40. U. 59 Anf. G. 35 Anf.] a) sin] CNHG. ein. b) erbe] G. eigen. c) H. *fügt zu* adir von einem andern seinem frunde ader seynen vorfaren. d) rechten] *fehlt in* HG. e) ane rechte] G. ane jemandes. f) vnd ist min] C. vnd si sin.

mus den weren *g*) benumen vnd brengen czu tage vnd *h*) *behelt i*)
mit dem geweren sin czinsgut daran, ob her is *k*) gewert wirt
als recht ist von *l*) dem geweren. Wirt ime aber bruch an dem
geweren *m*), iener behelt sin egelicben geweren an dem gute;
wenne iglich man behelt *n*) sin erbe eigen baz denne ein ander
gekouft eigen oder gesaczte *o*) eigen oder czinsgute *p*).

L. **Von usgeradeten kinderen.**

Stirbet der man dem wibe *a*) vnd hat her kinder usgeradet
vnd hat er einen sun oder ein tochter vnbestatet imme hus, di
kinder mussen wol ir gebw vorkoufen mit der muter willen ane
der kinder gelob, di usgeradet sin.

Ll. **Von hanthafter tat.**

§. 1. Veit ein man den andern, der ime sinen nechsten
getelinc geslagen hat oder *a*) in selbe gewundet hat in einer
hanthaften *b*) tat vnd bringet her in vor gerichte mit gerufte, uf
den sal di clage alsus gen *c*): Herre her richter! ich chlage got
vnd uch, das dirre selb man, den ich gevangen habe in einer
hanthaften tat, ist komen binnen wichbilde in des keysers strasse
vnd hat den vride *c*) an mir gebrochen vnd hat mich gewundet
vnd geroubet libes vnd gutes *d*) vnd hat di not an mir getan, di
ich wol bewisen mac *e*); vnd do her den vride an mir brach, do
sah ich selbe in selben vnd beschriete in mit dem gerufte vnd
habe in her *f*) vor gerichte bracht, vnd wil in des vberwinden
mit minen schrimannen vnd mit minen geczugen *g*) vnd vrage in

---

g) NG. *fügen hinzu* zuhant. *h*) czu tage vnd] N. czu dem dinge binnen dren
virczen nachten vnd brenget he den weren, he. *i*) behelt] *fehlt in* S.
k) C. *fügt zu* nicht. *l*) von] G. mit *m*) Wirt ime — geweren] *fehlt in* C.;
N. *fügt hinzu* he vorluset. so zut sich mit siner egenl. gew. zu sime gute.
n) behelt] G. muz baz behalden. *o*) gesaczte] G. gegeben. *p*) N. *fügt zu*
daran behalden muge; G. muge behalden.

L. C. 50. D. 57. Br. III 20. G. 80.] *a*) der man dem wibe] CG.
einem wibe ir man.

Ll. C. 60. D. 65. N. 10 Br. I, 11. Cr. 32. U. 73. G. 9.]

§ 1. *a*) ime — oder] *fehlt in* U. *b*) hanthaften] H. frischen. *c*) uf
den — gen] H. der sal also clagen mit vorsprechen. *Der Eingang lautet
in* G.: Sol ein man dem anderen sine haut abgezugen vmme eine wunden,
der mit gerufte gevangen in einer hanthaften tat vor gerichte gebracht
wirt, vber den sol di clage alsus gen. *In* N., *wo dieses Capitel an VI* § 1.
angehängt ist, fehlt der Eingang. *c*) vride] N. wichvrede. *d*) vnd geroubet
— gutes] *fehlt in* N.; *e*) vnd hat di not — bewisen mac] *fehlt in* NHG.
f) H. *fügt zu* gevangen. *g*) C. mit miner schrimanne geczuge; NH. *fügen
zu* also mir bi das recht irteilet.

einem vrteil czu versuchen, wi ich in des vberwinden *h*) sulle
als is mir helfende sy czu mime rechte. So bitet iener einer
gewere czu rechte *i*) vnd saget, her sy sin *k*) vnschuldic *l*). Jener
der in gevangen hat in der hanthaften tat mac ienen bas vber-
czugen, denne is iener vnschuldic werden mac, mit sinen schrei-
mannen *m*). Geczuget her is als recht ist, is get ienem an di
hant, ob die wunde kampwirdic ist, vmme den totslag an
den hals *n*).

§ 2. Zu geczuge mac her haben ieglich man, den man
rechtelos nicht bescelden mac an *sinen vater vnde sinen bruder
vnd a*) sinen sun vnd sinen knecht.

Lll. Von vngericht.

§ 1. Allerhande geczuc, der *a*) vor gerichte umme vnge-
richte *b*) in einer hanthaften tat begriffen wirt, das sal man
clagen mit geschrei *c*) durch di hanthaften *d*) tat, di man da be-
wisen sal. *Di hanthafte tat ist da, da man einen man mit dube oder
mit roube gevangen vor gerichte brenget mit gerufte e*). Di hanthafte
tat ist da ouch, da man einem manne das swert oder *f*) ander
waffen in der hant begrifet, da her den vride mit gebrochen
hat *g*) vnd gevangen vor gerichte vuret *k*) mit gerufte *i*).

---

h) wi ich — vberwinden] NHG wi ich des volkumen.   *i*) einer gew. czu
rechte] HG. einer rechten gewere; U. *fügt zu* of hi wille.   *k*) sin] *fehlt
in* CU.   *l*) saget — vnschuldic] HG. secge sich vnschuldic der tat. N. So
bete iener einer rechten gewere imme di clage vnd vormesse sich sines ge-
zuges mit siner vnschult zu intgende.   *m*) G. *fügt zu* selbsibende; NH. *fügen
zu* wanne he in in der hanthaften tat gevangen vorbrachte vor das gerichte
mit gerufte.   *n*) an di hant — hals] NG. an di hant eder an den hals, ap
di sache so gewant is.

§ 2.   *a*) sinen vater. — vnd] *fehlt in* S.; *steht aber in den übrigen
Texten und in* S. *findet sich der Marginal-Zusatz* vnd synen bruder.

Lll. § 1. C 57. D. 66. Br. III, 15. Cr 51. (abweichend). U. 71.
G. 18.]   *a*) Allerhande — der] C. All. sache di; U. All. clage, di;
G. All. vngerichte, daz mit clage.   *b*) vmme vnger.] *fehlt in* D.
c) geschrei] CUG. gerufte.   *d*) hanthaften] G. schinbaren.   *e*) Di hanth.
tat — gerufte] *fehlt in* S.; *steht aber in* CDUG.   *f*) U. *fügt zu* ein metz
of.   *g*) U. *fügt zu* inde off hie an der vlucht der daet begriffen wirt, den
sal der cleger selff sevenden verwinnen na vredes recht, of di hanth.
daet mit dem manne vurbracht wirt.   *h*) vuret] CDG. bracht wirt.   *i*) G.
fügt zu oder wirt her gevangen in der vlucht der tat, da her den vride
gebrochen hat.

9*

§ 2. Roubet aber ein man sine stetere *a*), der eigen vnd lehen *b*) binnen wichbilde hat, *vnd tut her das vnvorclagtes dinges vor seynem landesherren vnd seinem richter c*), dem sal man sin gebw vorteilen mit vrteilen *d*) vnd ufhowen vnd das gebw ist gemeine aller lute.

§ 3. Wirt aber einem manne sin gebw vorteilet, so das da maget oder wip inne genotiget wirt *e*), das gebw sal man ufhowen vnd nicht dannen vuren.

---

§ 2. 3. C. 57. D. 66. Br. III, 11. 12. Cr. 105. U. 69. N. 55 (abweichend). G. 17 (abweichend). Breslau - Glogauer Weisthum von 1314 Art. 33.] *a)* stetere] Br.-Gl. burgen. *b)* lehen] Br.-Gl. gut. *c)* vnd tut — richter] *fehlt in* SCD., *steht aber in* Br.-Gl. CHU. *d)* mit vrteilen] *fehlt* Br.-Gl. *e)* wirt] C. ist.

Zusätze des Magdeburg-Görlitzer Rechts von 1304.

Es sind nur diejenigen Artikel hier zusammengestellt, welche weder aus dem Sachsenspiegel noch den Magdeburg-Breslauer Weisthümern von 1261/83 und 1295 entnommen sind.

1. (Görl. 8 a. E.) Ist die wunde gestochen mit eime mezzere vnde wirt der man gevangen in der vrishen tat vnde vor gerichte bracht mit gerufte, her mac im sprechen an sinen hals ob her wil, wanne daz mezzer ein duplich mort ist. *(Vergl. Schöffenrecht Art. 10.)*

2. (Görl. 10 a. E.) Wirt ein man vorvestet vnde cumet her vngevangen vor gerichte vnd wil sich vz cien zv rechte, der richter sol iz im gunnen, burgen muz her abir setzen zu drien dingen vor zu kumene. *(Vrgl. Sachsensp. II, 4 § 1.)*

3. (Görl. 17 Naumb. 55.) Von allerhande vngerichte. Allerhande notnumftege clage vnde lage vnde heimsuchen a), die vernachtet, die enrichtet nieman wanne der burcgreve b); wirt abir cineme manne sin gut oder sin gebu binnen wigbilde mit rechten orteilen verteilt umme notnumftege clage, so daz dar maget oder wib inne genotegel werde, daz gebuwe sol man c) ufhowen unde nicht dannen vuren d); wirt iz im abir vorteilt umme dube oder umme rob, so daz her sine borgere geroubet e) habbe, daz gebuwe sol man uf howen unde f) ist gemeine aller lute. Allerhande ungerichte unde clage, dar bewisunge an ist, dar en mac niemant vor gesweren; en ist dar abir nichein be-

---

3. a) vnd l. vnd. heims.] *fehlt in* N. b) der burcgr] N. der oberste richter. c) N. *fügt zu* vorteile mit rechten orteilen vnd sal iz. d) dannen vuren] N. untferne. e) borgere ger.] N. stetere geludet. f) gebuwe — vnde] *fehlt in* N.

wisunge an, so mac iz der man baz unshuldic werden g) mit
rechte, danne iz iemant uffe en gezugen muge h). Allerhand
vngerichte, daz mit der hanthaftigen tat vor gerichte begriffen
wirt mit clage, daz sol man gezugen selbe siebende nach vrides
rechte. Not vnde lage unde heimsuchen, daz sol man gezugen
selbe siebende nach vrides rechte. *(Vgl. Schöffenrecht Art. 52 § 2. 3.)*

4. (Görl. 25 a. E. C. 30. D. 34 Anf. N. 58. Cracau 111.) V o n
g a s t e s c l a g e u m s c h u l t. Spricht ein gast einen a) anderen
an umme schult b) vor gerichte c), her entget im d) als recht ist
mit sines eines hant, her e) en brenge danne sinen gezug f) uffe in.

5. (Görl. 28 a. E.) Man en sol niemanne zv kamphe van
binnen wigbilde, wanne umme eine kamphwerdege wunden, ob
der sachwaldege darzu kegenwardec ist.

6. (Görl. 81.) V o n d e m e g e v e n g n i s s e. Swelch man den
anderen binnen wigbilde umme ein ungerichte gevangen hat
unde heldet lenger in deme gevengnisse dan einen tac oder
eine nacht, daz her in vor gerichte nicht en brenget oder dem
vronen boten nicht en antwortet, vnde wirt her darumme be-
claget, her muz darumme wetten dem richtere unde ieneme sine
buze gebben, wenne her en mit gezuge vor gerichte wol vor-
wunden mochte habben vnde nu nicht vorwinden en mac.

7. (Görl. 122.) S w e r s i n g u t u z t u t u f f e b u r g e n.
Swer sin gut zu borge tut uffe einen bescheidenen tac, nimet
her dar burgen vor, comet der tac, her mac sine burgen wol
manen; comet abir iemant, der da sacge, daz gelt, dar sie vor
gelobet habben, her hebbez vorgolden, biekennet ime des der
sachwaldige, die burgen die sint ledich; bekennet her des nicht,
si muzen im halden, daz sie em gelobet habben, sie en wollen
daz uffe den heiligen richten, daz gelt, daz der man secge, her
habbez gegeben, daz en daz wizzelich sie, darmite comen sie
von ime; tun sie des nicht, sie muzen darumme halden, swas
sie darumme gelobet habben.

8. (Görl. 123.) D a z m a n s c h u l t v o n e r s t g e l d e n s o l.
Swas en man sime wibe gibet an sime gereiten gute, stirbet der
man, ist her shuldic, die shult get zu vorne uz; swaz da boben

---

g) vnsh. werde]. N. sich vntrede. h) N. *fügt zu* he in habe denne sin
recht vore verloren.

4. a) einen] CDN. den. b) umme sch] N. imme gelt. c) vor gerichte]
fehlt in N. d) C. *fügt zu* mit siner unschult. e) her] CD. iener. f) her en
— gezug] N. he in bezuge is denne.

st, also vil, also der vrowen gegiftet oder gegeben ist, daz nimet
di vrowe, daz andere nement die erben.

9. (Görl. 124.) Daz erbe vnde die gerade getritet an
die kint. Swar ein vrowe gut hat, daz ir ist, iz sie ir an er-
storben von irme manne oder von iren erben oder von sweme
iz er komen sie, daz ir ist, hat die vrowe kindere, die ir man
geradet hat oder die die vrowe selbe uz gegebben hat vnde ob
di vrowe noch selben kindere hat in der were, stirbet di vrowe,
daz gut, daz die vrowe lezet, daz get uffe ir aller kindere, sie
sin geradet oder ungeradet, ob sie ebenburtic sint, iz en sie mit
gift bewaret.

10. (Görl. 125.) Man en mac nicheinen tag habben
ane den richter. Alle clage, die da cumet in geheget ding,
dar en mac niemant tac umme gehabben, iz en sie des richteres
wille; en ist ez des richteres wille nicht, so ist her vellic an der
clage, so muz her von nuwes clagen, her en muge daz vorzugen
mit czwein mannen, daz her selbe dritte sie, daz der richter
habe tac gegaebben.

11. (Görl. 126). Von des buteles rechte. Der butel en
mac nicht hoher richten, dan obir zwelftehalben phenning.

12. (Görl. 127.) Ob ein den andern mit gezuge be-
claget. § 1. Beclaget ein man den anderen mit gezuge umme
swelcherhande gelt iz sie, daz her im schuldic sie, da sbol der
antworter rechter gewere umme biten unde der cleger sol im
die were tun also bescheidenlichen, daz der antworter sol
sprechen, daz her guten gezug habbe, daz her im nicht shuldic
en sie. Die were sol der sachwaldege tun dem clegere; so sol
sin vorspreche sprechen, wanne her si tun shulle. So vindet
man im zu rechte, zu drien viercen nachten, ob her wil selbe
dritte. Daz stet an im, ob herz ubir vircen nacht oder ubir vier
wochen oder ubir sechs wochen tun wolle unde en darf nicht
benomen den gezug. § 2. Beclaget abir einer den anderen mit
gezuge umme gelt, vnde iener sprichet, her en sie im nicht
shuldic, des ist der cleger nehr ubir en zu kumene mit gezuge
selbe dritte, danne hez ledic muge werden alleine. Den gezug
muz her zu hant habben vnd iener muz en bie lichtes tage be-
richten, wanne hez mit notrechte gewunnen hat, unde der richter
hat gewunnen sin gewette. § 3. Beclaget abir ein man den
anderen ane gezug umme gelt, des ist der antworter nehr zu
entgende mit sines eines hant.

13. (Görl. 128.) **Ob ein vie schaden tut oder wunden.**
Tut eines mannes phert oder hunt oder behr oder sin vie schaden
oder ein ungerichte, swer sich darzu zuhet, der muz da vor
antworten. Bekennet abir ein man vor gerichte, daz daz vie sin
sie, daz den schaden hat getan unde ist die wunde kamphwerdic,
her muz da vor antworten glicher wis, also ob hez selber getan
hette; unde ist die wunde nicht kemphwerdic, so muz man en
in daz ding wisen; vnde en zuhet her sich nicht darzu, so en
darf her nicht da vor antworten.

14. (Görl. 129.) **Daz sune lehngut vor uz nemen.** Hat
ein man kindere, beide, sune vnd tochtere, di ungeradet sin, unde
im ebenburtic sin, ist daz her eigen unde lehn lezet noch sime
tode, daz eigen unde daz gereite gut teilen sie gliche, ob sie
ebenburtic sint, daz lehn nemen die knechte bevor, ob sie joch
nicht ebenburtic en sin. Ist joch der sune einer geradet, her
nimet doch glichen teil an deme lehne.

15. (Görl. 130.) **Daz der man sines gutes gewaldic
ist.** Nimet ein man ein wib unde wirt im mit ir gut gegebben
vnd stirbet sider di vrowe, ir man beheldet doch allez daz gut,
daz im mit ir gegebben wart, sunder de gerade. Niemet her
ouch sider ein ander wib, her beheldit doch allez daz gut, daz
her mit der ersten vnd mit der anderen hatte vnde her mac mit
dem gute tun unde lazen swaz her wil unde geben, sweme her wil.

16. (Görl. 131.) **Daz ein wib vormunden haben sol.**
Hat ein vrowe zu vorderne vor gerichte, da muz sie einen vor-
munden umme nemen, swer her joch sie, so mac sie vorderen
vnde clagen mit vorsprechen unde muz selber an ires vorsprechen
wort ien. Man en mac ouch nicheinen gezug uffe sie gebiten
umme shult, noch sie en mac nicheinen gezug umme shult uffe
imande brengen oder gevuren.

17. (Görl. 132.) **Ob ein den andern rechtelos secget
vor gericht.** Swelch man den anderen vorlecgen wil, daz her
rechtelos sie, des mus her volcumen mit richtere vnd mit
schepphen, daz her rechtelos worden sie.

18. (Görl. 133.) **Daz ein vrowe ire kint nicht uz
cien mac.** Hat ein vrowe kint vnde tun sie schaden oder ein
ungerichte, si en mac ir nicht uz gecien, sie muzen selbe ant-
worten, sint sie zu iren jaren comen; sint sie aber binnen iren
jaren, so antwortet ir vormunde vor sie.

19. (Görl. 134.) **Daz di vrowe bi den kinden blibet
biz an iren vormunden.** Hat ouch ein vrowe kindere, di

nicheinen vormunden en haben, di vrowe blibet bi den kinderen
mit irme gute also lange, biz ir rechte vormunde cumet, der tun
wil, daz recht ist. Comet aber den kindern ein rechte vormunde,
her si buzen dem gerichte geseczen oder in deme gerichte, ist
dar eigen, daz vorwizzet sich selben, ist dar ouch koufshatz oder
varende habe, wil her des vormunde wesen, her muz iz mit
eigene vorwizzen, daz in deme gerichte gelegen si, unde iz
plichtich zwies in dem jare zu berechene der kinder gut.

20. (Görl. 135.) Ob ein sinen lip vorwirket. Wirt
ouch einem manne sin gesunt oder sin lip vorteilet, umme
welcherbande ungerichte ez sie, sine erben nemen sin gut vnde
der richter en hat an sime gute nicht, wanne der man mac sinen
lip wol verwirken unde nicht sin gut.

21. (Görl. 136.) Ob eines pfaffen sun wib nimet.
Nimet eines pfaffen sun ein elich wib unde gewinnet her gut
oder erarbeitet gut mit ir unde gewinnet her kinder mit ir, daz
sint echte kindere; stirbet her sidere, sine kindere nement sin
gut unde swaz her sime wibe hat gegiftet in gehegetem dinge,
daz beheldet sie; stirbet aber her ane kindere, so getritet sin gut
an die konicliche gewalt.

22. (Görl. 138.) Was echte not heize. Drie sache sint,
die echte not heizen, daz ist suche unde gevengnisse unde des
riches dienst buzen lande. Suche, die muz ein man bewisen
mit einem boten, den her zu deme dinge sende unde bewise
mit sime eide, daz her sich sie, ob hez nicht ledic gelazen en
wirt; gevengnisse abir unde des riches dienest buzen lande unde
nicht sines herren dienest, mac her wol bewisen mit sines eines
hant, wanne her zu lande kumet, ob mans nicht entperen wil.

23. (Görl. 139.) Von ungebuweten hovesteten. § 1.
Swa zw hovestete in einem wigbilde ligen ungebuwet, swer da
buwen wil, der sol die nackebure dar zu nemen, die daz beschn,
daz her rechte buwe unde die shullen daz entscheiden. Wirt
her sidermal von iemanne beschuldeget, daz her unrechte ge-
buwet habbe, tar her daz behalden uffen heiligen, her entget
ime als recht ist mit sime eide; wirt her aber mit gezuge be-
claget, her entget im mit gezuge. Der cleger muzte ouch sinen
gezug zu hant habben unde her muste sweren uffen heiligen, daz
iener uffe en unrechte gebuwet hette, unde sin gezug muste
also gen, daz sin eid reine unde ummeine were oder sie, daz
en got so helfe unde die heiligen. § 2. Iz en mac niemant sin
wazzer geleiten uffe eines anderen mannes eigen oder erbe noch

dardurch, iz en si mit sinen willen, des daz erbe ist. § 3. Swer eine heimelicheit buwen wil oder einen swinkoben setzen wil, der shol sie drie vuze von sime nackebure setzen unde nicht neher.

24. (Görl. 140.) Von verstunge. Wirt ein man gewundet nach mitternacht, der sol sine clage stelle, daz her jo clage vor mittentage. Wirt ein man gewundet nach mittentage, der sol sine clage stelle, daz her jo clage vor mitternacht. Als her danne claget, so sol her sine gerufte kundigen dries unde bite eines vorsprechen. Ist her also kranc, daz her nicht gesprechen en mac, so muz man ime einen vormunden gebben. Ist her tot, so muz man im abir einen vormunden gebben, so sol im der richter erlouben einen vormunden unde einen vorsprechen. Unde so schal der vorspreche sprechen: Her richter, sol ich sin wort sprechen. So sol hez ime erlouben. So spreche her: Her richter, erstahet ir mireiner kamphwerdeger wunden. Sprichet her jo, so clage her. Ersteht her aber ime nicht einer kampwerdiger wunden, so sol her en in daz ding wisen. Ist die wunde abir kamphwerdic, so clage her die sache, als sie dar comen ist. Also her geclaget hat, so muz man ienen dries heyshen mit urteilen. So vrage her, wanne her da nicht en ist unde dries geheishet ist, wes her warten shulle. Ist her da nicht, so shal man em tedingen ubir die twere nacht. So vrage sin vorspreche den richter, ob her sin nicht habe en muge ob her im nicht einen andern setzen shulle an sine stat. So vindet man ime, daz hez tun muze. Des morgens clage her als her des abendes geclaget hatte. En komet her nicht vor, so sal man en zu hant vorvesten mit urteilen unde sol en dries zu borge bieten. Wil en niemant borgen, so sol man en erlouben.

25. (D. 58, N. 57, Cr. 47, vergl. Vulg. 49, fehlt in Görl.) Swa ein a) laze sine buze verburt zu gebene, daz sint drizic schillinge, sin gewette vier schillinge b). Ein laze muz wol bi sinem libe sin gut uflazen unde wider entfangen und geben, swem er wil, ane imanes widerrede, daz er selbe erarbeitet hat. Swa der laze sinem herren sinen cins versitzet, er muz darumme wetten dru pfunt. Swaz der laze ungerichtes tut, er en darf da kein gerichte vmme suchen, wan sines herren oder sines vogetes c).

25. a) ein] N. eines gotesbuses. b) sin gew. — schillinge] *fehlt in* N. c) H. *fügt zu:* Wenne der laz stirbet, so mus her seinem herren ader seynem foyte geben seine versene pfennynge vnd sein beste pfert das er hat. Dasselbe mus ein prister thun, wenne er stirbet; der mus geben seyn beste pfert seinem erczeprister.

VIII.

Magdeburger Weisthum für Culm von 1338.

Dieser Schöffenbrief ist handschriftlich voihanden 1) in dem Stadtbuch von Culm; Codex des Königl. Staatsarchivs zu Königsberg A. 78, beschrieben von Steffenhagen Catalog. codic. manuscr. Regim. 1861 No. 162. und Stobbe: Beiträge zur Gesch. des deutschen Rechts 1865. S. 91 fg.; 2) in dem sogen. Elbinger Rechtsbuch, beschrieben von Steffenhagen de inedito jur. germanici monumento. 1863. bes. p. 21; 3) in der Berliner Handschrift (Homeyer No. 60), über welche zu vergleichen ist Wasserschleben: Samml. deutscher Rechtsquellen. I Einl. p. XVI.: 4) in einem aus Nietzsche's Nachlass in den Besitz Homeyer's gekommenen Codex, dessen Inhalt Systemat. Schöffenrecht, Einl p. XV. angegeben ist; 5) in dem Schweidnitzer Codex A. (Homeyer No. 608); aus demselben ist er abgedruckt [bei Gaupp: Schles. Landr. S. 272 fg. Da dieser Codex den Text am correctesten enthält, so ist der von Gaupp gelieferte Abdruck auch hier zu Grunde gelegt worden, jedoch mit Verbesserung einiger Fehler.

1. **Ab ein ratman mag werdin abgesaczt.** Den erbern mannen den ratmannen der stat czu Kolmen enpite wir scheppin der stat czu meydeburg unse willegin dynst. Ir habit uns gevraget in ouwern briven, ab dy rotlute mogin kysyn rotmanne unde burgermeyster und schepphin by in zelbin ane den burggreven adir ab der burgreve dy macht habe daz her der gekoren rotmanne keyne moge abe gezecczen und eynen andirn moge wedir seccczen. Daz spreche wir vor eyn recht: daz dy rotmanne mogen wol rotmanne kysen czu eynem Jare unde eynen burgermeyster adir czwene undir sich ouch czu eynem Jare. Vnd der burgreve hat keyne macht daz her der gekoren rotmanne moge keynen abegezeczen und eynen andirn wedir geseczen von rechtis wegene.

2. **Wer andir schepphin sal kysin.** Vnde dy schepphin sullen andir schepphin kysen und dy si gekysin dy sullen schepphin bliben dy wylo sy lebin und dy rotmanne haben keyne macht, daz sy schepphin kysin mogen von rechtis wegene unde dy selbin gekorn schepphin sal von rechtis wegene der burgreve stetegin.

3. **Ab die Rotman mogin wilkur machin.** Ouch habit ir uns gevragit ab dy ratmanne myt irre gemeyne burger wille moge geseczen wilkur undir yn by groser buse adir by cleyner ane des burggreven willen und ab dy rotmanne sint mechtik dy selben buze czu vordirn unde czu behaldene an ' den burgreven und den schultheysen adir ab ir keyn *teil* dor ane habe, und ab eyn man breche, der sich werte der buze czu gebende, wy man ym sal dy buze an gewinnen. Daz spreche wir vor eyn recht: daz dy rotmanne mogen wol mit irre gemeyne burgere wille willekore zeczin undir yn by groser adir by cleyner buze wy yn daz behagit, daz dy willekure daz bescrebene recht nicht krenke und daz mogen sy wol tun ane des burgreven wille unde dy rotmanne sullen macht (habin), dy buze czu vordirn und czu behalden czu der stat nucze unde der burgreve und der schultheyse yn sullen keyn teyl doran han.

4. **Ab ein man die buze nicht gebin wil.** Unde wer daz sich daz ymant werte daz her dy buze nicht geben wolde, ab her daz bekente, den mogen dy rotmanne wol uf haldin unde hindern alzo want her dy lange buze gebe; adir vorsache her daz, zo solde her das mit syme eyde uf den heyligen unschuldig werdin.

5. **Von wanmase.** Vorbas habit ir uns gevrogit, ab dy rotmanne dy macht habin, dsz sy richten obir scheffil, obir wage, obir wanmos und obir spizekonf und ab sich ymant der buze weren wolde, wy man dy buze von ym begrifen (solde). Daz spreche wir vor eyn recht: daz dy ratmanne wol macht habin daz sy mogen richten obir scheffel, obir wage, obir wan maz unde obir spizekouf, und wer daz ymant hyr an gebreche und der buze nicht gebin welde, ab her daz bekente, den mogen sy hindern und uf haldin glicher wys also hy bowene geschrebyn.

6. **Von schadin des holczis.** Ouch habit ir uns gevraget, ab eyn man holcz howet, wy her den schaden geldin sulle. Daz spreche wir vor eyn recht: were daz eyn man dem andirn sin holcz abe houwe adir sin graz abe snete adir in synen wasser vischete, den schaden den her ym dor an getan hette, ab her daz

bekente, den sulde her ym geldin noch syner bekentnisse, ab her yn dor umme beschuldicte und dor czu sulde her ym sine buze gebin.

7. **Wi wyt einer ein gast sie geheissin.** Ouch habit ir uns gevragit ab eyn *gast* gastis recht behalden wil, wy verre her gesessen sal syn von deme gerichte. Daz spreche wir vor eyn recht: Wirt eyn gast beschuldeget vor gerichte, wil der gast daz bewysin uf den heyligen daz her verrer wonhaftig sy von deme gerichte wen czwelf mile, zo sal man syn recht nemen by tages. Schuldeget her ouch eynen burger in dem zelbin gerichte, der sal by tages dor antworten ab der gast is von ym nemen wil.

8. **Von besaczunge eins gastis gut.** Vorbas habit ir uns gevragit, ab eyn man gut beseczczet daz eynis gastis ist von verren landen wy man do mite geboren sulde, daz yn beyde rechtis gesche. Daz spreche wir vor eyn recht: Bezeczczet eyn man eynis gastis gut der *buzen* landis ist alzo verre, daz man sin nichten gehaben mak, des gastis gut mac man nicht volgen mit rechte alzo lange want man den gast daz moge wyssin lazen, daz syn gut besaczit sy mit gerichte. Wolde denne der gast dar nicht czu komen und vor sin gut antworten, zo mak man synes besaczten gute volgen alzo recht ist.

9. **Von saczunge geschoss.** Vort me habit ir uns gevragit, wen wir eyn geschos seczen mit unsir gemeyner burger rate uf dy mark, ab unse burger von yrem erbe daz sy haben von erim herrin adir von eyme andirn hern buzen der statis vriheyt *do* sy abe dynen adir czinsin, ab sy dovon schuldig sin geschos czu gewende glich von andirm gemeynen gute. Des spreche wir unsir stat willekor und gewonheyt: daz yder man vorschusset sin gut buzen der stat und bynnen der stat, wo her des hat uud alzo lip alzo her daz hat, *bi gesvornem eide.*

Daz dese dinc alsus sint alzo sy hyr bobin beschrebin stan, daz irczuge wir mit unsir Ingesegele, daz wir czu rucke an desin brif han gecleybit lasin, den wir gegebin habin noch gotis geburte Thusint Jar Drihundirt Jar. In deme acht unde drisogysten Jare des nesten Donnerstages vor Phingesten.

IX.

Magdeburger Weisthum für Schweidnitz von **1363**.

Aus dem im Archiv der Stadt Schweidnitz befindlichen Original gedruckt bei Tzschoppe und Stenzel. S. 587.

Wir, sceffin der stad tzo Magedeburch bekennen offenlichen an dyssem bryve vor allen luiten, daz dye vorsichtigen man, Ickel Tylonis vnd Nyclaws Kysteneri, burgere der stad Svideniz, by uns synt gewesin vnde haben uns gevruget um recht nach dyssen wortin. Unsere here, de herczoge, hat uns begnadet, daz wir burgere der stad tzo Svideniz nu vorbaz mer sullen habin Magdeburgisch recht. Nach dem male wir den ouch nu juwir sceffin tzo Magedeburch vulbort dar tzu habin, so bytte wir und vragen uch umme eyn Recht, wo wir daz gerichte und den sceffinstul besetzen sullen und den halden nach Magdeburgischem rechte. Eynen burchgrave und scultichten habin wir reyte al da. Hir up spreche wir sceffin der stad tzo Magedeburch, eyn recht. Nach dem male, de irluchte vurste, de herczoge, der stad to Svydeniz orlovet had, daz die burgere und inwoner Magdeburgisch recht sullen habin und nach dem male sie eynen borchgraven habin und scultichten, so sal men den sceffinstul so besetzen. Ore Here, de erwerdige hertzogo, sal keysen mit rade der wittigesten burgere utz der stad tzo Svideniz elf sceffin tzo meysten edir sebene tzo mynsten, und wene men tzo sceffin kusit und irwelit, der sal syn eyn byterve, umbesprochin man von synen elderen, und sal ouch selber eyn gut wort babin und sal vry syn. Den sal de borchgrave stetigen und sueren latzin tzo dem gerichte alsus: Tzu dem gerichte dar ir tzu koren syn, daz ir den richteren und der stad und den gemeyne luiten der

stat tzo Svydenitz rechte orteyl vinden willen und den sceffinstul
nach Magdeburgischem rechte halden und vorstan, so ir best
kunnet und witzet und des volge habit, daz uch god so helfe
und syne heiligen. Nach dem eyde sal de borchgrave den sceffin
by der hant nemen und uf de bang setzen unde eme de orloven
uf sinen eyt und de sceffin, de sus gestetiget werdin, sullin
sceffin blyven tzo langer tzit. Dar nach sal men den sceffinstul
so haldin: stirft ir jenich, so sullen de anderen sceffin, de den
noch leven, eynen anderen sceffin in des doten stede keysen, alse
sie dene bequemest witzen. Den sal de borchgrave stetighen in
syme hegeten dynghe, und sueren latze tzo der bank, alse vore
screven is, wan de borchgreve mach nicht dynghen, wen mit
vuller bang, von rechtis wegene. Daz dyz recht sy, daz tzughe
wir sceffin der stad tzo Magedeburch mit unserm Ingesigele an
dyssem breve gehengit, na goddes geburt dusint jar drehundirt
jar in deme dry und sestigesten jare, in sente Nycols dage, des
heyligen byscop.

X.

Magdeburger Weisthum für Halle vom 8. Januar 1364.

Handschriftlich vorhanden im Archiv der Stadt Halle und gedruckt in v. Dreyhaupt's Beschr. des Saalkreises, II. S. 468 fg. (Halle 1750). Eine Abschrift desselben aus dem Naumburger Codex theilt auszugsweise mit Mühler: Deutsche Rechtshandschriften, S. 83, fg. Auch in die Sammlung von Schöffensprüchen der Dresdener Handschrift (Homeyer No. 172) ist es als Capitel 88—96 aufgenommen und daraus bei Wasserschleben: Sammlung deutscher Rechtsquellen, I. S. 240 fg., gedruckt worden.

Wir Schepen der stad tho Magedeburch bekennen openlyken in diszeme breve vor allen den, die one sehen eder horen lesen, dat die voresichtigen cloken manne, ratmanne und guldemestere der stad tho Halle vns hebben gevraget laten umme recht nach dvszen worten:

1. To deme irsten: Af eyme manne vor gerichte geboden were und he doch nicht beclaget worde, oft de scultichte icht rechtis daran hedde. Hir vp spreke we scepen to Magdeb. eyn recht: Bescheydet unde vorbothet de scultichte eder syn vronebode clegere und antwordere vor gerichte, recht to donde und to nemende, welker dor nicht en kumpt, und sich nicht bewiset noch vorbudet, uppe dene wint de scultichte syn wedde, it en beneme ome echt nod, de he bewise alse recht is, von rechtis wegene.

2. Echt vrageden sie vns: Aft ein man worde to dren dynghen beclagit, wat de scultichte rechtis daran hebbe. Hir vp spreke wie scepen to Magdeburch eyn recht: Wo dicke eyme manne vor gerichte to komende geboden eder bescheyden wert von gerichtis halven und he dar nicht en kumpt, also dicke wint de scultichte vppe one syn wedde, it en beneme ome echt nod, de he bewise, alse recht is v. r. w.

3. Echt vrageden sie vns: Worde eyn meszer eder svert getragen, deme de scultichte nicht to mate queme, aft he icht rechtis daranne hebbe. Hir vp spreke wie scepen to Magdeburch ein recht: Ghetogene swert und messer, dar schade mede dan wirt, die sint des schultichten, unne kumpt he nicht to mate doch mach he die wol·eischen und vordern v. r. w.

4. Echt vrageden sie vns: Worde ein man vorvestit und berichtede he sik mit deme sakewoldigen, was rechtis die scultichte darane hebbe. Hir up spreke wie scepen to Magdeburch ein recht: Berichted sik ein vorvestit man mit deme sakewoldigen, dar heft de scultichte nicht mer an den syn wedde v. r. w.

5. Echt vrageden sie vns: Worde ein man beclagt vor gerichte und worde he deme cleger gerecht, aft die schultichte an on beyden eder an orer eyneme icht rechtis hebbe. Hir up spreke wie scepen to Magdeburch eyn recht: Komen clegere und antwordere vor gerichte und laten sik entsceyden mit rechte ane vnrechte wedersprake, so heft de scultichte an orer neyneme nicht v. r. w.

6. Echt vrageden sie uns: Oft eyn man deme anderen umme sake de dat levent rörde eder umme gelt borgede vor gerichte und vormochte den man nicht wedir in to stellende, wes he deme scultichte darumme vorvallen sy eder nicht. Hir up spreke wie scepen to Magdeburch eyn recht: Borget ein man den andern vor gerichte umme gelt eder sake, de dat levent röret, mach he sin nicht hebben, dat he one instelle, so heft de·scultichte sin wedde an den borgen und mer nicht, et en sy, dat he by grotere vare lovet eder wilkoret hebbe; were aver, dat ein sik vt dere vestunghe teyn welde und hette borgen und to stande vnd vulstunde nic'ht to rechter antworde, so wunne de scultichte eyn wergelt up den borgen v. r. w.

7. Echt vrageden sie vns: Oft eyn man den andern mit des scultichten boden hinderde und de hinderde man sik mit one berichtede, ir he in dene stok gevort worde, oft de scultichte icht rechtes darane hebbe. Hir up spreke wie scepen to Magdeburch ein recht: Hinderet de scultichte eder syn vronebode, der to dem richte svoren heft iemande von gerichtis halven vnd berichte he sik, er den he in den stok kumpt, dar heft der soultichte nicht an v. r. w.

8. Echt vrageden sie vns: Oft ein man den andern hinderde mit des scultichten boden vnd one in den stok vorde, und were, dat sik de mit ome berichtete, ir he vor deme richte beclaget

10

worde, wat rechtis die scultichte daran hebbe. Hir up spreken wie scepen to Magdeb. ein recht. Hindert eyn den andern mit deme scultichten eder mit syme vroneboden vnd vort one in den stok und berichtet he sik mit deme clegere, ir he vor gerichte beclaget wer, dar heft de scultichte nicht an.

9. Echt vrageden sie vns: Oft ein man den anderen wundete eder irsloge, vnd worde mit hanthaftiger dat in den stok gevort vnd berichtete sik mit deme gewundeden eder des irschlagenen vründen, ir he beclaget worde, was rechtis de scultichte darane hebbe, vnde oft de schultichte icht synen willen scole darto gheven, oft sie de lüde mit gunsten berichten willen. Hir vp spreke wi scepen to M. ein r.: Wundet eder irsleit eyn den anderen und wert gevanghen in hanthaftiger dat mit gerüchte und in dene stok gevort, kunnen vnd willen die clegere vnd die, vp deme die clage geit, sik vorgunsten vnd vorlikenen, so vöget vnd temet deme scultichten wol, dat he synen willen und fulbort dar to geve, wil aver he synen willen dar nicht to geven, und berichten sie sik ane des scultichten willen, so heft de scultichte nicht mer daran, wen syn wedde, dat wint he an deme cleger, vmme dat he syne clage nicht vulvorderet. Wert aver eyn man ane geruchte in des scultichten stok gevort vnd berichted he sik mit dem cleger, ir he beklaget wert, so heft de scultichte dar nicht an. Vortmer were dat iemant mit solfrechte vnd mit walt den anderen in eynen stock sette ane des scultichten witscap, und an syn eder synes vroneboden orlof, berichteden sik die, so hedde de scultichte sin wedde an deme, de de walt vnd solfrichte dan hedde.

10. Echt vrageden sie vns, oft die scultichte vmme welkerley sake de were, eynen man to clage dringhen moge. Hir vp spreke wie scepen to Magdeb. ein recht: De scultichte mach neymande to clage dringhen vmme neynerleyge sake, dere he to clagende nicht begunt en heft to gerichte v. r. w.

11. Echt vrageden sie vns umme ein recht: Aft eyn leye den anderen vor geystlik gerichte laden moge laten. Hir vp spreke wie scepen to Magd. eyn recht: Vmme sake, de de werlike richter richten mach vnd wil, dar scal neyn Leye den anderen vmme laden laten vor gerichte; deyt he it darboven, he scal deme leyen-richter wedden darumme vnd ieneme syne bote gheven vnd vt alleme schaden bryngen, dar he one vor geistliken gerichte ingebracht heft vnd scal ome von deme geistliken richte entledigen vnd sik an leyenrechte genogen laten v. r. w.

12. Echt vrageden sie vns: Aft eyn man glass, steinkröse, scottelen, molden, besmen, scuffelen eder des gelik vp den market brächte vnde hette deme greven syne toln gegeven, aft he darna deme scultichten eder deme vroneboden des geredes icht geven scole, eder ome ichtis pflichtich sy dorumme to donde. Hir vp spreke wie scepen to M. eyn recht: Dat sal man halden nach alder guden woneheit, wo de scultichte eder syn vronebode dat in weren hebben vnd nomen hebben, also scolen sie dat nemen vnd anders nicht von r. w.

13. Echt hebben sie vns gevraget vmme ein recht: Wu grot vnd wu wit dat geloufe vmme den molensteyn scole syn. Hir vp spreke wie scepen to M. eyn recht: Dat geloufe vmme den molensteyn scal sin so grot und wit, alse deme steyne bequemelik is to syme lope vnd den lüden nuttelik is to malende vnd wat meles von deme korne wert, dat men darvp ghut, dat is des, des dat korn is, it lope vt der molen eder blive in deme loufe eder vnder deme steyne eder wor it sy, vnd de mulner scal nicht mehr daraf hebben noch nemen, wen syne rechte matten eder gelt eder wat dar op gesat is v. r. w.

14. Echt hebben sie vns gevraget: Aft men eynen besetenen burger, de erve in der stadt heft vnd nich eyn egen, mit des scultichten boden vphalden möge. Hir vp spr. w. sc. to M. e. r.: De scultichte eder syn vronebode, die to deme gerichte svorn heft, mach io welken man wol vp halden, aft he sik mit rechte nicht en reden mach, heft he aver egen in deme gerichte, dat so gut is, alse des clegers sculde, eder mach he vnd wil borgen setten vor deme cleger an genoge, eder de so vele egens hebben, alse dere sculde is, so scal de scultichte eder syn vronebode on to dynge bescheyden vnd dar boven nicht besweren v. r. w.

15. Echt vrageden sie vns, aft eyn man vorvestit worde vnd begerde vor gerichte to komende, sik to vorantwordene, af one de scultichte vppe welke tyd he des von öme begert, ane gave scole voreleyden, vnd worde he denne recht, wes he deme scultichten plichtich sy. Hir vp spreke wie scepen to M. e. r.: Wil sik eyn vorvestet man vorantworden, vnd vt der vestunghe teyn, deme scal de scultichte vore veligen vnd geleyden von gerichtes halven ane gave up wellic tyd he dat von ome begert vnd scal ome staden, dat he sik vt tey alse recht is vnd scal sik burgen setten laten vnd vorwiszenen dat he sta to rechten antworde to dren dingen. Vnde scal it deme clegere kundigen, dat he kome vnd syn antworde neme vnd wert he denne recht, so

is he deme scultichten nichtes mer plichtich, den synes weddes von rechtis wegen.

16. Echt hebben sie vns gevraget: Aft ein man vngerichte an dove eder rove don welde in des andern huse nachtis eder tags vnd de wert queme vp vnd stürede dem vreveler vnd slege eder wundede den vredebreker, vnd de vredebreker entqueme ome vnd clagede vor gerichte vmme de wunden, aft sik de wert der clage icht entreden moge eder wat he darvmme lyden scole. Hir vp spr. w. sc. to M. e. r.: Wundet eyn man eynen vrede-breker in syme huse eder dar buten, wor dat is nachtis eder dages, vnd bescryet he one mit syme gheruchte vnd mach he dat getügen sölf sevende, dat he in dere dat eder in der vlucht dere dat, dar he vrede an öme brak eder breken wolde, gewundet heft, so blift he des ane scaden. Mach he aver des so nicht getugen, so mot he antworden vmme de wunden alse recht is, v. r. w.

Dat alle disse vorgerscrevene ordel recht syn na Magde-burgschen rechte, dat tüge we scepen der sölven stad mit vnszen anhangenden ingesegele an dyszeme breve, den wir dar ovir geven hebben na unsers hern Cristi gebort Dritteyn Hundirt Jar in deme vere vnd sestigesten Jare, des neysten Mandages na Twelften.

Lightning Source UK Ltd.
Milton Keynes UK
UKHW011028291222
414494UK00024B/43